启眸越千年

A WHOLE
NEW
WORLD

I
LOVE
YOU

孙学林

——

著

作家出版社

前　言

　　小说中，只写了公元2056年在太空失事的中国宇航员王宇剑，在公元3056年被横空更生之后，与由基因剪辑而生的绝世佳人维纳斯短短六天周游地球与太空世界的爱情故事，但其外延却展示了一个无与伦比的全新未来世界！

　　但这部书，竟反反复复写了三十五年之久！其中全部推倒重来三遍，之后大修大改三遍！

　　此书创作之难，可谓难于上青天！其难之一：因缺乏相关科学与太空知识，书中世界框架难立。未来世界到底具有怎样的宏观架构？人类到底处在一个怎样的生活状态之中？其难之二：具体内容难写。未来世界之先进，到底先进在哪里？它会由无数个具体的生活细节及场景组成，每一个细节与场景如何写出？

　　一个文学创作者，不仅要有深厚的文学功底，还必须要有正确的人生观、社会观、历史观与未来观，对世界发展要有深刻远见与敏锐的洞见力，要兼具历史学家的深邃目光与哲学家的高瞻远瞩，才能创作出真正闪光的好作品与伟大作品。否则，就有可能坠入庸俗情怀与文字游戏的境地。

　　本人对基于科学为基础的科学幻想小说从不排斥，但对于基于伪科学的荒诞与奇异类科幻书，却在内心充满了排斥情绪，因为它背离了科幻创作的第一初衷：启发与引导人类智慧，给人们插上想象力的翅膀，给人描绘出未来世界的大体轮廓，让人们感受到未来世界之美好，能更加大胆地开创与探索人类更美好的明天！

小说创作起因是 20 世纪 80 年代，《参考消息》报一篇《遗嘱冰冻数百年》的文章引发了我强烈的创作欲望。是呵，当那个冰冻者在几百年后的世界上复苏后，他所看到的那个世界会有多先进多发达？我想，我如果能写出他所看到的那个世界先进的样子，不知会造成多大的轰动？因为在那时期，我恰好是一个疯狂的文学爱好者，多大的梦想都敢有！

可现实又太骨感！因为，当时我的眼界与我所能寻找到的书籍无法有效支撑我写出这样一部书，但是我还是顽强地坚持写，写出第一遍，流于荒诞；再写，又流于荒诞；其间，大量搜集与积累相关方面的科学知识与素材，直到 1998 年，我读了阿德里安·贝里（英）《大预言：未来 500 年》一书，心灵顿时受到了巨大震撼与冲击，书中关于地球与太空的知识给了我巨大启发，让我在许多困扰心灵构思的问题上立时茅塞顿开，再写，整部书的框架才开始丰满起来！但在许多细节问题上还是左支右绌，对许多未来生活细节方面无法有效写出，所以，当时虽然写完，但还存在着许多思考的先天不足，个别地方依旧需要用足够的时光沉淀来完善与完美它！之后又修改过几次，依旧没有达到心理预期。

如今，已是 2019 年，时光又弹指过去了二十年！当初雄心早已不再，此书从 1985 年开始动笔书写，到今天三十五年时光过去了，仍未成书！闲暇之时慨叹人生，觉得除工作冗余之外，人生几乎一事无成，每每便有一种隐隐心痛之感与不甘。不觉又翻出此书，雕文琢字补其不足，对它进行潜心修改。此时，内心已全无功利之心，成与不成，算是对人生初心有一个正式交待。

可是，在精心修改与雕琢之时，每每读到精彩章节，每每补足那些不完整的局部、段落与细节，每每修改完那些不通顺的句子与表达不精准的词汇，总是对全书立意与内容的又一次重新感受，感受到那些极为超前的预测与犀利视角，那颗枯心却又逐渐澎湃起来，竟然又被自己书中内容再次打动。直到修改完最后章节，书中世界便赫然立于人们面前，它超强大的感染力与超深厚的内在价值，让我久久难于从书中世界走出，更不愿走出！我激动着，细细品咂，深感此书意义重大，能够指导与修正人们的人生观与世界观，让人眼界更加高远、寥廓、磊落与无私！便再一次暗下决心：决不能荒废此书！

本书自王宇剑之躯体育化更生成功后，从他有意识出现之时开始着笔，写他走出生物馆育化池之后，与维纳斯〔古希腊神话中的美神与爱神，她的美是世界女性的巅峰与极致之美。天才的生物学家欧阳春教授让维纳斯出现在3050年时的世界上，由于在她成长之时，欧阳教授把她的精神自我（灵魂）与大量古典文化信息进行了参映处理，使维纳斯的性格更趋于古典情怀，因而便使得她能与宇航员王宇剑一见钟情，擦出爱情最绚丽的火花〕一起游历这个世界的故事。在他们游历之时，他们品尝着爱情，但这个崭新世界，也在宇航员王宇剑面前，徐徐地一幅接一幅全部打开。如此，一个宏大的未来世界，由此便在读者面前，揭开了它的神秘面纱。

卡尔·马克思是伟大的，他从人类生产力发展进步规律推断出了人类社会的终极未来——共产主义社会阶段！今天，从科学技术现实发展来推断，共产主义社会的出现也必将是人类社会发展的必然结果。科学发展的终极就是把人类从体力劳动与智力劳动中彻底解放出来，并不断完善人类社会的所有细节。

书中世界，全球社会已经发展到共产主义社会的高级阶段，全人类所有人都已经享受着人类最高生活福祉！为了让人们理解与认知历史在这一千年的发展进程，书中多个场面以回顾历史的方式，重温那一段历史的进展与演绎，让人们从思想上接受与理解世界大局的深刻演变！

　　那时，这个世界上真正主宰者是宇宙智慧脑系统。那时，全世界都在宇宙智慧脑系统调节与控制下一体化有条不紊地运转着，它所有子系统都已经深入到人们生活的所有细节之中，其中，包括社会最核心的科研开发也都由它掌握，人类智慧只处于参与者地位。宇宙智慧脑系统是这个世界所有人的守护神与保护神。在那时世界上，也许你发现不了它，但它却无处不在。

　　小说脉络发展：碰撞发生时，宇剑已经离开地球二十年。更生成功后，他走出育化池第一天，在与大家交谈时，他感情饱满记忆细节清晰，之后，他在黄河水中一口气奋力击水近两个小时，这便证明他的更生极为成功。第二天清晨，他在生物馆外看到许多他不认得的奇特树木与鸟类，在维纳斯与秦雪陪同下，去游览载他归来的小行星——黑山。在储存他精神自我的山洞里，王宇剑经历了一连串奇妙的不可理喻的现象变化，并且知道他精神自我只是一个复制品，最真实那个还依旧保存在山洞石壁之内，而且还将永久保存下去。他被震慑了！之后，他们去黑山西面的山林里去采摘野果，宇剑看到了无数基因生物学创造出的奇树、奇果、飞鸟、动物、鱼类，还有管理山林的甲壳智能机器人。随后返回生物馆，他们偶遇KIPY星球太空灵魂志愿者，在冷藏库里见到七八百年前冰冻在液态氮里的世纪伟人。还知道了秦雪与他几乎是一个时代的人，她也是一个利用她原有基因与原精神自我（灵魂）更生而来的崭新躯体，更知道了秦雪父母在历史上的传奇身世。秦雪带他观看了他们一起走出的躯体更生育化池，观看储存在芯片里的数百亿人类灵魂（精神自我），观看软水晶架托上那依旧生活在信息输送模式里的不老脑：在这里，只要戴上量子信息帽，他可以与任何一个储存在芯片里的灵魂交谈，还可以与那些不老脑们或其中之一，交流国家大事、治国理念、学术与科研课题。在看完那些储存在极寒胶内，等待灵魂归来的永恒飞翔者人偶之后,欧阳教授带宇剑观看了仍旧沉睡在生物质小冰山里的那对刚刚抵达地球不久的太空恋人,他们俩还在沉睡之中。这对太空恋人是如此高雅俊美,他们那个星球的智慧高过人类几万年。宇剑戴上量子信息帽后,他立即切入了名叫可达克的太空人大脑意识深处,他立时变成那个叫可达克的太空人,瞬间便了解了他与他那个星球世界的全部!摘下量子信息帽后,宇剑被震撼到一时无法从可达克与他那个星球世界里走出。那一刻,宇剑一下子体会到戴上量子信息帽交流之神奇,所有思想意识像潮水一般涌来,一下子窥透对方深邃思想与内涵库存的全部。为了让王宇剑能更快更全面地了解当前这个世界,李春先教授在信息飞船上为宇剑讲述刚刚过去的这一千年社会发展的概括简史,同时欧阳教授也利用信息飞船把当今世界的全息影像搬到眼前来,为宇剑讲解当今世界之丰富多彩。

之后,便是一对钟爱的情侣王宇剑与维纳斯,单独在一起游历的故事:在"维纳斯的个人天地"一段中,展示了维纳斯个人精神与人格内涵;"万能配餐厅"让宇剑见识到生物造物工程学巅峰时对人类饮食的巨大改变,伟大的医学早已与人类饮食巧妙结合在一起,极大改变了人们的健康与体质,让衰老远离人类;"沧桑撼千年",让宇剑以纵横万里的单飞,见证这个世界的沧桑变迁与社会生活现状;接下来在"源头创新""地下真空道列车""海底奇行""海面览景""浮城春光"等章节中,则进一步把现实世界拉到眼前。在"心灵超市"一章,更集中展现了未来时代人们的全纬度生活,还有浮城上的磁力弹道飞船迎发站,太空飞船的发射是那么密集,而且还能通过太空强磁力隧环为飞船极力加速,这一切,都会给读者带来巨大的阅读灵感。之后,写他们经过月球的天隧一号(月球上风暴海处直径五百米长度上百公里的火山熔洞,人类开发月球最早的基地),中间穿插描述火星开发、太阳极地太阳快风帆船、小行星带的自动化工厂,以及人类利用太阳系资源构造第二地球的宏伟构想。然后抵达月球北极市欣赏那里的巨大雪花，当他们抵达月球上的中国城时，从欣赏小西湖到眺望月球跑马赛，从被人群认出包围欢呼再到游览传统的中国城商业街，一步步把故事情节推到高峰。最后，他们来到丹桂市，闻桂花香看丹桂树，度新婚蜜月，在红月宾馆前一纵而跃上四米高的高台，从而进入了他们俩爱情的蜜月之始，全书也到此结束。

虽然在这里大体讲了书中情节，但其细节却是挂一漏万，其中故事之精彩与人物之神韵，更是难以触及。书中文字之流畅、激情之丰满，非认真阅读全书难以领受。

阅读此书，将是一场开智与开心之旅，未来世界之先进与其深邃架构，定会让你的心灵感受到一场巨大的精神震撼与洗礼。未来世界是全人类真正一心一意享受生活之美的大好时代，除了生活、学习、旅游与玩乐，你无须为任何事情担心，唯有追求生活的幸福、快乐与丰富人生内涵，才是你需要做的！此时，全人类真正彻底丢掉了私心，因为私心在那个世界是没有任何用处与意义的！

阅读此书，将会有助于对当今中国特色社会主义制度的道路自信、理论自信、制度自信与文化自信"四个自信"的认知、理解与提升。在书中，在世界历史的发展过程中，中国处在绝对领头羊地位：因为我们的制度与文化，我们的思想与远见，我们天下为公与坦荡无私，一切发展目的都是为了全球人民的福祉，这是最符合历史大势的，这是最具有时代精神与历史情怀的！在这里，全球化与全球一体化运作更是历史大势所趋，在书中就是管理全球一体化运作的宇宙智慧脑系统，它是那个世界唯一的智慧主宰！当前，全球各国都处于防疫与抗疫的关键时刻，国内外深刻的社会与思想问题也都一一暴露出来。各国抗疫成效、结果与数据明确地摆在那里，其实这是不同社会制度与管理方式造成的结局，其根本原因是社会制度与理念不同，社会主义制度的优越性在此刻也被淋漓尽致地显现出来。阅读此书，或以书中的视角思考眼前出现的这一系列问题，是很有现实指导意义的。因为所有问题，一旦把它放远，放到一个必要的历史位置，是与非便骤然定格在那里。

因为未来世界太美好，所以我们一定要拥抱未来走入未来。但如果你想要了解未来世界是怎样一种具体面貌与生活现实，那你就赶快拿起《启眸越千年》这部书，随书中主角人物王宇剑，一起进入公元 3056 年那个美丽与宏大的世界吧！一旦进入，也许你再也不想归来，因为未来世界太美好太醉人！

孙学林

2020 年 11 月

目　录

第一章　启眸已千年

读人生

一片红透的叶子
一段阳光的瓦砾

化石中不朽的老蝶
沧桑中能有几许

一

公元 3056 年，春夏之交。在中国大西北段的黄河北岸，有一座奇异的崭新山峰式建筑体，在这座澄明透亮的空旷建筑体内部，隐藏着一处直径达一百多米的隆起的半球体洞天世界。这里地面上花树婆娑，高空中光芒明媚；在花树林环绕的中心部位，有一个半封闭的圆形水池，直径差不多有五十米之多，蓝光熠熠美丽非常。

此时此刻，在水面之下一个富有强健生命力的青春人偶已完美成形，他每在睡醒后，总会在池水内奋力僵硬游动，虽无神韵但形态矫健体力充沛，不时在水池内掀起一团团飞扬的冲天水花。

是的，一个被隐藏一千年之久的秘案将被揭开，其中那个最具传奇色彩的男主角：一千年前中国开拓号宇宙飞船上的一号宇航员王宇剑，也即将出水闪亮登场！

二

黑暗、死寂、永恒。

群星散复聚，一袭光线终于冲破冥冥。宇剑感到死一般的劳累，他的身体仿佛被分成了千百万份，每一份却又相隔千百万里，一切都是遥不可及模糊无边，在无尽的太空中渺无边际地飘浮着，每一份都无法和另一份相聚拢。梦，无穷无尽的梦，断断续续的梦，星星点点，荒诞而又离奇，都在讲述着一些风马牛不相及的故事。它们每一个小片都是一片阳光，一枚羽毛，都是一支金箭或者一眼锁孔，都连接着一个庞大无比的世界，而这个庞大的世界始终如海水之下的山峰无法浮出水面。宇剑努力地回想着，想把这个支离破碎的世界一片一片地缝补起来，但所有的努力都归于徒劳，他的大脑始终是一片一无所有的空白。仿佛整个世界都浸泡在漆黑无边的海水中，浸泡在比墨水还要黑的液体里。

不知多长时间过去了，王宇剑忽然发觉自己还有一具完整的躯体，一具比尸体还要寒冷沉重（血脉不通的症状）的躯体，浸泡在无边的深海水中。这具躯体既在他的意识之内又在他的意识之外，他无力调动身体的任何一部分，只能听任它僵硬地如机械一般活动着。渐渐地，他的身躯又滑入了一条长长的河流之中，向着远方缓缓地漂去，那里似乎有一团柔和温暖的光芒在闪耀着，天地也宽阔了许多。

在这光亮与温暖的笼罩之下，不知又过了多长时间，一道闪电蓦然划开了他的灵腑，所有的星光猝然间凝聚成了一个光芒万丈的太阳，埋在深水之下的那个世界，突然在他的意识之内曝光。刹那间，他明白了所有一切：他，王宇剑，中国国家宇航局的年轻宇航员，现在，他正乘坐着中国开拓号宇宙飞船向宇宙深处飞行。按地球时间，他已经离开地球二十年之久了，此时，他离太阳系已经是非常非常地遥远。

"天空为什么这样黑暗？为什么看不到那些璀璨的星星？我们的飞船是不是发生了什么意外？"

一种莫名的恐惧突然袭过宇剑的心头，他的心脏骤然一缩，一道电光，刹那间又照彻他记忆的灵腑，他猛然又看到了那块不知何处飞来的太空黑石，以及碰撞时毁灭的电光，之后，所有一切都进入死寂与空白。此时，他想睁开双眼看一下到底发生了什么，但他双眼如两扇沉重的铁门无力打开，一切仍停留在他意识之外。他感觉此时的身体，如一截横木浸泡在冰凉的水里，他偶尔也在奋力游动，却也是紧紧闭着眼睛机械游动，身体的灵动仍停留在他知觉之外。

"飞船到了哪里？刘箭矢和许飞光他们两人，是不是就在我身边？我为什么一直没有碰触到他们？难道我们被抛散到宇宙深空的另一颗行星上，根本没有在一起？……"宇剑苦苦思索，根本想不出个所以然来。

熹微逼近，白昼的雾气开始一浪接一浪地从天边涌来，黎明即来的喜悦在宇剑心底强烈弥漫着。那一浪一浪的白色雾气如一浪浪清澈的水流，把宇剑一步步从黑色的角落推向宽阔而明亮的巨大水域，他感到身体开始变得轻盈了起来，流水也逐渐变得温暖。有一脉光亮已照透了他的胸腑，同时，还有一股时淡时浓的馨香在他肺腑里弥散，让他感觉如在丛林里一般。另外，一股强大的生命力，也从他沉睡的心底一浪浪涌来，向他全身漫延、辐射，并温暖地化开了他所有冻结的脉道，令他突然感到四肢百骸的存在！

"我终于自己能动了！"

宇剑突然激动地喊叫出来，同时他被自己的叫声吓了一跳。他那双炯炯有神的大眼睛也睁开了！他看到自己是在一个半封闭的水域之中，池水如海浪一般轻盈波动着。水池外面是一圈茂盛的花树，他向上向外纵目巡视着，发现自己所在的水池是在一个高旷的巨室之中。

"我怎么会在这里？刘箭矢与许飞光他们两个呢？他们还在飞船上吗？飞船难道还完整存在？不可能呵，我明明感受到灾难发生的刹那，那无以言喻的痛与寂灭过程！"

宇剑百思不得其解，他努力地思索着。

是的，眼前这一切他无论如何也想象不出的：当时，他们的飞船离开地球飞行了二十多年，已在遥远的太阳系之外，距离太阳系之外的其他行星则更加遥远。现在，这到底是在什么星球之上，他无论如何也想不出一个所以然来！

三

"王宇剑醒来了！"

花树之外，远处的一个房间内，一个金发碧眼的美女，正目不转睛地盯着水池内的王宇剑。她看到王宇剑睁开一双大眼巡视着这个世界，并满脸都是迷茫与困惑的样子，不觉兴奋地跳起来。

对，这个金发碧眼的青春女孩就是维纳斯！

维纳斯，确实是一位完美无缺的金发美女，她全身洋溢着典雅、现代与超时空的智慧与高贵之美。她，是公元 3050 至 3056 年这个时段最具魅力与超燃之奇葩，是这个时期一缕最耀眼的辉光，所有的人都在时时关注着她的一举一动。自从人们在黑山——那颗被引导后降落在地球上的小行星上，发现了一千年之前的中国宇航员王宇剑与他的开拓号宇宙飞船的齑粉与碴片时，维纳斯就开始对王宇剑倾注了极为深情而热切的关注。她不仅关注王宇剑的更生进展，而且还花费了大量气力查阅了与宇剑相关的所有历史资料，渐渐地，她对王宇剑与一千年前那个时期的中国与世界，便有了一个全面与彻底的了解。她被王宇剑献身宇宙探索事业的热情与执着深深感动了，在内心，对他升起了一种浓浓的敬仰与爱恋之情。

"王宇剑，你太棒了！"

望着半封闭池内的宇剑，维纳斯赞叹道，她盼望这一天已经好久了。池水清澈见底，维纳斯能一览无遗看到宇剑身体的全部，此时的王宇剑不但身材健美，而且他身上每条筋腱与肌肉都流溢着用之不竭的力量。

"不知欧阳春和李春先二位教授，是否看到了此刻的王宇剑？也许此刻，他们俩正在得意地欣赏着他们努力的丰硕成果呢！"

想到这里，维纳斯立即一路小跑地向欧阳春教授的实验工作室跑去。

四

同样是在丛林之后的一个巨大房间内，两位文质彬彬、目光稳重大气的男子，也正面向这个水池内眺望着，他们两个已喜不自禁笑得满脸开花。虽然两人都已是四五十岁年纪，除了眼睛中流露出的沉稳与矜持，他们的身材与面颜看起来与二十几岁的青春年华根本没有什么区别。不远处，维纳斯欢快地向这里跑来。

"欧阳，你看维纳斯，她比我们俩还激动呢！"其中稍高一点的男子说道。

"春先，难道你没有发现我们的维纳斯在搜集宇航员的资料时，可能已经掉入深深的爱河了！"欧阳春教授依旧笑得合不拢嘴。

"一对特殊的孩子！他们若相爱，能够心灵相通，非常合适！"

"对，我也这样认为！他们俩在心灵深处是有很多深刻共鸣点的！"

说罢，两个人开心大笑起来，维纳斯也跑到了他们面前。

五

又一个月时间过去了！

这一天，宇剑在经过很长一段时间的畅游、击水之后，有点疲惫地倚在岸边休息。这段时间，他似乎已经找到奋力击水的乐趣，因为不停地畅游击水，他的身体状态越来越好，精力也越来越充沛！他纵目欣赏着池子周边的花树，忽然发现维纳斯正穿过花树向他这边走来，他既惊且喜，立刻站立起来迎到岸边。

"嗨，你好！"他大声冲维纳斯招呼道。

"宇剑你好，我是维纳斯！"

"维纳斯？"

"对，我是维纳斯！宇剑，你的更生非常成功，比我们想象的要好很多！"维纳斯开心地说。

"我这是在哪里？还是在太阳系中吗？"宇剑急切地问道。

"是呵！宇剑，还是太阳系，你又返回到地球上来了！"

"返回到地球？这不可能吧？"宇剑不敢相信自己的耳朵。

"真的，你真的返回到地球来了，这是一个令人无法置信的奇迹！这全凭你自己的幸运！"维纳斯说话时，眸光中闪烁着激动的火花。

"全凭我自己的幸运？之后又发生了什么事情？"

宇剑更加感到迷惑不解，在太空中与小行星碰撞，这是一场无法补救的灾难，怎么会变成幸运的事情呢？

"是的，你非常非常幸运。与你们相撞的那颗小行星上有一个很深很大的洞，也是它身上唯一的一个深洞，你们的飞船就是在那个位置上与之相撞的，你有幸被抛进了这个深洞之底，这就奠定了你在那之后的一系列幸运的开始！"

"刘箭矢与许飞光呢？他们也在这里？"宇剑向远处眺望着，似乎在寻找。

"他们没有你这样幸运！你们的飞船被撞成齑粉，他们随着飞船其他部位，迸溅到宇宙深空去了！"

"他们还能找到吗？"宇剑一副非常急切的表情，他竭力地回想碰撞发生时的场面。

"通过复原小行星的轨道数据，以及碰撞发生时的地点与力道数据，大体可以推算出他们身体碎片现在可能存在的区域，找到部分碎片的可能性是很大的。但他们的灵魂智慧信息是很难找到的，必须完全复原当时的场面才可以，计算的数据之大也是不可想象的，一千多年过去了，时间太长久！"维纳斯说道。

"在深洞中，是谁救了我，我又是如何返回地球的？"宇剑无法理解，他当时确确实实感到自己已经彻底地死亡了。

"你原来的躯体，在碰撞发生时被撕裂成无数碎片，又在碰撞形成的高温中化为焦炭。当时，你的灵魂与全部精神自我，也从你大脑中连根拔出，泼溅并保存在小行星的岩石洞壁上了。现在的你，是一个和原来血肉没有任何联系的崭新躯体，但基因数据全部是你自己的，没做任何改动！你原来的一切，现在仍保存在黑山之中！"

"黑山？"

"对，就是碰撞你们的那颗小行星！"

"黑山拯救了我？"宇剑对这个说法仍有疑问。

"对，和你们的飞船相撞的是一颗奇特的岩石小行星，它蕴含着一种结构很奇特的物质材料，一种在宇宙星体中很难发现的物质，在你从飞船上被摔出并抛进深深山洞中的时候，它激发出了你记忆深处的和现存的所有智慧信息，并把这些智慧信息全部地吸收与储存起来。因此，你所有智慧与生命信息才得以完整保存下来。碰撞发生后，那颗小行星继续按照它原来的轨道运行着。在运行过程中，它不知又受到了什么力量的冲击，它又改变了自己原有轨道。在八个月前，它在遥远的宇宙深处直直地冲着地球飞来，大有与地球同归于尽之势。由于它的光谱很奇特，人们还是决定让它降落到地球之上。在地球与太空防御体系的计算和引导之下，在用了许多附着式大推力火箭使它次第减速后，它便稳稳地降落到地球之上，你就是这样被那颗小行星送回到地球上来的！"维纳斯说道。

"这颗小行星，现在已经落到地球上来了？"宇剑惊喜地说道。他也感到这一切太不可思议了，如果真是这样的话，那颗小行星简直又成了他的福星，成了一个美丽神话中的可爱小天使！不过此刻，他的眼前又闪过了小行星迎面飞来时，那痛苦与无助的绝望场面，现在，他仍旧感到不寒而栗。

"对，它现在就在生物馆北面不远的地方，它的直径有一千多米。如果不为它减速，如此巨大的重量加上它的高速度，它撞击地球时所形成的当量将是不可想象的，很可能会给地球造成一次漫长的宇宙冬，毁灭掉大半个地球生物以及我们人类！"维纳斯说道。

"哦，生物馆在哪里？"宇剑问。

"这里，你现在就是在生物馆呵！"

"在地球上，这里又是哪里？"宇剑又问。

"中国，就是你们中国的版图之内！"

"中国？"

宇剑眼中放出了火一般明亮的光芒。

"那在中国版图上又是哪个位置？"

"中国兰州市，东北方向一百公里处！"维纳斯挥舞着双手，表情故意很夸张。

"天呵，我真的回到祖国了？"

"真的，一点也不会错的！"

"你的汉语怎么说得这样好？"

"因为我自诞生起，就一直生活在中国这个地方，中国是我的家，生物馆是我的家！"维纳斯目光熠熠生辉。

"维纳斯！"

宇剑冲上岸去，上前紧紧地握住维纳斯的双手，双眸中闪烁出盈盈泪光！

维纳斯此刻也激动兴奋无比，她一下子紧紧拥抱住王宇剑！

"宇剑，我盼望这一天已经很久了！"维纳斯喃喃说道。

王宇剑，此刻，他全身无处不在战栗！他这份战栗是入骨的，在拥抱时，他把这份激动与战栗完全传递到维纳斯身上。维纳斯紧紧拥抱着王宇剑，此时，他们两人突然被一股巨大的暖流卷裹在一起，心房也在按着同一个节拍跳动着。很久很久，王宇剑的心才平静下来。

"你说你是维纳斯？"

王宇剑此时猛然想起断臂女神维纳斯，对，她怎么长得那么像那个断臂女神维纳斯呢？

"对，我就是维纳斯！"

他们两个人依旧紧紧地拥抱着。

"为什么你如此像希腊神话中的女神维纳斯？"

"我是最正版的维纳斯，我的故事来自古希腊神话，我既是美神又是爱神！宇剑，我也是通过基因组剪辑而来的。在这个世界上，咱们俩是同一类人！"

"是同一类人？"

宇剑这才意识到自己的种种可能，他心头立时掠过一阵极度震撼的眩晕之感！他猛然松开维纳斯，并把她推远一点，双手紧紧抓住她双臂，审视着她娇美与大气的面庞。

维纳斯也目光灼灼地直视着王宇剑，两人目光洞彻、真挚、陌生又熟悉地对接在一起，天地在那一刻凝固了！一股令人窒息的洪水与烈火，在他们躯体里漫延着涌动着，仿佛两股洪流跨过了各自的洪荒涌流到一起，既热切又沧桑，既凌厉凌乱又似乎很有节制，碰撞与融合，百感交集又一泻千里。他们在那短短的一刻凝视与对视中，就彻底涌流到对方的洪荒深处，似乎刹那读懂了所有陌生；也是在那一刻起，他们已互相入驻到对方心灵深处，成了一个再也挥之不去的另一半心灵与知己！天地在那一刻彻底懂了，他们已经矗立成两座相对的山峰，互为依靠互为支撑，他们从此再也不会陌生，更不会孤独！

维纳斯目光热切地从宇剑脸上向下移看着，看他隆起的胸脯，看他腹部的肌块，再看……忽然，宇剑感到维纳斯目光里有了一丝异样！

他低头看了一眼自己下身，天呵，他怎么就忘记了自己一直是赤身裸体的原始状态呢！他的脸猛然涨到发紫发烫，感到无地自容，他猛力推开维纳斯，扭身跳入深深池水之中，一个猛子扎到了水底，好久好久没有浮上水面！

维纳斯开心地笑呵，笑得前仰后合！

六

此时，在不远处的另一个房间内，欧阳春教授全程地目睹了这一切，看到王宇剑无地自容地跳入池水之时，他也笑了，笑得满眼都是泪光！

此刻，他在为王宇剑的成功更生而高兴，更为这一对青年人一见钟情而兴奋！

七

祸兮，福之所倚；福兮，祸之所伏。

当地球历史进入到公元 2035 年时，中国已经成为世界政治、经济与科学强国，中国政府没有把强大的经济能力用于军事，而是把巨大的经济能量投射到太空开发中去，奋力冲开与积攒一个国家的科技容量与底蕴，开拓号宇宙飞船就是在这一年发射升空的。经过在太空不断加速，以不可想象的宇宙速度向宇宙深空飞去，在不到两年时间里就脱离了太阳系，向着既定的目标日夜飞行。

在地球时间二十年之后，开拓号宇宙飞船与一颗行踪不定的直径达一千米的小行星发生了极速碰撞，飞船在顷刻之间便化成齑粉。而此次碰撞对于王宇剑来说，却是一连串幸运的开始，他被摔进了这颗小行星上一个很深的洞穴之中，他的生命与智慧信息也由此得以保存了下来。

碰撞发生后，这颗小行星在太空中继续飞行了一千年后，便直直冲地球而来，大有与地球同归于尽之势。由于它光谱奇特可能携有人们不曾认知的新元素，科学家们决定让它缓缓降落到地球上来。这对宇剑来说是第一个幸运，因为让这么大的小行星落到地球上来是史无前例的。这颗小行星在落地时，贮存宇剑的山洞口既没有向上也没有向下，而是朝着侧下方。这样对宇剑来说是第二个幸运，因为这不仅避免了降落时洞口被摧毁的风险，也避免了洞口被压覆到地面上的可能；在降落到地球上之后呢，更避免了日后被雨水所淹没的可能。

更加令人惊奇的是，这颗小行星所蕴含的奇特物质，无论多么微弱的信息它都能无遗漏并恒久地贮存起来。这对宇剑来说是第三个幸运，这也保证了他智慧与灵魂的完整性。当人们在山洞中发现了王宇剑的少量焦躯碎片时，又恰遇到欧阳春教授和李春先教授，他们分析这可能是一千年前开拓号宇宙飞船失事残片与人员焦渣。这是王宇剑的第四个幸运，这让对他的更生立即形成事实而无任何耽搁！

"必须让他重新在这个世界上生活一次，就是有天大困难我们也要努力办到！"

欧阳春教授一开始就立下了这个坚定信念。

"欧阳教授，我们能成功吗？"维纳斯担心地问。

"放心吧孩子，我们必须成功！"欧阳教授和蔼地对维纳斯说道，"但是，我们担心宇剑的智慧信息在收集和转贮过程中，难免有遗漏与丢失，这会造成他自我感觉的严重失真！"

"有什么办法可以补救与弥补？"维纳斯急切地问。

"对他一生进行系统研究，研究他学习过的所有文化知识，做过的事，接触过的人，读过的书籍，他的家庭与亲人，他生活的社会。我们力争摸透他的思想，再将所有这些信息与他的智慧自我（灵魂体）相互参映相互渗透，这样就能补救他的自我失真之感，只有做了这些才能万无一失！"

"这项工作我来做！"维纳斯坚毅地说道。

"这项工作非常庞大！由于年代久远资料稀少，要下很大力气才能办到！"欧阳教授非常忧虑地说。

"我可以胜任！"维纳斯果断地说道。

"我相信你，维纳斯！如果你能做好这项工作，对于王宇剑更生成功，你就是立了首功！"欧阳教授鼓励她。

"我尽我最大努力！更生王宇剑需要多长时间？"

"六个月！"

"这么长？能不能短一些时间呢？"

"这对更生一个成年人来说，已经是非常之快了！"欧阳教授耐心地说，"你是不是想早一点看到王宇剑那生龙活虎的样子？"

"嗯！"维纳斯回答时满面羞涩。

"我和你的心情一样，也想早一点看到王宇剑生龙活虎的样子，可是，要更生一个血气方刚的小伙子，一定要让他的骨骼筋腱与内脏器官得到充分的发育、成长与锻炼，这样他才能有强健体魄和饱满生命，我们一定要做好各个细节，扎扎实实完成好每一步！"

"对，我也是这样想的！"维纳斯愉快地说道。

从那以后，她就一头扎入了浩如烟海的图书和资料之中，夜以继日，她把一切可能与宇剑有关的东西都搜集起来，大海捞针般力争做到滴水不漏。在完成这项工程之后，维纳斯简直成了一个地地道道的"宇剑通"。

第二章 跨入公元 3056 年，不是心中那山河

无 题

荷花自水底升起

蝴蝶从天边飞来

风走到我们的身边

已奔波了很久很久

那些耀眼的星光

也经过了漫长的跋涉

一切

都不是起自眼前

就像眼前的这棵参天大树

它的根，其实是埋在时光的深处

它的叶子还要飞翔很久很久

直到它变成一截朽木

那时，时光还会驮着它继续走

一

"我这是在何处？"

一觉醒来，宇剑发现自己已处在一个巨大且通体光亮的房间之中，躺在一张很宽大很舒适的床上，身上盖着一件柔软的鹅黄色毛毯。他坐起身来，看到床头有一摞白色的衣服。

"宇剑，你醒了！恭喜你，你今天就正式成为这个社会上的一员了！"

一个很温和的女中音说道，宇剑被吓了一跳。

"哈哈，宇剑，你不要怕！我是智能女音服务生，以后，无论你在哪里在何时，只要你有不明白的问题，只要你问或者想一下，我就会立即出现并帮你解答任何问题。好啦，现在我开始为你服务，床边那摞衣服是为你准备的，请按照虚空中图像指导穿上！"

宇剑看到面前虚空中突然出现了一个清晰人物立体图像！宇剑看着面熟，那不正是自己吗！刚理的发型清新潇洒，洋溢着十足的青春感。宇剑按照人物演示把衣服穿好，大小尺寸非常合适。衣服的风格是超前的梦幻风格，洋溢着超强的科技感与休闲感。宇剑望着虚空的自己，有一种喜出望外的感觉！

"挺拔！健硕！靓丽！宇剑，你现在的形象特青春！超燃！"女中音激情赞叹道，"你的出现，会让许多女孩为之疯狂的，更会让她们的内心狼烟四起！"

"狼烟四起？"宇剑不解这种语言。

"就是羡慕嫉妒恨到冒火的样子。不过，她们一个个根本不是美神——维纳斯的竞争对手！"

"不会的，在这个世界上，也许我只是一个格格不入的异类！我的思想与内心还都停留在一千年之前，对于当今这个神奇世界我是一个一窍不通之人！"

"不要这样说！你们那个时代是一个万马奔腾热血奋斗的时代，人人都在为自我人生价值而奋斗，所有人都不甘于平庸！你不就是其中一个极为优秀的奋斗者吗？现在的人们，虽然对世界仍然能够做一点点贡献，但更多是在享受人类科技文化积淀的成果，个人创造价值的功用已经大大减弱了，绝大多数的人几乎都是终生无所成就！"此时，虚空中的图像已经不存在了，"好了，伟大的宇航员王宇剑，一会儿欧阳春教授与维纳斯他们就要来看你了，你先休息一下，需要时，我会立时感应出现并为你服务的，再见！"

"好的！"

那声音很甜美，宇剑不舍地说道。他坐到床上，开始欣赏房间内的一切。

这个房间巨大而宽敞明亮，墙壁与天顶如同玉石一般散发着晶亮柔和的光线。他休息的床在房间中央偏南部位，床的南面是一大片绿色的室内观赏花木。床的东侧有一团直径约为三米的巨大白莲花团，花团四周是一层层柔质花瓣，花瓣中间是毛茸茸的花蕊，圆圆的，直径差不多有二米。床的西侧是一个室内小型泳池。床的北侧不远处有一圈沙发。沙发的后面，是房间的门。门开着，外面是东西向宽阔的走廊。

"宇剑，欧阳春教授和李春先教授来看你来了！"

就在宇剑欣赏房间的时候，维纳斯像一股春风飘然出现在北侧门口，满脸笑靥比阳光还明媚。宇剑赶紧过来迎接。

宇剑看到两位长者风范的中年男子出现在了门口，他们身后还有一位亭亭玉立的青春少女，极富东方的典雅之美！个子稍微矮一点的方脸男子，满眼都是无法自抑的喜悦光芒，上前紧紧握住宇剑的双手，目光在宇剑脸上热切地久久地盘旋着，仿佛是见到自己久别重逢的亲人一般！

"宇剑，我们代表生物馆及公元 3056 年这个世界上所有的人，欢迎你！"他激动地对宇剑说道。

"这是欧阳春教授，是他设计和主持了对你的全部更生！"维纳斯指着与宇剑握手的中年男子说道。

"谢谢你，欧阳春教授！"宇剑双手紧紧握住欧阳春教授的双手。

"不要说'谢'这个字，你是开拓中国太空事业的英雄！当时，你折戟太空是中国太空事业之剧痛，但也为你跨越一千年来到今天埋下了伏笔！也是福笔！不幸之中，这又是何等幸事呵！"欧阳春教授指着身边的另一位中年人说道，"这是李春先教授，他与维纳斯两人，对你的更生都提供了巨大帮助。特别是维纳斯，为确保你的更生完美无缺，她付出了巨大努力！其实，你们两个在育化池边，就早已相识了吧？"

"是的！"宇剑感激地望了一眼维纳斯。

"孩子！宇剑，我们应当这样称呼你，虽然你的世界比我们早了一千年！"春先教授握住宇剑的手，然后给他一个紧紧的拥抱。

"谢谢你！谢谢你们！"宇剑的眼睛已经湿润。

"秦雪！"欧阳春教授指着那位典型的东方女子说道，"她原来的世界只比你晚二十几年，你们俩应当算是同一个时代的人！"

"宇剑哥，你不知道，你的名字在我们那时的中国是多么响亮！"秦雪以崇拜的眼神仰望着王宇剑。

"比我晚二十年，你是因为？"宇剑有点犹豫地问。

"一场意外车祸毁灭了我的身体，我是 2054 年被冰冻到液态氮中去的，当时，你还在太空中遨游，关于你，地球人没有不知道的！宇剑哥，我和我的同学们都非常崇拜你！我经常在电视上看到你从太空传回的视频资料，宇剑哥，你太伟大了！"握到宇剑的手时，秦雪一副兴奋的样子。

"那时的二十年，是中国科学事业发展最快的二十年！"宇剑双手握着秦雪的手，犹如见到久别的故人。

"对对，那时的中国发展极快，各种科学力量都是世界巅峰水平！你们在宇宙深空飞行探索，对科学界的影响极为深远，极大地提高了中国人的科研热情！"

"其实，我只是做了一个宇航员应当做的事情！"宇剑不好意思地说。

"不能这样说，宇剑！你们几个当时买的可都是单程票呵，这需要多么巨大的牺牲与献身精神？多少人是无法做出这个决定的，他们缺乏的就是你这种敢于为科学献身的勇气！"欧阳春教授接过话题说道。

"对，当时中国航天部在征召开拓号宇宙飞船宇航员时，六个月之内竟然无一人前去报名。是你的出现打破这个僵局！那段历史我读过多遍！你们出发之时，那送行的场面是何等震撼！宇剑，你就不要谦虚了！"李春先教授说道。

"是的，我搜集到了很多这样的材料，非常感人！"维纳斯动情地说。

"来，我们大家坐下来谈！"

春先教授指着沙发建议道。大家向沙发走过去，坐了下来。

"宇剑，你是人类向宇宙深空进军的第一代英雄，你那次太空远征具有划时代的意义，开创了人类冲出太阳系的先河！虽然时光过了一千年，但我们应该以隆重的仪式欢迎我们的英雄归来，你们说是不是？"欧阳春教授热情洋溢地说道。

"没有达到预想的目的，我们只能算是太空探索的失败者！没有及时发现那颗小行星，更没有及时计算出它运行的轨道，一颗小行星的撞击就突然中断我们国家的宇宙深空探索！这都是我们的失误造成的，现在回想起来，我非常惭愧！我们没能完成国家交给我们的光荣任务！"宇剑很羞愧地说道。

"不，不管成功与失败，而是有人勇敢地跨出了这一步，这就是最大的意义！从一千年后的今天来看这个问题，我们更看重的是这种敢为天下先的精神与胆略，成功与失败真的没有多大意义。但对于你们个人，它就不一样了，因为关乎生死！"春先教授说道。

"宇剑哥，当初你为什么第一个报名？"秦雪望着宇剑好奇地问道。

"宇剑，你仔细说一下这个事情，我看与我搜集的资料是否一样？"维纳斯以期待的目光望着宇剑说道。

宇剑静下来仔细想了一下说道：

"我自小对太空就充满了好奇与幻想，渴望有一天能够进入宇宙深空，去目睹一下大宇宙的壮观景色。可以说，进入宇宙深空，这是我从小就埋在心底的一个志向！我是一个真正的航天迷！"

欧阳春教授以赞赏的目光望了维纳斯一眼，然后继续认真地听宇剑讲着。

"我二十二岁那年，也就是我在中国航空航天大学就读大五时，中国航天部开始为开拓号宇宙飞船招募宇航员，这是一次为期四十多年的太空之旅，要去一个新近发现的行星上去探测。其间，还要完成其他许多探索课题，危险性是极大的。可以肯定地说，这是一个一去不复返的单程票，顺利返回是一件不可想象的事情！对于自己来说，出发就是一场生离死别，既要永别父母又要永诀恋人，因此，通告发出半年多时间，竟无一人报名。中国航天部本着自愿原则，并不强迫任何人去做这项工作。科学探索每前进一步，都需要有人付出巨大代价甚至是生命，开拓号宇宙飞船那次远征，不仅时光漫长，而且宇宙深处随时都会出现各种难以预料的危险。看到无人应征，我非常焦急，经过一段时间艰难思考，我决定去应聘。我没有费多大的劲就做通了父母的工作，他们很支持我。随后，我又做通了许飞光和刘箭矢的工作，我们一起去报了名。经过了一年多各种训练后，在 2035 年春天，我们几个就踏上了进入宇宙深空的征程。想不到的是，在飞船飞行了二十年之后，那颗黑色小行星却骤然出现了！"

说到这里，宇剑沉默了下来，他眼前浮现出了许飞光与刘箭矢的身影。

"为什么今天的幸运，不是他们两人中之一而是我？"

宇剑说出这句话时，他眼中的泪水夺眶而出。

"欧阳爸，你看他这泪水，这就代表我们已获得了最大成功！"一直凝视着宇剑的维纳斯，在看到宇剑这个表情后，站起来，幸福地扑到欧阳春教授怀里，泪水从她眼中一下子幸福地涌出。欧阳教授的目光也湿润了，他用力拍了拍维纳斯的肩膀，以示赞同。

"是的，孩子，你的功夫没有白费！"欧阳春又用力拍了拍维纳斯的肩膀。

"宇剑能够清晰地记起这一切，欧阳，我们真的成功了！"李春先教授说着，上前紧紧握住欧阳春教授的手。

"自此，我们再也没有后顾之忧了！"欧阳教授眼角的泪水流了下来。

"宇剑，你能如此清晰地记起这些，我们真的太幸福了！"维纳斯擦了擦眼角的泪水，上前紧紧拥抱着宇剑。

面对这种场面，宇剑一副茫然不知所措的样子，他不知为何会突然出现这种情况。

"宇剑哥，大家这是为你高兴！大家一直怕你更生后，自我感觉与认知不清晰，毕竟你的智慧与灵魂已经经过了两次载体转嫁，很难做到转而不漏，所以，大家一直在为你深深地担心，怕你出现意识模糊或记忆不清晰的情况，那是我们大家最为惧怕的！"秦雪上前抓住宇剑一只手摇晃着，喜极而泣地说道，"看到你能这样思考与回忆过去的事情，你真正找到与回归了自我，他们，不，我们大家才真正彻底放下心来！"秦雪指着欧阳、春先与维纳斯说道："你无法想象，为了你的更生，他们下了多大力气，许多个夜晚都是彻夜不眠！特别是维纳斯，为了你，翻遍了书海与信息之洋，她怕遗漏你在这个世界上还能找到的任何一点有用信息！"

此时，秦雪伸开双手把宇剑与维纳斯的手按叠在一起，并悄悄把嘴凑到维纳斯耳边：

"维纳斯姐，你要用心呵，否则，我要同你抢我的宇剑哥啦！"

说完秦雪哈哈大笑起来，维纳斯的脸，刹那红到了耳根。

王宇剑只是在深深地点头，他明白了其中原委，眼中也溢出了幸福泪水。望着大家激动的样子，他目光中充满了感激之情。

一番激动之后，大家重新坐下来。

二

"我何德何能来享受这天大的幸福！但愿看到今天这个场面的人是他们俩中之一，我对不住他们！"宇剑低下头悲戚地说，"当初是我苦劝，他们才参加宇航员报名的，是我害了他们两个！"

"宇剑，你不能这样想，这不怪你！他们既然接受了你的劝说，就已经接受了各种不可预测情况出现的可能。如果他们俩知道你有今天这个大美结局，他们也会为你祝贺的，更会为你而感到幸福的！所有这一切，都不是人为所能决定的！"看到宇剑痛苦不堪的样子，欧阳教授劝说道。

"是的，各种可能都有，也许他们灵魂与碎片，去了不为我们所知的更高级星球世界呢！各种可能都是一种选项，一千年前刚刚发生碰撞后，你也不会预测到你会有今天这种结局呵，宇剑哥，你说对不对？"秦雪为他解脱道。

"对，不是没有秦雪说的这种可能，他们散落在宇宙中的智慧信息与生命信息，是不可能无缘无故彻底泯灭掉的！"维纳斯也想象着另一种可能。

"还有另一种可能，小行星黑山能够飞回地球，这是一个惊喜也是一个意外，如果他们俩落进深洞，这颗小行星就不一定返回地球来了！"春先教授说。

"即便归来，若是在一万年之后呢？"秦雪说道。

"好了宇剑，你就不要在这个问题在上苛责自己了！人各有命，福与运也皆不相同，人之命皆随天运！"欧阳教授说道。

"好的，我不再想这个问题了！"宇剑静默了一下，然后抬头问欧阳教授，"欧阳教授，我想问一下，你们是如何对我进行更生的？"

"好，那我就详细地给你说一下整个过程。"欧阳教授对宇剑说道，"小行星黑山能够落到我们地球上来，能够落到我们生物馆附近，这是一个轰动全地球的大事件！无数的人都来观看。奇怪的是，这个小行星上有一个深洞，人们在深洞里发现了一种奇特的信息与一些完全与小行星物质不同的碎片。我和春先教授，对这些碎片与信息也非常感兴趣，于是就进行分析研究，发现这些信息是一个人完整的智慧精神自我（一个精神世界的全部东西），或者说是一个完整的灵魂自我（全部灵魂）！我们非常诧异，怎么会是这种情况呢？我和春先教授感到无比震惊！这个灵魂自我是谁？是不是几百年或者上千光年之外的太空人，为了抵达地球而故意在小行星上寄存了太空人完整的智慧自我（灵魂）呢？于是，我们又对这些信息内容进行了剖解，逐条研究它的精神内涵；并对小行星运行轨迹，进行了一次以千年为时段的轨迹推演与回放，推演结果令我们极为震惊：我们发现是这颗小行星，在公元2056年与中国的开拓号宇宙飞船相碰撞！更发现，这个精神自我（灵魂）就是你们三个——王宇剑、许飞光与刘箭矢的其中之一。再经过对精神自我（灵魂）内涵数据的采集研判，才确定：这灵魂与碎片都属于那位名叫王宇剑的宇航员，而非另外两位之一。此时，所有情况都明摆在这里了：你的灵魂——全部精神自我在这里；碎片，你的全部基因信息也在这里！这就具备了对你更生的全部条件，而且是公元2056年那个时间点上的你！我和春先教授两个人经过认真、仔细地分析研究与商量后，决定按二十六岁，以这个年龄值为你更生。"

"我们必须在这个年龄点上，让你的精神自我（灵魂）与阅历自我在这个时间点聚合，这样做，你才能成为真正的你！如若从婴儿的起点开始，经过学习与成长后，你就无法变成二十六岁这个时间点上的你了！所以，我们必须让你横空出世，一下子进入到二十六岁的成年，先完成你躯体的更生，然后再与你的精神自我（灵魂）融合成一体，如此才能算是真正成功更生了你！"李春先教授接过话题道。

宇剑认真地听着，频频点头。

"是的，这就需要把更生成功后你的躯体，在没有融合你的智慧精神自我（灵魂）之前，先进行无智锻炼，以成就你强健的体魄！"欧阳教授说道，"还有一个难题：就是从小行星深洞岩壁上提取出你的灵魂（智慧精神自我），然后再转嫁到你新躯体的大脑中去。因为提取的过程是拔根，它更换了那些信息成长与存在的基础，所以，你内心那些共鸣性的先天灵犀性的东西，就有可能会全部消失掉！还有，在提取与植入这些信息的过程中，难免有所遗漏，这也会造成记忆断根（须根与弱根）现象出现。如果真是这样的话，那么植入到你大脑中的信息自我就会有乱码现象出现，令你自我印象不连贯，在许多事情上不知所云。这样就造成你在更生完成之后，会出现自我感觉不真实，一直像生活在梦里，感觉一切虚无缥缈，许多事情与自己无关，无法形成连贯统一的思想意识。若出现那种情况，我们对你的更生就彻底失败了。"

"我现在感觉非常真实，一千多年前的世界也能极清晰地浮现在眼前，记忆、思维与逻辑，仿佛比以前更加清晰，所有经历的事情仿佛都在昨天！"宇剑一边努力体味着自己内心一边说道。

"当然会是这样，因为这个问题已经解决了！当时，维纳斯想到了一个最有效的解决与补救办法。"欧阳教授望着维纳斯接着说道，"这个工作，也是她亲自去做的，她绞尽脑汁，确保了对你的更生没有出现任何偏差！"

"谢谢你，维纳斯！"宇剑深情地望着维纳斯，目光中充满了感激。此时，他更加强烈地感受到维纳斯那摄人魂魄之美，还有她目光里投射过来的热度。

"不要说谢，你是一个航天英雄，相对于你做出的贡献，我做的那些小事太微不足道了！"维纳斯轻描淡写地说道。

"可是，我还是不知道你到底做了些什么？"宇剑不解地问。

"让我说吧！"秦雪哈哈笑着说道，"搜集与你——所有与王宇剑这个名字有关联的、公元 2056 年以前的信息资料，你曾经学习与研究的所有课题、文化与书籍，尽最大努力营造出你精神文化心灵的所有信息内涵。用这些信息做成一个信息饼，与从小行星黑洞里提取出的你的精神自我，进行相互参映、根植、熔铸，加深你对那些已淡忘事情的感知与记忆，恢复你心灵深处的灵犀，然后才把你的信息自我植入到你的大脑神经中枢深处。这样你原来心底所存在的一切就有了栩栩如生的丰满意象，心中世界才会变得格外清晰鲜活！你想一下一千年前，你在那个世界上经历的一切，你的感觉是不是这个样子？"

"是呵，我现在感觉的就是你说的这个样子！一切清晰逼真，许多事情仿佛都发生在昨天，包括儿时那些记忆也是如此鲜活！"宇剑欢快地说道，此刻，仿佛儿时一些有趣的事情涌现到眼前，他竟开心地笑了起来。

"可是……"秦雪做一个鬼脸，故弄玄虚地停下来，望了一眼维纳斯，又回过头直视着宇剑。

"可是什么？"宇剑目光紧盯着秦雪。

"可是，有人走进去，她就再也走不回来了！深深地掉进了你的世界里，与你朝夕相处耳濡目染，是不是维纳斯？"

秦雪目光调皮地望着维纳斯，此时，维纳斯已羞得满面通红。

"走进去，再也走不回来了？这是怎么回事？"宇剑满脸茫然。

"宇剑哥，你怎么这么愚钝？当然是走进你的精神世界去了，维纳斯因为深入研究你与当时那个世界，被你深深感动了，她就深深爱上你了！这不是你一个意外的巨大收获吗？"说完，秦雪哈哈大笑起来。

宇剑的脸一下子红到了耳根，他偷偷看了一眼维纳斯，维纳斯一边把头埋进欧阳怀里，一边着急地说：

"欧阳爸，你管不管你捡来的这个小女儿？"

"管、管！不过，秦雪说的也对，好像确实是有这样一个意外收获呵！这可是一件好事呀！"欧阳教授轻轻拍了拍维纳斯的肩膀说，他笑得非常开心。

"是的，我确实被你与你们那个时代震撼了！那时，你们每个人都有强烈的事业心与责任感，都有个人的追求，你们那种拼搏与奋斗精神意志，正是我们现在这个世界所缺乏的！相对今天，我非常羡慕你们那个时代的生活，人类内心的生机是如此蓬勃！"维纳斯不再羞涩，昂起头来非常郑重地说道。

"这一点我严重认可！相对于我们那个时代，现在人的内心是澄澈与透明的。但是维纳斯，你不能转移话题呵！你说，你是不是爱上了宇剑哥？"秦雪不依不饶。

"是的，我爱！爱一位航天英雄，难道错了吗？"维纳斯满脸飞红。

"没错！其实，我也爱宇剑哥！"秦雪抓住宇剑的胳膊摇晃起来。

听了这话，李春先教授开怀大笑！

"你看，你们两个都说出了内心实话！"他笑着说，"好吧，欧阳，让他们几个说说话，我们到外边去散散步吧！"

"不，我也约了朋友去玩。还是把时间交给维纳斯吧，让她当面与宇剑哥印证一下她搜集的那些资料是否正确！"秦雪也慌忙站起来。

"好吧宇剑，今天就到此为止吧！"欧阳春站起来端详着宇剑说道，"明天傍晚时，我们几个人举行一个小小酒会，为你第二个崭新人生的开始，举杯庆贺一下！"

"谢谢欧阳教授！谢谢春先教授！"

宇剑用力与欧阳教授和春先教授握手，然后随维纳斯一直把他们送到门口处。

"宇剑哥，再见！"秦雪向宇剑挥了挥手，她甜甜的微笑像一阵风，袭过宇剑心田。

"再见！"宇剑向秦雪也挥了挥手。

"她多像我的小妹，如果我有小妹的话！"宇剑望着秦雪在心里想着。秦雪的身影总能让他想起失去的那个年代，那些他曾见过的人们的影子，让他感觉公元 2030 那个年代离他还不远，仿佛回首即是。宇剑望着秦雪的背影，内心感到一阵强烈的暖流，有了一种历史性的回归感。是的，地球，我归来了！

再转眼，望着欧阳教授与李春先教授的背影时，宇剑的双目再一次湿润了！

三

回到沙发上，维纳斯把手放到水晶茶几上轻轻一弹，瞬间，茶几像魔术一般从桌面中间打开的部位托出两杯绿莹莹的饮料。维纳斯把靠近宇剑的一杯推到他面前。

"宇剑，喝一杯饮料吧！"

此时，宇剑正好微微有点渴，他端起那杯饮料缓缓喝了下去，那滋味甘爽无比，入胃穿肠之后，全身百万处似乎都有流泉在生，五脏六腑之内顿有一股绵绵无尽的力量弥漫升腾，恍然间就耳聪目明起来，那感觉是语言形容不出来的。

"这饮料怎么这般奇特！"宇剑感叹道。

"这是滋生液，为你特制的！"维纳斯说。

"为我特制？"宇剑迷茫地摇了摇头。

"现在世界上，生命信息感知系统无所不在，这个系统与现今这个世界的主宰——宇宙智慧脑系统是相连接的，也与我们的饮食万能调配系统相连接！现在，你身体生命特征的所有数据，在你出现在这个世界上之后，就会一直被动态地随时采集着。所以，你的饮料与食品，都是根据你身体状态的需要而预订的，你说，这杯饮料能不是为你特制的吗？"

"那，你那一杯也是特制的吗？"

"对，也是特制的！"维纳斯饮了一口她杯中饮品后接着说道，"我刚才想为你倒一杯饮料时，宇宙智慧脑信息系统就感受到了我的指令，因你我所坐的位置不同，所以饮料成分也就有了不同：你的那杯，在浑元液的基础上加入了你的需要；我的这杯，也根据我此时的身体需要做了调整！"

"浑元液，是不是就是通用基准液？"宇剑内心有了一丝恍然之悟。

"对，浑元液是通用的基准液！"

"这么神奇！"宇剑感叹道，他低头看着水晶般闪光透亮的茶几，又轻轻拍了它一下，硬硬的，玻璃凉凉的感觉。

"这茶几……"

"这茶几下面有输送管道与之相连，有一个传导系统，可传送饮料与所有饮食！"

"是不是也省去了烹制的所有烟火？"

"是的，但烹制环节却全程都在！"维纳斯满面春风笑意连连。

"太美妙了，就像我们那个时代想象中的仙境一样无所不能！不，比想象中的仙境更先进千倍！"

"不翻越这一千年时光，你焉能想象到这世界会有如此巨大的变化！"

说罢，两人一起哈哈大笑起来。

"再来一杯吧！"

"好的！"

宇剑品尝着，感到与上一杯略有不同。

"维纳斯，你真美！"宇剑一边喝着饮料一边端详着维纳斯。

维纳斯笑着一言不发。

"维纳斯，你说你是正版维纳斯，是编辑基因生物人？"

"是的！"维纳斯微微点头道。

女神维纳斯是古希腊神话中一位美神与爱神，她的美色是人间智慧想象不出来的！在三千多年前，意大利雕塑家米罗用其一生雕刻出她的完美形体，但却无力雕琢出她一双完美手臂，因为不理想，干脆就打掉了她已有的双臂，维纳斯就成了断臂维纳斯！追求完美与至美是艺术家的悲哀，艺术永远是缺憾的，但艺术的美却永远比不上现实美的传神！

"欧阳教授是一位罕见的天才基因生物学家，他能缘形而修剪基因，又要让基因信息左右你的形体特征，这种深奥的理论比雕塑家的要求更苛刻更博大精深，每一个细节都必须做到精准无误。他必须预先设计出一个无可挑剔的完美方案，必须想象出维纳斯之美的每一个细节，而且还要把每一个细节做成基因管控的数据！这其中的难度是可想而知的，雕塑家可以一边雕琢一边琢磨，但基因造物则必须先有人之美，然后才有基因之设计与剪切！无法想象，一个人怎么会拥有如此神奇之能力！欧阳教授是难得的伟大天才！"望着维纳斯之美，宇剑不由得发自内心地由衷地赞叹道。

"欧阳春教授确实是一位天才的基因学家，他的思想与理解能力，一点也不会比宇宙智慧脑系统逊色，他许多创意性思想，也都是宇宙智慧脑系统所首见！宇剑，想不到你一个航天人员，竟能把基因学理解得这般透彻！"维纳斯动情地赞叹道，宇剑的理解真的出乎她的意料，"何止是基因学方面，在精神思想方面，欧阳教授也对我花了很多心思。为了让我具备古典情操与修养，欧阳教授涉猎了大量的古典文学艺术作品，用信息灌注、参映的方式与我内在的修养融成一体，让我拥有了传统的审美观和价值观，以及内心一些和这个世界格格不入的东西！所以，我的思想很保守，有时更为注重传统的东西，譬如，我思想深处非常看重人生的价值与意义，这使得我们两个思想非常接近！"

"这种思想不是很好吗？难道我们不应当看重人生的价值意义？"宇剑不理解，他觉得这种看法很正常。

"不，错了！这是过时的观点，现在，你可以注重感悟、理解与升华，有心灵上的共鸣就足够了！在这个世界上，存在与发展的一切，无须你去操心，更无须你去决策，只要你能够遵守社会秩序安心学习与生活，对于一个公民来说，这便足够了！"

"哦，不可思议！难道可以碌碌无为？"

"一千年时光太长，这个世界的变化是极为深刻的，许多事情都发生了本质性变化！从你那个时代的人工智慧，到现在的宇宙智慧脑系统，从你那个时代的智能机器人到现在天地一体化自我运作，这个世界在这一千年智慧积累中不停地爆发与推进，在一次又一次爆发与推进之后，我们人类从体力到智力，便完全被排挤出这个世界的主流运作之外，几乎成了一个地地道道的观景者！"维纳斯沉思了一下，"不过，这不正是一代又一代人，前仆后继不懈努力所渴望追求到的结果与成果吗！"

"除了生活与学习，人类已经变得无所事事？可是，这生活方式来得也太突然吧！"宇剑感慨道。

"哪里来得突然？这个世界于你是刚刚踏入，但这个世界却是从一千年里，一步步扎实地走过来的！"

宇剑恍悟，深深地点了点头。

"其实，在欧阳教授开始更生你的时候，正是他把古典文学作品制成信息拷贝，为我参映、灌输这件事给我的启发，让我想到，如果把能找到的所有关于你的资料信息制成信息拷贝，再与你的精神自我进行锲入、参映，一定会对你的记忆恢复与巩固大有帮助，它会让你有一个更加清晰、完整与真实的自我感受。当我把这个想法告诉欧阳教授时，他大加赞赏。其实，他忘记了，这个主意本来就是他想出来的！"说到这里，维纳斯开心地笑了。

"宇剑，你知道吗，在这个世界上，唯有你我的心灵是相通的！"维纳斯凝视了一会儿宇剑说道。

"为什么？"宇剑摇摇头，不知她这话从何说起。

"你看，你来到这个世界，是带着历史印痕而来，就像胎记，这对你来说是与生俱来的：你一直无法忘记你的历史使命！这是你的世界观使然！而我呢，是因为那些扎根于我内心的古典文学艺术，重塑了我的世界观，让我不能有所忘而必须有所成！这种世界观，在当今世界上，除了秦雪，你与我，再也找不到第四个人秉有这种心态！"

宇剑点着头，他凝望着维纳斯，他觉得他已经理解了维纳斯，她在这个世界上是孤独的，心灵也是沉重的。但这种内涵也塑造了她遗世独立的风采，也就形成了她独有的个性。此刻，他望着维纳斯，再一次被她的美与焕发的风采所征服。

"因为不同，所以感受才会深刻！这种做法，何尝不是欧阳教授对我精神的最大馈赠呢！"维纳斯说道，她身上又平添了一股凛然之气。

"是的，我非常赞成你这种说法！"

我们不论生活在什么样的时代，都要站稳脚跟找准自己的感觉，活出自己的内涵与特色。不去雕琢的随波逐流与大众化是庸俗的，是毫无意义的人生。你的目光必须掠过层峦叠嶂见别人之所未见，感别人之所未感，你才会活出峥嵘傲岸的风骨与独特风采，你才能亭亭玉立于百花园中！

"现在，你身体感觉如何？"

"非常好，感觉精力非常充沛！"

"好，我们一起到外面走走吧，看一下外面这个世界，是否还是你记忆中那片山河！"维纳斯建议道。

"好！"

宇剑非常激动，他站起来，和维纳斯一起向外走去。

四

门外是一条东西向走廊，宽而高，到处充满了柔和的自然光。他们顺着走廊向西走了三十多米，便来到了一个向南敞开的豪华门廊，门廊外那起伏的山野与蔚蓝色天空，一下子涌入宇剑的眼帘。

走出门廊，他们沿着宽阔的坡路向山下走着。空气中的负氧离子在宇剑的肺叶里喧嚣撒欢，初见久违的大地，他显得格外激动，深一脚浅一脚小跑进入前面的山林之中。

起伏的山峦，绿色的草地，高耸入云的树木，婆娑的丛林，蔚蓝色的天空与耀眼的太阳，一切都没有变，一切都依然故我，依然是那么年轻与苍翠！宇剑心头潮湿，泪水已经从他眼中夺眶而出，他忽然停下来，仰头抚摸着身边树冠上的片片绿叶，然后又去拥抱粗壮的树干，之后俯身从地上采撷几片草叶细细嗅闻。最后，他捧起一捧湿润泥土深吸它的清香。过了好大一会儿，他才把那把泥土放回原处。然后他又走到远处另一棵大树前，仰望它参天的树冠，拥抱丈量它的周身，把脸贴在粗糙的树皮之上，用双手轻轻拍打，听它重重的回声，这一切他感到是那样真实！他笑着，流着泪水，亲吻他能够到的一切！不知过了多大一会儿，他才变得宁静起来。

维纳斯站在不远处微笑着望着他，欣赏着宇剑所做的一切。此刻，她感到时光特别温馨、静美、陶醉、绵长，一切都仿佛是在一幅图画之中。直到看到宇剑沉静下来，她才走到宇剑跟前。

"宇剑，我们去前面那片山岗看一看吧！"

维纳斯指着前面几百米处的一道山丘说道。他们向那边走去，爬上那片山岗，一片一望无际的巨大湖泊，蓦然出现在他们面前，向东很远很远才是湖的边际；北边是生物馆山峰，这里依然是在生物馆山峰脚下；南边的岸不算太远，大约有四五百米的样子。但湖的南侧却是一条东西走向的宽阔河流！

"还有一条河？"宇剑兴奋地说。

"是的，那就是黄河，你非常熟悉的一条河！"

"黄河？怎么会是黄河？这里，在地图上是什么位置？"宇剑感到十分震惊。

"你还记得从前那个兰州市吧？"

"当然记得呵！"

"就在那个方向，正西南方向，兰州市离这儿恰好是五十公里！"维纳斯用手指着西南方向说。

"你说的好像不对吧？"宇剑眺望着四周，好像在寻找什么，"正西南方向，兰州市离这儿正好是五十公里，这太巧了吧？可是，原来那个航天城的训练大楼在哪里？"

维纳斯笑了，她几乎笑成了一朵花。

"为什么你的脚下，就不能是你们从前的航天城呢？"

"不对呵，即便是航天城没有了，可当时这里也没有什么山峰呵！"

"从前，愚公可以移山，为什么在距你一千年之后，人们就不能熔石造峰？"

"你说这山是人造的？"宇剑回首望着生物馆山峰，这座山不算太高但也不算太矮，但它却非常庞大。

"我查过了，生物馆这山峰，就是当年你们航天城那座培训大楼的位置！你说奇不奇？"

"怎么可能？这是不是有点太不可思议了！"

"离于兹，又归于兹！宇剑，对于你来说，这何止是不可思议，简直就是天方夜谭！但它又恰恰是事实！你离开这儿飞向太空，却又带着一座山从宇宙深空归来到这里，仿佛你——这个故事，一切都是提前设置好了似的，你说对不对？"维纳斯赞叹道。

"是呵，我怎么越听越像是一个离奇故事呢？维纳斯，是不是我现在还在睡梦之中！"

"对呵，我也这样想，这何尝不像是一个梦呢？"维纳斯笑着，又摇了摇头，"但它不是梦，是千真万确的现实！"

"这么巧的事情，让我无法接受！"宇剑摇了摇头，又猛力地在地上跺脚。

"你看看这是梦吗？"

维纳斯张开双臂，向前走了两步，用力拥抱住宇剑。宇剑也用力拥抱了一下维纳斯。

"是的，不是梦！可是，可是，即便是在天方夜谭里，也没有这么巧合与离奇的故事吧！"

"相信吧，你也许被大宇宙编进了一个剧本之中，正在按照剧情一段一段播放呢，你可要把握好你的角色噢，处处演到精彩！"说完，维纳斯哈哈大笑起来。停一会儿，她又指了指不远处的黄河，"走，去看看黄河吧，也许你到黄河里畅游一圈之后，内心就一下子接受了全部现实！"

他们在山岗上向南奔去。

黄河在前面明晃晃地亮着，越走越近，湍急的流水声已近在耳畔。宇剑看到河水清澈如洗，那般碧绿。

"黄河水何时变得如此澄澈清亮的？"

宇剑站在河边发呆，那浑浊的黄泥汤子哪里去了？他轻轻走到水边，弯下身子，掬一捧水送到嘴里仔细品味着，哦，是黄河水！这滋味不是黄河水又是什么？他怎么能忘记黄河水那甘甜透心的雪山滋味呢？

望着湍急的黄河水，宇剑显得有点激动，他脱掉了鞋子，慢慢地蹚入到水中。经过了太阳一天的照晒，河水并不是太凉。他在浅水中适应了一会儿，便向深水中游去。他奋力畅游并且越游越有兴致，如一条黄河鲤鱼回到久违的黄河一般，他在水中奋力撒欢！黄河水那澎湃的内力拍击着他，激发出他胴体内冲腾澎湃的力量，那雄奇的力量像火一般在他肌肤之下喧嚣着！

宇剑仰浮在水面上，顺流漂出去很远很远，但当他逆流而上之时，水流灌注进他衣衫之中，令他游起来感到非常吃力，如同一只手在用力向后拽他！他顺手脱下上衣，依旧觉得阻力很大，便又脱下长裤，这才觉得如鱼得水轻快了许多。他把衣服送到岸边晾到草地之上，便又一头扎入了深水之中。如同久困笼中的鸟儿初入蓝天，如同久缚笼中的猛虎又放归山林，宇剑在汹涌的河水中如同一条兴风作浪的蛟龙，一会儿泅入水底，一会儿又浮出水面；一会儿顺流而下，一会儿又逆流而上，中流击水奋力扬波，不到筋疲力尽就决不罢休，不把心底的豪情彻底抖出就决不停止，他身上不知何时生出了无穷无尽的力量。

在远处的河堤之上，维纳斯一直微笑着欣赏着。此时，她发自内心地高兴，是的，欧阳教授说的非常对，避开婴儿时期，单刀直入直接创造一个成年人的身躯，是很艰难的。这要克服许多棘手问题，一定不能急于求成，那怕是一个极为细小的问题，我们也不能忽视，否则，可能会影响到全盘成功。如果早一点让他来到这个世界上，他会有今日的矫健和潇洒吗？你看他精力是多么充沛，一个经常保持体育锻炼的人，也难以有他如此强健之体魄，生物馆池水中的强风强浪已经把他摔打成一个赛似钢铁的人！此刻，维纳斯看得出，宇剑不只是在游泳，更是在宣泄和抒发他心头无法喷吐的激情。他要把他无尽的思念和话语变成这挥扬的力量，撒进这清澈无比的黄河水中！清澈的黄河水如一块古老的根，把他的情感带到真正的归途！

不知何时，太阳已坠到西方天际，满天的云霞在酡红色的光芒中燃烧，清澈的黄河水映着天上的云霞，如一河赤金在流动，美丽极了！水中的宇剑也变得平和起来，似乎是挤尽了激情吐尽了豪气。维纳斯知道，无论黄河水多么湍急，无论宇剑多么疲劳，他都是绝对安全的，因为在黄河水中和黄河水外的监视系统，时刻都在注意着他，不论发生任何危险他都能得到及时的营救。

又过一会儿，宇剑才游上岸来，这时他晾在草地上的衣服也已被晒干。当他穿上衣服来到维纳斯身边时，他的头发依旧湿漉漉的，他轻轻地坐到维纳斯的身边，非常宁静地欣赏着远天的落日。

"太美了！"宇剑轻轻地赞叹道。

"你是说天上的云霞还是水中的霞光？"维纳斯问。

"你看，它们还分得开吗？"宇剑说道。

"是的，分不开！"维纳斯答道。此刻，她的脸比霞光还红。

是的，此刻整个世界都沐浴在祥和美妙的光芒之中，这光芒又深深地沁入到宇剑与维纳斯的心灵里。

太阳要落山了，他们站起来，开始沿着来路向回走。

在生物馆山峰东北方向的原野里，有一个若隐若现的巨大黑影在浮动。

"那个黑影是一座山峰吗？"宇剑指着那个黑影问。

"那就是黑山呵，那个最大的奇迹！"维纳斯说道。

"离生物馆这么近！"宇剑惊叹道。

"它离生物馆只有八点五公里，人们都说黑山是为你寻找生命而来！"

"我们明天，可以去黑山吗？"

"好，我们明天就去黑山！"维纳斯爽快地说道。

宇剑的心突突地跳动着，他的心情突然间变得复杂了起来：明天，他就要看到黑山了，还可以看到山洞中他身体的残烬与碴片，那时，他的心情会怎样？此刻，他对自己的内心无力把握！

山　势

澎湃的心岩

被冷风吹透

回落中极限的力量

凝固为峥嵘的痛楚

只有风能读懂

这磅礴的饥渴

第三章　黑山故我在

一

　　回到房间之后，宇剑按照维纳斯的指点，坐到沙发上，只是想了想他需要吃点什么喝点什么，不一会儿，那张晶亮的茶几表面蓦然打开，托出一大杯味道百变的滋生液与两盘酥软香脆的海鲜食品！因为下午消耗了大量体力，闻着香气扑鼻的美食，宇剑顿感到饥肠辘辘，不觉大吃大嚼起来。他觉得那饭菜的滋味，是他一生中吃到的最好的一次！

　　吃了晚餐，他忽地感觉到有些疲惫，便走入柔软的白莲花蕊中，他刚躺倒，身体就被一股奇妙的力量悬浮起来，而且有一股柔暖的风，一直浴拂到他内脏与骨骼深处，那股深透的酥醉感与舒畅是语言无法形容的。他的两扇眼皮很快就沉重起来，不一会儿就如醍醐灌顶般香甜地睡着了。

　　第二天清晨，宇剑醒来很早。

　　洗漱完毕之后，他喝了一杯百变滋生液（每一次一种味道），又吃了几道他想要的美味食品，便走出房间，向生物馆山脚下的那片山林广场走去。

　　太阳还未升空，东方天际布满了美丽霞光。宇剑沿着小路向南面的山林走去，路边树木上的露水打湿了他的衣衫，他感到一股沁入肌肤的凉爽。凉爽的空气进入到他肺叶，使他感到无比新鲜与惬意。绿树在沉睡了一夜之后，一树花叶既欣喜又安然，无垠的草地向四处延伸着，一朵朵野花像美人眸子一般明媚闪烁，天空中不时飞过一只只美丽的鸟儿，发出天籁一般的鸣叫声。宇剑看到，在远处山林间，还有一些人在晨练，那情景让他仿佛又回到了一千年之前。

天空中又飞过来几只火红的鸟儿，在阳光照耀下它金色的羽毛折射出点点金光。这几只鸟儿体形不大，但非常灵巧。

"这是种什么鸟儿，怎么从来没有见过？"

宇剑看到那几只鸟儿飞翔得很快，一会儿便消失在丛林中不见了。接着，又有好几种新奇的鸟儿从天空中飞过，宇剑在记忆深处仍旧找不到它们的影子。

欣赏了一会儿天空，他又欣赏地上的树木，这些树木千姿百态，一种两种三种，十种二十种，他数着，这些树木都非常奇特，也都是他从未所见。这时，一棵奇树突然攫住他的目光，远远望去犹如紫铜铸就的一般，树干粗且直，如古梅树直指苍穹，几乎没有树冠，几根枯枝上生长着稀疏肥厚的小胖叶子。这棵树与周围其他树形成了极大反差，奇特而格调迥异。他走到这棵树近前，才看到树干与树枝上生满了鱼鳞般的翠绿叶片，像镶嵌在上面似的，闪烁着黑铁般铮亮的光芒。他用手一摸，感觉如同摸到石头一般寒凉沉重，又用力一拍，却发出了金属般沉重之声，这树大约有三四米高。

在这棵奇树之下，宇剑嗅到一股浓烈的松柏之气，沁人心脾，这种气息唯有在崇山峻岭之间，唯有在断崖绝壁之上，唯有在千年松林深处，你才能遇到，它能涤净你身上的尘埃和俗气，让你心灵升华！这树，是不是欧阳春教授剪切与组合基因片段而创造的杰作呢？宇剑陷入了沉思。对，还有刚才那些鸟儿，都是他从未见过的!

"宇剑,你发现了什么奇迹?"一声响亮的喊声惊醒了沉思中的宇剑,他看到维纳斯和秦雪不知何时出现在他身后。

"在看这树,它好奇特!"他又用力拍了一下面前那棵树。

"这是一株赛钢树,它年龄已有七百年之久了,这种树适应的气候很宽,可在干旱、高温和高寒地区生长;这种树木的木质很坚实,比重比铁还要大。"维纳斯说道。

"是剪切组合基因树吧?"

"对!人造基因的树木、花草与各种形形色色植物类,在八九百年前就开始大批出现了。你看,生长在生物馆周围这片区域的 80% 的草类与 60% 以上的树木,都是人造基因培育而来的!"秦雪说道。

"人类文明的发展,摧毁了自然界的许多生物生态链条,因为残缺的生态体系无法平衡,常常引起各种不必要的生态灾难。在公元 2200 年之后,人类基因修剪技术逐渐成熟起来,便开始利用基因剪切技术修复大自然残缺的生态与生物链。于是,在那之后的年代里,相继出现了许多新鲜的树木与植物、草类品种,但动物类与昆虫类基因剪切术出现,大约还要晚一二百年的时间。"维纳斯说道。

"宇剑哥,你看,人们在用现在的方式向你问候呢!"

秦雪指着天边的云霞喊道。

"在哪里?"

"你看,云霞排成的大字!"

"哦,我看到了!"

宇剑惊喜地发现,天边云霞竟然排出"宇剑你好"四个大字。

"宇剑你好!"

宇剑又听到一片巨大的声音在天空中高喊道,到处都是笑语喧哗,仿佛还有音乐,给人以热烈和隆重的感觉。一股暖流顿时从宇剑心头升腾而起！

"你再看上面！"秦雪又指着头顶的天空说道。

宇剑看到从南面的天空中浩浩荡荡地飞来一长队火红的鸟儿，它们像仪仗队一样，一个方队接着一个方队，极为壮观整齐，向他们头顶方向飞来。并且，天空中还回荡着极为美妙的音乐，那声音仿佛是从鸟群中发出来的。

"宇剑你好！"

当那些鸟儿飞到他头顶上方的时候，突然发声道，像许多女子在喊，声音很是柔美。宇剑登时吓了一跳。

"这些鸟儿怎么能够像人一样说话？"

"这很简单，是宇宙智慧脑系统指令它们这样做的，只要把指令植入它们的大脑，让它按指令发出相同的音节就可以了！"秦雪得意地说道。

二

"宇剑哥，我们去黑山吧！"秦雪说道。

"现在就去？"宇剑感到时间还早。

"现在去吧！黑山现在可是这个世界最热门的景点，去晚了那里会人山人海的！"维纳斯说道。

"好吧！"

"飘云帆！"维纳斯随意轻轻喊了一声。

"飘云帆？"

"对，是现在社会最常用的一种飞行交通工具，人们称它为飘云帆，一会儿你就可以看到它。"

"这飘云帆就像我们那个时代人们传说中的飞碟 UFO，但与飞碟又有巨大不同！"秦雪激动地对宇剑解释道，"你看，它飞过来了！"

顺着秦雪手指的方向，宇剑看到不远处一个扁平圆盘状白色飞行器从西南方向飞了过来。它底部有许多圆形的孔，放射出柔和的光亮，样子极像从前时代中的 UFO。说话之间，飘云帆已落到他们眼前草地上，它直径有两米多，高一米左右。

"我们上去吧！"

维纳斯微笑着说道，她向飘云帆走过去。她还未走到飘云帆跟前，飘云帆就蓦然在他们面前打开一道登上的舷门，宇剑看到上面有三个座椅，在座椅中是一个吧台式的小圆桌。他们刚坐到座椅之上，安全带就自动飞绕过来，把他们双肩与双腿牢牢地绑固在座椅之上。

"宇剑，你要小心了！秦雪现在一直陶醉于飘云帆的驾驶，一踏上飘云帆，她就会变得既恣意又疯狂！"

"疯狂、刺激、狂野，只有驾驶飘云帆，我才能找到那种淋漓尽致的痛快与恣意；另外，我还是想测试一下飘云帆到底是不是如人们说的那样多变、神奇与安全！"秦雪满脸都是收不住的笑意，"宇剑哥，你可要坐稳了，我们现在就体验一下极速飞翔的乐趣！"

"好的。"

宇剑话音刚落，他就感觉到一股巨大的力量把他骤然向上猛力托起，刹那间，他们便进入了高空。飘云帆越升越快越升越高，群山、绿树和湖泊迅速向下退却着。他又探头向下一望，树木已经变得模糊不清，群山也变成渺小的一点，无边无际的岗东湖变成了一面明晃晃的镜子。黄河也只剩下了一条弯弯曲曲的细线。飘云帆还一直向高空中升着，它的位置并没有平向移动。空气中的氧气也越来越稀薄了，宇剑感到一股强烈的窒息感。

突然，飘云帆猛然一震，猝然间倒翻了过来，身上的安全带也在刹那间抽了回去，他们一下子被掀入了万丈虚空之中，如自由落体一样向下坠去。维纳斯在下落的瞬间，猛然用力抓住了宇剑的一只手；宇剑在紧握维纳斯一只手的同时，也猛然抓住一侧秦雪的手臂。他双手用力紧紧握着！

"别怕，这是秦雪的恶作剧！"维纳斯大声对宇剑喊道。

"是不是飘云帆发生了故障？"宇剑大声喊道，风在他的耳边呼呼地响着，他什么都听不真切。他握住维纳斯的那只手向上用力托举着。

"不是的！"维纳斯大声说道，她的衣服发出哗哗声响，头发也飘散开来。

"哪里是恶作剧？飘云帆发生了故障！"秦雪故作惊恐地喊。

宇剑低头看了一眼秦雪，她另一只手紧紧握住维纳斯另一只手，他稍稍感到一点放心。

"宇剑哥，你看我们真是不幸！灾难为什么总是降临到我们头上？特别是你，来到这个世界还不足一整天，就又遇到了这种灾难，看来是命里不该有此大福！"秦雪大声喊着，一点也没有悲伤难过的样子。

"听天由命，一切皆遂天意吧！"

说着他奋力高举，他的身体到了最下面。他想，在她们着地的一刹那，也许能对她们俩起点保护作用。

"宇剑哥，大地越来越近了！"秦雪又在上面大声喊道，她的话语中隐藏着一股憋不住的喜悦。

宇剑低头向下，那山那水正高速向他们迎面扑来。

"宇剑，你看上面是什么！"维纳斯大喊道。

宇剑看到一张巨大如云团的飞毯，从高空风驰电掣般贴着他们身边向下滑过来，并顺势柔柔地把他们托住。在托住他们的时刻，飞毯依然顺势向下降着，不一会儿就化解了他们几个向下冲击的所有动能，稳稳妥妥地把他们悬举在半空之中。紧接着，飞毯猛力把他们向上抛起，就在他们几个重新落回来刹那，飞毯又变回刚才那顶飘云帆，他们依旧坐在各自的座位上，安全带也重新把他们绑固在座位之上。

"这飘云帆太不可思议了！"

宇剑惊喜地感叹道，出现的各种变化完全是在刹那之间完成。此时，他在心底开始对眼前这个世界由衷赞叹了。这世界，绝非一般的先进，一切已经变得非常不可想象，他的智力水平还能够理解这个世界吗？宇剑不觉担心起自己的智力水平来。

飘云帆擦着黄河水面逆流飞行了一会儿后，便向黄河南岸的群山飞去。犹如热带丛林，这里树木异常茂盛，你无法找到一块光秃地面。在不少山岭之上，还耸立着一些粗壮高大的千年古树，如巨人一般矗立在山林之中。在一个山头上，飘云帆刚擦着一棵大树之顶飞过，就又切入了林间空隙。宇剑闭上眼睛，他看到无数枝条向他脸上打来，但转眼之间又绕过去；一会儿，他看到飘云帆风驰电掣地向着一棵铁塔般的巨树撞去，强风在他耳边呼啸，他看到维纳斯和秦雪的头发飘向空中；眼看就要撞到那棵大树了，秦雪依旧没有躲避的意思，宇剑闭上双眼静待那声天崩地裂的巨响！然而，飘云帆在飞到那棵大树之时，猛然一个侧翻轰然飞过！绕过大树之后，飘云帆便又翱翔到高高的蓝天之上。

"秦雪，你是如何驾驶把控飘云帆的？"宇剑佩服地望着秦雪。

"简单极了，只管坐在飘云帆上想就可以了！"秦雪得意地道，"我想，撞山撞树撞大楼，可是，飘云帆只会按照我意愿的前半部飞行，每每快要撞到之时，它总能化险为夷地绕行过去！飘云帆在灾难面前是不会听任何人指挥的！在飞行中，它时刻都在掌控计算着安全飞行数据，绝不会置人于无法转圜的危险地步！"

"这么简单？"

"对，就是这样简单！"秦雪笑着，"现在这世界上的所有飞行器，都是与宇宙智慧脑系统相连接的，无论多少飞行器在同一个地方密集飞行，都不会发生互相碰撞的事情；每个飞行器的位置与所有感知，也会时时传送到宇宙智慧脑系统之中，形成天地联网的恢弘局面，让整个太阳系、少半个小宇宙，都能有条不紊地运转运行！现在，地球与外太空发展的先进状态，决不是我们那个时代人类智力所能想象出来的！在这个世界上生活一年多之后，我才渐渐理解与明白这个世界的先进情态！"

"认知这个世界，会有很大难度吗？"宇剑忧虑地问她。

"当然有一定难度！我不像你这么聪明，你会比我更快地了解与融入这个世界的！"

"秦雪，其实，我也是很愚钝的！"

"不，我是冰冻在液态氮里的原版智商，是未加任何调整与改进来到这个世界上来的！再说，我本来就是一个榆木脑袋，不开化，而且理解力差；而你呢，不仅天资聪颖，欧阳春教授在开始时就给你加了不少现代元素与调配味精，令你的思想境界比原版更加精彩灵透！是的，也许你一时还感觉不到你身上这些微妙变化，但以后，你肯定会感觉到有很大不同！"秦雪微笑着说。

"秦雪，你就不要夸我了，从跨入这个世界起我就非常担心！一千年过去了，像我们这种情况，在学习上，是否还有什么简单与快捷的补救方法？"他望了一眼秦雪与维纳斯道，维纳斯一直望着秦雪含笑不语。

"当然会有很多办法，能让我们快速了解与认知这个世界。但是，我们应当挑战一下自己，在一点点学习与了解过程中，慢慢靠近与融入这个世界，让乐趣缓慢释放，我认为只有在这样一个过程中感觉才是最美的！"

"我非常赞成你这种观点与做法！除非我实在无能为力翻越现实这些连绵山峰，否则，我们也决不去借助外力支持！"宇剑说道，他内心的胆怯已经减少了一分。

"倔强与不服输，才是我们那个时代人类性格的标配！"

"对，倔强不服输，我赞成你这个观点！"宇剑以欣赏的目光望着秦雪。

"不过，用现代人的眼光来看，这不是优点而是固执！"秦雪接着说道。

"不过，这不代表我的观点！你们那个时代，是大家用智商与情商推动这个世界发展的，这与现代的客观环境完全不一样！"维纳斯赶紧摆了摆手说道。

"对，时代内涵不同了，人们精神状态就不可能一成不变！"宇剑感慨道。

"对！你看，我虽然一直生活在这个世界上，可是我内心却装满了几千年的文化与历史，那些思想与内涵，一直在征服我呼唤我，让我比你们两个观念更固执更保守！"维纳斯感叹道。

"还真是这样，这个世界上三个最顽固的人竟然都在这顶飘云帆上了！"

"对，都在这里了！"

三个人不觉快乐地开怀大笑起来。

"宇剑哥，你看那只鸟儿，是不是非常美丽？"秦雪指着天空中不远处一只小鸟。

"一只很漂亮的小鸟！"宇剑看到那只小鸟有着金色与红色斑驳的羽毛，非常美丽。

"我们去粘住它！"

秦雪说着，飘云帆箭一般冲了过去，小鸟立时出现在他们伸手可及的眼前。鸟儿惊恐无比，忽上忽下忽高忽低要躲避开来，但飘云帆始终按着同一个节拍与它并行！宇剑顿时感到飘云帆变得极度颠簸起来。

"它怎么不躲开？"

"它是逃不脱的！你看它一直都想飞离我们，但飘云帆一直即时捕捉着它的节拍飞行。你看，它就成了现在这个样子，不左不右不前不后，一直就飘浮在我们眼前，其实它一直在飞！"维纳

斯说道

"我还以为秦雪脑子太灵活了，能一直做到和鸟儿同步飞行！"宇剑由衷地赞叹道。

"这与我一点关系也没有！我哪有能力追上一只鸟儿呢？你太高看我了！其实，也不是飘云帆粘上了它，而是宇宙智慧脑系统即时处理了它大脑中的信息，飘云帆才能如影随形地追随在它身边！"

"飘云帆还能联通它的信息？"宇剑大感意外。

"对，飘云帆的无所不能，其实是宇宙智慧脑系统的无所不能！现在这个社会的信息处理能力极为强大，任何信息处理都是瞬间到位，一点儿也不会有时差延后情况出现！"维纳斯说道。

那只鸟儿一会儿头冲着这个方向，一会儿又冲着那个方向；翅膀扇动得也一会儿疾一会儿缓。但宇剑他们在飘云帆里感受到的，却是极度的颠簸与前仰后合的碰撞。

"过来吧，小宝贝！"

秦雪伸手轻轻把那只鸟儿托在掌心，用手抚弄着它美丽的羽毛。那只鸟儿也安静了下来，翘首望着前方，时而回眸凝望秦雪，看她是否有什么恶意。

宇剑从秦雪手上捧过那只鸟，托在掌心仔细欣赏。这只鸟羽毛斑斓多彩，各种颜色的羽毛形成了极美丽的炫酷花纹；它有一双红宝石般的圆眼睛，它的喙也是宝石红色的，很短很尖很光润，闪烁着悦目光泽；它的双腿纤细而高，极优雅；它的尾翘得很高，尾羽很精细，几根美丽的长羽像细草叶一般伸出来，亦蓝亦紫的花纹间夹杂着几根赤色羽毛，整个鸟儿看起来比梦幻还轻灵。

"它叫什么名字？"宇剑问道。

"蓝尾雀！"秦雪答道。

"好贴切的名字，我还是第一次见到这么漂亮的鸟儿！"宇剑感叹道。

"这是全新基因鸟，你绝对是第一次见到！"秦雪说道，"大约在六七百年前人类就创造出了这种鸟，但那是第一代，现在这只鸟儿繁衍到第几代，我就不得而知了！"

"还你自由，你自己去飞吧！"宇剑用力把它抛向高空。

也许是飘云帆切断了信息连接，蓝尾雀顺势逃离了飘云帆，向远方飞去。

"我们现在就去黑山，让宇剑哥会一会他的深山故我！"

秦雪说道，此时，她已过足了飘飞之瘾。

三

飘云帆向着北方原野深处的那个小黑点——黑山飞去。

风是如此地有力，把维纳斯和秦雪的长发用力地向后甩散开来，并带动衣服猛力拍打她们的肌肤。悠然之间，一个穹隆形的玻璃罩从飘云帆的四壁升起，上顶部深暗的颜色挡住了强烈的阳光；但四周部分依然是原色透明，而且飘云帆此时的体形与面积，也一下子增大了一倍之多，变得像一间小房子一样大小，他们可以站起身来在上面走动。

不大一会儿，黑山就出现在他们面前，它是如此庞大如此巍峨，比一座山峰更令人震撼，那黑色仿佛有一股强大的吸附力，给人以强大的压抑之感。一千米的高度，一千米的直径，如此一个巨大的黑球，极端让人担心：它如果滚动起来怎么办？大风会吹走它吗？它会不会碾压大地？如果它真的滚动起来，一座城市在刹那之间就会被它碾为平地！它还能填满生物馆东侧的岗东湖；它若滚入黄河，黄河会立即断流；它比生物馆山峰高了一倍之多，生物馆山峰在它面前简直就是一个侏儒！

宇剑不敢相信小行星会有如此之大！

如此巨大的一颗小行星如果以宇宙速度撞向地球，整个地球会像铜锣般乱抖；给地球造成的灾难也将是不可想象的，会超过六千五百万年前毁灭恐龙世界的那次大撞击，会造成地球上长期天昏地暗的宇宙冬！人类怎么会有能力，让这么大的一颗小行星落到地球上来？他感到这一切太不可思议了！

　　人类应该庆幸，这颗小行星在一个恰当的时间点上来到地球！

　　宇剑也应该庆幸，这颗小行星为他送来的不仅是生命与幸福，还会有爱情！

　　如果不是这颗小行星碰撞，宇剑的开拓号宇宙飞船的科学实验可能全部完成，但宇剑与其队友的人生可能同样极为悲怆。他们即使能活着返回地球，生命质量已经受到了极为严重的损害，生命的残年只能永远躺在病床之上！这颗小行星，从何处而来又向何处而去呢？它按照一个怎样的轨道在运行？这其中，一定有一个必然。因为茫茫星空也是和谐相处的，任何星辰都不可能随意脱离它固定的轨道。

　　此时，飘云帆已降落在黑山之顶！

　　他们走下飘云帆，在黑山顶上漫步纵眺。在远处也已经停了不少各色飘云帆，有许多花花绿绿的人群在游览参观。

　　黑山真是名符其实的黑山，它黑如炭，黑得没有一点光泽。它的表面很致密很坚硬，虽然有些凹凸不平，但总体很光亮。站在山顶，你会觉得是站在一座铁山之上，有一种很强的震慑力，也许这是因为密度。山顶平缓，虽然无凭无依，但很安全。

　　清风徐来，浸润着人的肺叶，令人感到神清气爽心旷神怡。站在极顶纵目远眺，宇剑看到处是茫茫的绿色，如同掉进了绿色的汪洋中一般。天空是如此地高远，给了鸟儿无尽的翱翔空间；世界是如此地玄妙，让人展开了想象无边的翅膀。世界在人类面前向无极延伸着，人类也在努力地向着无极处拓展着这个世界之深远。

"我们去山洞吧！"

宇剑心中凭空掠过一阵慌乱，也许是身体上出现了某种感应。

"好的！"

大家重又坐进飘云帆，飘云帆沿着山体向下滑去，很快就到了山的底部。由于黑山太黑，与山相交处的地面空间显得非常阴暗；地面上长满了绿草，间或还有许多美丽的小花。

"宇剑哥，你看，那里就是山洞口！"

秦雪指着远处山壁上一个隐隐约约的洞穴对宇剑说道。

"看到了吗？"

"看到了！"

由于太远，山洞看起来只是一个小黑点。

"你看这山洞口的指向，再看看我们背后的生物馆山峰，它们是不是一条直线？"秦雪问宇剑。

"对，像是一条直线！"宇剑向两侧看了看后说道。

"是的，洞口直直对着生物馆，仿佛是在向生物馆喊：我来了！我王宇剑回来了！我黑山把你们的宇航员王宇剑送回来了！你们，生物馆的欧阳春与李春先教授，你们，赶快来还他一条生命吧！他，就是你们地球上那个曾经家喻户晓的航天大英雄王宇剑！宇剑哥，你想象一下看，黑山是不是在这样喊？黑山到此是不是已经完成了宇宙这个上级组织交给它的所有光荣任务？如果生物馆再完成了对你的更生，是不是它就彻底圆满了？"秦雪双眸盯着宇剑兴奋地说着。

"像是这么一回事。"宇剑想象着回答道，是的，一切太不可思议了，让人不能不这样联想呵。

"黑山跟你相比，它算什么？它不过是你的一个使者，是你在大宇宙中奔波一千年的坐骑而已！宇剑哥，你太伟大了！"秦雪有些景仰式地望着王宇剑，目光中充满了热烈的崇拜之情。

"是的宇剑，秦雪说的非常有道理！"维纳斯此刻在他们后边激动地说道。

"是的，这是多么伟大的幸福！"秦雪激动得眼中溢出了泪花。

"真的！我真真切切地感受到了！这个幸福，的确全宇宙都盛不下它！"

宇剑激动地说着，他又有了一丝恍惚，一刹那间的思想空白，更有似乎一股微小的不能再微小的风迎面撞了他一下。

此时，飘云帆已经来到黑山底部洞口下面的引桥边。他们从飘云帆上走下。宇剑看到那山洞口离地面约有三十几米的样子，连接着地面与洞口的是一条很宽的汉白玉曲桥。他们沿栈桥拾级而上，此时，山壁与山洞里的灯光全部打开。不一会儿他们就来到黑山洞口。山洞口基本上呈圆形，直径大约有七八米的样子，感觉比较空旷，它斜斜地向上伸去。山洞壁上突兀着错落不平的石牙石峰。刚入洞口，就给人以沉重与阴凉的阴森之感！

"宇剑，欧阳教授告诉我，说你来这里时可能会出现一系列奇妙的反应，会出现两个精神自我（灵魂）的重叠、磨合与鼓荡。这对你大有好处，会增强你信息与记忆的稳固与凝固，更能增强你的理解力与反应力！"维纳斯轻声对宇剑说道。

"嗯！"

宇剑深一脚浅一脚地向山洞深处走着，他正要回答维纳斯的话，却感到身体内出现了一种犹如两股水流旋击相撞的声响，同时，觉得身体向四下膨胀鼓荡开来，身体也立时轻盈了三分之一，步履似飘非飘。他继续向前走着，山洞地面经过修葺后，路面既宽且平。进入山洞不到二十米时，他感到自己的心灵正在靠近一个虔诚与祥和的庞大宁静体，正在与一个磅礴而久远的生命体相联通，接近那份源泉走近那份天意。他大脑中跃升出许多闪耀的火花，他的精神进入了一种焕发与宁静交错的轮换之中。他感受着一股强大的吸力在辐射他周身，他周身的气血在鼓荡着，一股风在牵引吹拂他，一种强大的亲和力如海浪一浪浪包裹起他，一些柔和光亮在他心灵深处像闪电成群组团爆发。一切他都无法左右，一切都是随波逐流，似乎他正在与故我故交重逢，亲切、美妙、惊喜、光亮、暖热、呼喊，似曾相识又仿佛一无所知，既陌生又熟悉，他的心灵被浸透了，开始涨漫出无边的喜悦与陶醉！他轻盈地向前走，他已感觉不到自己的步履，一股股祥光在向他靠近，恍然若合又恍然若分，一些从未被发现与触动的记忆突然泉涌，许多经历似梦非梦，一切都在重演一切都被唤醒，过去的岁月如花朵般重聚枝头，那般真切又那般淋漓！又向前走了不知多少步，宇剑忽然感到自己飘了起来，他的双脚已经离开了地面，他无法控制自己，如一股风在吹着他向前飘浮，又如在一人掌心，又如被人揪住头发提携着身体。总之，那种种感觉种种况味不能一言以蔽之！

"我怎么会这样呢？"

宇剑很快就明白开来，因为这里有一个故我，他正在与故我重逢：你进入我的内部我进入你的内部，如海水一般一浪浪融合渗透水乳交融，因而便有了这股超越天然的吸合力。

"前面是山洞的底部，人们就是在这个地方发现了你的！"

宇剑似乎听到维纳斯在说，他明明感知到，维纳斯与秦雪就在身边，他不能控制自己，无力说出一句话。

"宇剑哥，你怎么悬在半空之中？"秦雪惊骇地喊。

"这、这可能是一种反应吧！"维纳斯望着宇剑，惊愕得张大了嘴巴。

宇剑在半空飘浮着，在他的身体几乎抵达山洞底的终点时，他蓦然感到有一股强大的力量，在向周遭扯拽他的躯体，那力越来越大越来越大。突然，他的身体被撕裂，他像一朵飞溅的水花被泼向周遭墙壁，并且深入到墙壁的极深之处，且被深深吸附着！此时，他感到身体被撕裂成千百亿份，且每一份都如一只蚂蚁在爬，微微地痒，醉醉地痒，像微触电般地痒，他被禁锢被撕扯在那里，一点也动弹不得！刹那间，那股力量突然消失，那些力量把持着的水花也突然反向砸回他的身体，他感到一阵剧痛。他在回缩，他又被砸回成一个人的身体，他重重地跌回到地面！但只是跌落只是回归，却没有痛感，他突然彻底清醒起来，彻底回归成了自我！

"你没事吧？"

"宇剑哥，你没事吧？"

维纳斯与秦雪立即上前扶住他。

"没事，刚才我的身体像是被挟持了一般，自己一点也做不了主！"宇剑回味着方才的感觉说道。

山洞内灯光很亮，宇剑看到地上零乱地散摆着有七八块一米见方左右的黑色巨大不规则石块。在那块最大的石块上，有一个长约一米、宽约六十厘米的汉白玉石盒，在盒子底部散落着一层大小不一的黑色石片。宇剑一下子明白了，那些才是他自己一千年前的真身！他走过去，仔细地看着，伸手拿出一片，很硬很冰凉，那些石片几乎盖满了盒子底部。过了好大一会儿，他又走到山洞墙壁边，伸手摸着石壁久久地欣赏探看着，一言不发。

维纳斯与秦雪只是静静地站立着，静静地观看着。

"我在这里了，这里才是真正之我！这个我，是永远留在这里的，是不死的一成不变的，一千年一万年之后，如果还有人想更生我，他们，依旧可以把我从这里呼出来，不，是唤醒，然后影印，于是这个世界上又有了一个崭新的王宇剑；而那个真的王宇剑依旧留在这里，几万年或几十万年之后，还可以影印更生，无数遍地影印更生！你们说，真实情况是不是这样？面对这样的现实，我是不是需这样理解与接受？"宇剑仿佛是在问，又仿佛是在自语。

"也许会是这样？"维纳斯说道。

"不应当，反正我们不是物里就是物外，超然一点吧宇剑哥！"秦雪沉默了一会儿说道。

宇剑又走到那个汉白玉盒前，端详了好久，沉默好久。过了好大一会儿，他又扬起头。"是的，但我必须接受：我是一个替代品，但我确实又是一个正版，下一次更生也是一个正版！秦雪说的好，不是物里就是物外，现在，我已从物里走到物外，由死水变成了活水！是的，我会超然起来的！今天，我与它之间的这个照会非常好，一旦我和真身相见，其实，也就是我与他分道扬镳之时：我已被一个新的世界接纳，已经破壳重生！我要重新走我崭新的生活道路！停留在这里的故我，只是一个化石、一个符号、一滴没有生命的死水！"他似乎是自言自语地说。

"对，你现在已经羽化成蝶！"维纳斯郑重地说道。

"是，羽化成蝶！"宇剑缓慢地说完，他忽然感到眼皮像灌了铅一般沉重，竟不由自主地闭上眼睛，坐在一块黑石上睡着了！

"宇剑哥，你？他睡着了，怎么办？"秦雪刚要对他说什么，竟发现宇剑已经睡着了。

"让他睡吧，这一番波澜壮阔的心灵交汇，是要消耗大量脑能量物质的，他会感到非常疲惫！"维纳斯望着宇剑深情地说道。

"可这里太阴冷了，时间一长他身体会吃不消的！"

"好，那就把宇剑带到飘云帆上去！"

说话之间，一个类似于飞毯的飞行器飞入洞中，直直飞到宇剑身边，在贴近宇剑身体后，伸出一排五六支柔软细臂，灵巧地把他托起移到飞毯之上。安置妥帖后，飞毯载着他立即向洞外轻盈地飞去！

维纳斯与秦雪跟在飞毯后面，向山洞外走去。

第四章 妙趣横生的奇树与异果

一

宇剑醒来后，发现自己在一个很大的房间内，他躺在一张很柔软很舒适的小床上；而维纳斯与秦雪则坐在一旁的沙发上，有说有笑地品着茶。

"这是什么地方，我们怎么会在这里？"宇剑坐起来问道。

"还是在黑山哪，我们是在飘云帆里！"维纳斯站起来说道。

"飘云帆怎么变成了这样？"环顾四周，宇剑看到室内不仅有他们所在的客厅，还有其他的小单间，比飘云帆大了四五倍之多。

"此时代已非彼时代！宇剑哥，飘云帆可不是我们想象的那种一成不变的普通飞行器，它是可以随需而变的！"秦雪炫耀地说道，"它不仅可以变成这样的小房子，也可以变成比它大几十倍的大房子。在地球上，你无论去多么遥远的地方旅行，只需这么一顶飘云帆，足矣！"

"喝一杯通用饮料吧！"维纳斯倒了一杯饮料递给宇剑，"我们是不是吃点什么东西？"

"吃东西？早餐我们不是刚吃了不大一会儿！"宇剑感到有点惊讶。

"宇剑哥，你知道你这一觉睡了多长时间？三个半小时呵！"

"三个半小时？我感觉才一会儿呵！"宇剑惊讶地笑了，"那就随便吃一点吧！"

"好的！"

维纳斯坐在沙发上，按了一下面前的茶几。茶几的内部机关打开，托出了三份香气扑鼻热气腾腾的食品。维纳斯把其中两份推到宇剑与秦雪面前。宇剑胃口大开。

"我们再去什么地方？"宇剑一边吃一边问。

"去什么地方？哎，宇剑哥，我建议咱们去山林中摘些野果吧！"秦雪认真想了一下说道。

"这个主意好，宇剑一定会眼界大开！"维纳斯很赞赏这个提议。

阳光非常明媚，这个多室一厅的飘云帆，在空中飞行时又变回它原来通常的样子，顶部不再阳光普照，四周又变出一圈舷窗。飘云帆向西部山岗飞去。回首小行星，它渐渐变远，渐渐变成一幅水墨风景图。宇剑看到仍有许多飘云帆向黑山那个方向飞去，看来黑山已成为这个世界上一道特殊的风景，而一千年前的那个宇航员王宇剑，也就成了这幅水墨画里最隐秘最神奇的亮点！想到这里，宇剑涩涩的，有一种五味杂陈的感觉。是的，一切已经成为过去，一个新的王宇剑已经从那里脱壳而出！我，这个新的王宇剑，已经翻过了一道新的山岭，现在，已经变成了一个全新之人！我为什么不快乐？我凭什么不快乐？就像有人死去彻底腐朽，只剩下一块墓碑；但我不同，我的墓碑——黑山却是活的，我的灵魂还在，从这个层面看，我不是处在永生状态吗？一个别人渴求而无法得到的永生，我却在不经意间得到了！这种幸福，不知有多少人一生都在向往，但能够得到的，可能旷古只有我一个人，这是何等的荣耀与殊遇！想到这里，宇剑顿时又高兴得心花怒放起来。

此时，远处山坡上出现了一株参天古树，它的树冠高出层林许多，并且有一种氤氲之气飘浮。飞到近前，宇剑看到这种树的叶子质厚而稠密，金黄色的果实结得不是很稠密，如香梨一般大小，但锃亮得似有金光溢出。它粗黑的树干如铁塔一般矗立着，树干表面凹凸不平，泛着精铁紫亮的光泽。

　　"我感觉这树很奇特，一着眼，目光就仿佛被它粘住似的！"宇剑的目光仿佛被那棵树粘住了。

　　"这是金元树！"维纳斯目光也仿佛粘在了树上，"这种树生命力极强，从根到叶处处弥漫着一种特殊能量。从外面看，它似乎笼罩着一种神奇之气，这种气仿佛远远就能够注入到你的脏腑之中；从它里面看，它体内有一种喧嚣冲涌的液体，这种液体使它具有了强大的生命之能，由于生长缓慢，这种膨胀无法从它体内的宣泄中消化掉，强烈的狼奔豕突使树干表面长满了密密麻麻龙鳞般的疙瘩。但那些无法宣泄掉的能量，又穿透树干弥漫到空中，这就在它的树冠之上形成了一层浓浓的氤氲气团！"

　　"如此奇树，结出的果肯定非同一般！"

　　"它结出的果实叫神果！"

　　"神果？好霸气的名字！"

　　"神果中含有强大的生物能物质，是强大生命力的最佳补剂！这种果实不仅补虚救赢，还能让生命垂危的老人重固生命；耄耋之年常食此果，可以返老还童重新回到生命力旺盛的壮年。神果味道鲜美回味无穷，食用后回肠荡气百脉皆通，若不亲自品尝，任何语言都形容不出品尝这种奇果美妙的感觉！"维纳斯说道。

　　"不要说吃神果，就是咀嚼这种树的根和叶子，或者吮吸这种树干中流出的白色汁液，同样也能产生返老还童的效果！"秦雪神采飞扬地说道。

　　"可以品尝一颗这种神果吗？"宇剑垂涎地说道。

　　"这种金元树地球上很稀少，总共不过才二十八棵而已，而且每棵树上结的果也不过一两千颗。我们如此年轻，还是把这些珍贵的果实留给那些垂老之人享用吧！"维纳斯劝阻道。

"我也有过想吃神果的念头，也是被维纳斯劝阻了，我们还是再忍一百年后品尝吧！"秦雪望着神果眼馋地说道。

"好，那就一百年后再尝！"

飘云帆向前轻盈地飞去。宇剑非常留恋地望着那棵奇特的金元树，似乎是在与一位慈祥的千岁老人告别，心中有一种依依不舍之感。

"这种树怎么会有如此强大的能量呢？"宇剑心中无法解开这种树奇特的奥秘。

"因为这种树根系极为发达，有地上一尺地下一米的说法，它在生长中拔尽了山川地力，拧干了大地中它们生长所需的各种元素；另一方面，这种树生长极为缓慢，树龄极高，专家推测它的寿命可达五六千年或者一万年以上！"维纳斯对宇剑讲道，"这种树还有一个特点，它根部聚集着大量活性菌类，它们能够分泌出一种特殊生物物质，含能极高！这种生物物质大量涌入树干之中，使大树内部有一种很强的张力，这种张力逼迫着大树与果实的成长，也令它的枝干也变得盘曲虬结起来，使它全身处处都生满了瘤状疙瘩！"

"这种活性菌类是如何产生的？"

"金元树是人造基因剪辑培育出来的一种树，是人类充满想象力的成功创造。人类在创意之初就想为它创造极强的内生动力源，这样，它生长的果子才具有超强活性能力，其他尝试一直失败，最后人们才想到为它植入多种互益菌群的办法！就像牛吃的是草，但它消化吸收的却是蛋白质，就是因为它胃里的各种微生物。金元树的生长过程也是两步走的，第一步是以根吸收大地的营养物质，这些营养物质被互益菌群吸收后再创造出大量活性物质；大树再吸收这些活性物质成长，这就是它的第二步！如果不是这样的生长机理，金元树很难具有如此强大的生命力，也无法生长出有如此高营养价值的金元果。也正是因为它体内生长能量超强超多，这也就使它体内体外之间形成了一个强大负压差，它的生命力就溢到体外，于是我们就看到了树冠之上的氤氲之气！"维纳斯回答道。

"这种树大自然中有先例可寻吗？"

"没有！"

"了不起！大自然在几十亿年进化中没有创造出来的，人类却创造出来，人类太伟大了！"宇剑发自肺腑地赞叹道。

"师法自然，是人类创造所有奇迹的源泉！人类每前进一步都无法离开大自然，是自然界最初的密码与机制启发与教导了人类的创新！人类只有扎实地研究自然学习自然，才能一步步扎实地向前迈进，是自然开阔了人类视野，增长了人类智慧！"维纳斯感慨道。

"但是现在，人类的伟大又让位于宇宙智慧脑系统了，人类积攒的那些知识在宇宙智慧脑系统的运筹下，发挥出了更加强大与神奇的力量，极大地提高了科学创新的成功率与更新速度！"秦雪也感慨地说道。

"是的，现在这个世界的创造与衍生，结构与框架的更新换代，都是在宇宙智慧脑系统自我演算中协调完成的，现在，人类只能不断地贡献自己的灵感，只是一个弱势参与者而已！"维纳斯侃侃而谈。

"如此发达的社会与科研体系，人类无力参与会不会导致人类未来堪忧？"宇剑不无担心地说。

"是呵，确实有许多人这样想，也在担忧！他们认为，人类不应当丧失掉创造与改造这个世界的所有知识与技能，不能把这个世界的一切都交与宇宙智慧脑系统自我营运，他们担心的就是：一旦宇宙智慧脑系统垮掉，人类能否重新建立起这世界所有的一切？可是，我们从另一个方面想，偌大的世界，如果没有统一化管理，还是人为的局部式参与，一切地方各自为政，那么，这个世界不会出现巨大的管理化混乱吗？这样的结局将更加危险！所以，我们只能主张人类要活到老学到老，让所有智慧在人类大脑中，永远流传永远储存下去，让人类自己成为这个世界发展的最佳备份！这样，我们人类还有什么可担心的？"维纳斯平和地说道。

"那宇宙智慧脑系统有备用系统吗？"宇剑开始担忧。

"当然会有的！如此巨大的智慧储备，离开宇宙智慧脑系统，这天地一体的巨大系统世界谁能驾控？如今这个世界的庞大与繁琐已经变得更加不可想象！"

"维纳斯，宇剑哥，这个世界一直在和谐运转着，我们都不要在此做杞人忧天之想，好吧？"秦雪摆了摆手说道。

"对，现在我们关心的，应当是那些好吃又好看的野果！"

维纳斯说罢，三个人哈哈大笑起来。

二

飘云帆再次切入到山川树木之内，在树林之间的间隙里穿行着。到处是锦缎般的茵茵绿草，林木随着丘岭起伏自由延伸着；百年古树如擎天巨柱，不时擎出一方晴空，为其他树木擎出了一方方阴凉空间。有的树上开满了斑斓花朵，有的树上挂满了青青果实，有的树上果实已金黄飘香，让人垂涎欲滴。

这时，一片古树木吸引住宇剑的目光。那是一片高耸入云的枯萎树木群，只有很少数的树干在顶端顶着一丛鲜活绿枝绿叶。而下面的矮小幼树却非常茂盛，但树干之下却堆满了朽木糙皮。

"这些树木怎么都枯死了？"他问道。

"不是枯死，这些树木是脱胎树！"维纳斯说道，"脱胎树，每百年就要脱胎换骨一次，老树从外面枯死，新树从老树中心生长出来，把枯死的老树一层层撑裂撑开，让它们碎裂一地！老树彻底蜕裂后新树也就成长了起来。如此，就完成了脱胎树的一代更新！"

"也是人造基因树吧？"

"是的！"

"大自然怎么会有如此灵犀，人定胜天！"宇剑赞叹道。

"是的，大自然总在按常规运转，而我们人类则可以制造各种各样的极端挑战！这一年多来，对于人类的伟大，我已经感慨过无数遍了！"秦雪说道。

这时，飘云帆从一大片树干笔直的巨树下穿过，这些大树非常粗硕，都有三四十米高，树干直径都在两米左右，一棵棵如铁塔一般耸立着，茂密的树冠遮蔽着一大片天空。这些大树之下，不时有急雨噼噼啪啪地落下来！雨水沿着飘云帆的舷窗流下，在几百米距离之内，雨水竟噼噼啪啪落了三四次之多！

"这是什么奇树，怎么这样高大？"宇剑问道。

"这是滴水树，是人类在几百年前为了改变沙漠气候条件，剪辑基因创造出的一种树，当初目的就是让它们为沙漠储水，改变沙漠干燥与缺水问题！"维纳斯说道，"这种树的根极深，往往是地上部分的二到三倍之多，能够把极深处的地表水吸附上来，大部分储存于根部。当储水量丰沛时，就会通过树干把一部分水输送到树冠的叶子里面，水再从叶子里溢出来。当聚成到一大滴，叶子的表面张力再也吸附不住它时，它就会滴落下来形成雨滴。滴水树生长缓慢，但生命力极强，在没有外来水分或无法从地面吸取到水分之时，它就会锁死自己体内的水分停止生长，即便是在沙漠无水的酷热中，一年甚至两年它们也不会干枯而死，只要能再遇到水，它们的生命就会慢慢恢复过来！你看这些树的树龄，大约都在七八百年！"

宇剑纵目眺望着并没说什么，飘云帆很快就飞出了这片巨树之林。

"在八九百年前，随着一些自然资源面临枯竭，这个世界也正好迎来基因生物造物学空前兴旺时期，基因生物造物理论与奥妙被成功破解，各种生物造型与结构数字模型成功创建，许多生物体基因，可以像原来的电脑软件一样编程，使人类的生物造物学发展到了一个巅峰！当时，人类虽然还不能做到无所不能，但对解决人类资源缺乏的当务之急，还是蛮有能力的！人类当时就创造了许多譬如玉米果、小麦果、稻米果、豆类果等粮食类水果，各种动物类肉食、鸟类肉食与海鲜类肉食等各种奇味妙味类果实，很多种类资源类如石油、动物毛皮类果、蚕丝果与可燃奶油果，等等。果实数量无限之多，极大地丰富了这个世界的食物，不但解决了人类许多燃眉之急，还极大地增加了人类的味蕾享受！"维纳斯接着说道，"自那个时代开始发展到今天，人类在生物学创造方面，的的确确已经做到了无所不能！在今天这个世界上，人类所需一切，无论是生物创造与各种饮食工程，全部都由生物学理论支持，所以，在今天你再也看不到人类种植各种蔬菜。饲养各种动物获取肉食蛋类、养殖海产获取无数种鱼类！而人类生活品质，却比以前不知先进与丰富了多少倍！在宇宙智慧脑系统控制下的、人类万能营养配餐饮食供给系统，就是生物学理论爆发与自动化工程的积累与更新所形成的伟大杰作！这一切，以后你很快就会了解到的！"

宇剑深深地点了点头，在饮食自动化供给系统上他已经朦胧感受到这个世界与一千年前的截然不同！

飘云帆又飞过了许多千姿百态的怪树林，一片又一片林木与花草奇景，都在深深震撼着宇剑的心灵。

"从寒武纪生命大爆炸，再到今天公元3056年，这个世界万物品类的丰富，已经快让我无法理解与接受啦！"宇剑一边欣赏大自然壮美无比的风景一边感慨道。

"其实，理解与深入并不难！今天的生物类世界大爆发与寒武纪生命大爆炸是完全不一样的！"维纳斯回头望着宇剑说道，"今天，是人类爬到生物基因学这棵大树之上，从每个枝杈每个叶脉上，解剖理解基因的生命筑成模式，是一点点顺着它的外延与内蕴，如蚂蚁啃骨头一般啃透了它延伸与禀赋的深奥，破解了生物体至高无上的密码系统之后，才创建而成的！这是一代又一代科学工作者前仆后继坚持不懈才完成的大业，当人们的努力与理解累积到一定当量时，所有的问题还会是问题吗？从小枝杈的理解到触类旁通，从笨手笨脚模仿到淋漓尽致地想象发挥，那些看似不可能的问题，在时间面前它总能变成不是问题的举手之劳！在差异中寻找不同，你就能寻找出这个世界的另一种逻辑，在无数差异中一点点打通，你就能打通整个世界。了解与认识这个世界，何尝不是同样道理？"维纳斯语声优美，既富磁性又扣人心弦。

宇剑认真地听着，他暗下决心一定要读通读懂这个高深莫测的世界！此刻，他激动万分更是浮想联翩，他已渴望看到这个世界辉煌的全部！

"生物世界的各种品类是五行俱全相生相克的，各种生物在其秉性上都存着各种各样的偏性，如果与其他生物不能好好地兼容相处，那它的存在就可能是巨大的危害！所以，生物学造物有时是极具风险的，人类在投放任何生物新品种时都是极为谨慎的，在没有彻底弄清它一切秉性与生物相容度后，是绝不会大量投放到这个世界上来的！"维纳斯说道。

宇剑频频点头，他非常理解维纳斯这些话语，他曾经涉猎过明代李时珍所著的《本草纲目》。从药学与中医方面知道，万物皆有药性，病是身体偏离了正常轨道，所以人们才用药为人类治病，治病时所利用的就是药物的偏性，以达到以偏纠偏还位于正的功效。当然，除药性之外，任何生物还都具有它们自己所特有的一些性能、习性与赋性，还有一些性能可能是隐性的，平时很难被发现。

"宇剑哥，你一定要有信心！才一年多，我就能融入到这个世界中去了，像你这种高智慧的人，用不了一两个月时间，在这个世界你就会如鱼得水的！"秦雪对宇剑说，她眼中既有鼓励，又有一股浓浓的依恋之情。

"秦雪说的对，用不了多长时间，你就会完全融于这个世界！秦雪在这个世界上就进步适应得非常快，不到三个月时间就什么都弄通弄懂了！"维纳斯目光妖娆无比。

"那是因为有你一路讲解与指导！宇剑哥，有维纳斯姐帮助，你肯定比我进步还要快！"秦雪仰慕地望着宇剑。

"但愿是这样！"

"一定会的！"维纳斯非常认真地说道。

飘云帆从一座山峰飞向另一座山峰，宇剑的心也在不停地穿越着，他不仅在听，也一直在看。这时，他们刚刚飞越过一片无际的擎天金丝楠木林，面前山坡上就出现了成片成片的低矮树木，一些树木上还开着花朵，另一些树木上则挂满了各色奇形怪状的果实。

"宇剑哥，为了你更加聪明智慧，我们摘些开脑果吃吧！"秦雪指着不远处一棵树上苹果大小的紫红色果实说道。

"开脑果？真的有开脑益智功能？"宇剑已垂涎，他已嗅到那种果实飘过来的醉人芳香。

"绝对是的，这种果实含有的化学成分对人类大脑十分有益，能让人的思维变得格外敏捷，记忆力也会大幅提高。长期食用这种果实，干任何难事，都不用笨鸟先飞了！"秦雪说道。

"秦雪，你这话是不是过度夸张？"

"不，秦雪说的一点也没错！其实，人与人的大脑本身没有什么差异，只是某些介质的传递性有所不同，改变这种差异就会大大地提高大脑介质传递速率，这样就可以大大提高人类智商水平，使人们的智力跃升到一个很高档次！其实，像开脑果这样对人类大脑有益的果实，可以说在山林中不胜其多比比皆是，其中一些果实，简直可以堪称天才果！"维纳斯说道。

"那就多摘一些，可以好好铲除我大脑中那层厚厚的愚钝积垢！"宇剑诙谐地说，他伸手把树冠上那三颗又红又大的开脑果摘下来放进飘云帆中。

"宇剑哥，你看这是联想果，它能让人浮想联翩激情大增；那边那些果实是佛陀果，它能让人产生佛家在修炼时产生的身体通泰万脉皆开的感觉；那边，金黄色果实是长乐果；对，这是忘忧果，那是轻身果、美肤果……"

秦雪说，宇剑摘，一会儿他们就选了四五种果实。

飘云帆又向前翻越了一个山头，宇剑又欣赏并听到了不少果实的名字，有甜香糯、醉香妃、驻颜香、爽心珍、凉冰冰、涩后香、寒透心、入仙宫、倍力增、猿猴轻、耳目爽、不想睡、睡不醒、轻飘飘、乌发蜜、万香果、沉湎醉，等等，他也摘了不少品种。

"宇剑哥，你是 AB 型血吧，想不想试一下变成 O 型血后会有什么不同感受？"秦雪目不转睛盯着宇剑问。

"不想呵！是不是这里有什么可以改变血型的果实？"说话时，宇剑举目四下搜寻着那些树木上的果实。

"对，宇剑哥你可真聪明！你看那颗树上的小圆果就是一种可以改变血型的果实，大家都叫它变血果！"秦雪指着一棵树上的小圆果说。

"变血果？这果实的颜色真的比鲜血还艳！"

飘云帆已来到那棵树下，宇剑摘下一粒鲜红的果实玩赏着。

"这种果实不仅可以使你的血液变成通用型，另外还有很强的补血功用！"

"对于血型知识我还了解一点，不同血型中只有 O 型血被称为万能血，可以向其他任何血型的人输血！吃了变血果，我们的血型是不是就变成通用的 O 型血，是不是这个意思？"

"对，就是这个意思！"

"那血型还会变回来吗？"

"当然，几天之后就会变回原来的血型！"

"秦雪，你真厉害！生活在这个世界才一年多一点，你几乎什么都懂了，简直可以当我老师了！"宇剑笑道。

"不敢！不过，这幸亏我有一个好老师，现在，我又成了你的老师！是不是维纳斯姐？"秦雪望着维纳斯笑道。

"是的，这一年多秦雪进步非常之大，这与她的好学精神是分不开的！像她这样的好学之人，这个时代已经是极少见到了！"维纳斯郑重地说道。

"不，还是你这个老师指点教育得好！"秦雪跷起大拇指赞赏维纳斯道。

"不要过分夸赞我呵！我这老师，只不过是经常与你在一起游玩罢了，哪里教过你什么东西？都是你自己求知若渴，走到哪儿学到哪儿！另外，你交了那么多朋友，他们哪个没有指点过你？还有你的那些追慕者！我只是其中一位而已！"

"可是，只有我们两个待在一起的时间最长呵！"

"这个确实！"

"不过，对于宇剑哥来说，我期望你是他唯一的美女老师，而且，还要当好他的红颜知己！"

"这个……"维纳斯顿时满脸红云密布。

秦雪说时，她的眼一直向四处眺望着，这时，她忽然看到前面树上挂着一种心形红色果实："快，宇剑哥，我们去那边多摘几个心形果，你与维纳斯姐应该多吃一些！"

"那是什么果实？"

宇剑看到那心形果实比樱桃大不了多少，但形态却同心形字一模一样。

"这种果实名为罗曼果，吃这种果实不仅可以让恋爱中的人海誓山盟信誓旦旦，还会倍增爱情的甜蜜感！"秦雪一边说一边狡黠地望着维纳斯，"宇剑哥，其实这罗曼果，你应该多吃一些，维纳斯姐在整理你那些资料时，就等同于吃了很多！在这大半年的时间里，她花费了那么大的力气搜集整理关于你的资料，在那些资料里，你的人格美与影像里的潇洒偶傥，早已饮醉了维纳斯姐的心灵！在你进入更生实施阶段后，她对你更是无时不在关注。因为你，我们这些人，早就被她抛到九霄云外去了！在这半年多时间里，你早已变成了她生命的一部分，她早已爱你入骨，她不允许你更生的过程中出现任何小小一点失误！她已经了解了你在这个世界上的全部，在她心中的那个王宇剑，比此时站在她面前的你——形象更加丰满千倍！可以毫不夸张地说：如果此时把维纳斯姐的血液全部过滤成水，那么在水底，就只有一个完整的你！除此之外，就再也无其他之人啦！"秦雪越说越动情，她满面绯红。

"但你就不同了，止于此刻，你了解维纳斯姐什么？你只知道她现在的形象与点滴传闻而已！所以，你应当像维纳斯姐了解你那样了解她，知道她的全部融入她的全部，深深地爱她矢志不渝地爱她毫无理由地爱她！说句实话吧宇剑哥，我们俩的年代只相差了二十几年，其实我们俩就是同一个时代的人，我们的心是相通的，我们的情也是相通的，如果我们在一起生活相爱，是不会有任何隔膜产生的！当人们从黑山发现了你，当欧阳春教授在生物馆开始更生你，其实那时，我也搜集了你很多资料，我也非常关心关注你，因为在我们那个时代，我听了许许多多关于你的故事，在一千年之前，在那时，你就早已深深刻入了我的心灵！因为在此世此地遇到你，我激动得哭泣高兴得流泪，在夜里辗转反侧。宇剑哥，你能理解我这种心情与想法吗？跨越一千年后，我们俩同时出现在这个世界上，你说我能不动心能不爱你吗？我能拒绝与抗拒内心深处那股深深的共鸣感吗？是的，我真的拒绝不了！真的，宇剑哥，你认真地想一想，我能抗拒得住内心对你的爱慕之情吗？我真的无法抗拒！可是，当我知道维纳斯姐为你做出的那些努力之后，我深深地感动了，我就再也不敢想这个'爱'字！为你，她想的比天下任何一个人都细；为你，她比天下任何人付出的都多！我没有能力夺她之爱，我也没有胆量夺她之爱！是的，即使是夺，我能夺得过维纳斯姐吗？宇剑哥，好好珍惜维纳斯姐吧，虽然，我从内心深处嫉妒维纳斯姐，但我还是要劝你多吃几颗罗曼果，吃出那股醉醉的爱情感来，吃到你能像维纳斯姐爱你那样爱她！虽然这是一句笑话，但这确实是我此时最为真实的想法！"秦雪激动的泪水已经流满了她的面颊。

听了这话，宇剑深情地凝望着维纳斯，他一口气摘下好几颗罗曼果，不停地吃着。最后，他又摘了很多罗曼果，放到飘云帆上的食品盒内。

"秦雪，我们会是永远的好朋友！"维纳斯上前拥抱起秦雪。

"维纳斯姐，今天我说这些话你不会生我气吧？"

"怎么会！"

"维纳斯姐，这些话压在我心头已经多时了！今天能够说出来，让宇剑哥知道，我曾经在心里真正爱过他，我就非常非常幸福非常非常知足了！否则，我的宇剑哥永远不会知道我在内心深处曾经深深爱过他！"秦雪一边擦着眼泪一边说道。

"其实，我也在想，如果不是我，你们两个在一起，肯定会是非常非常幸福的！简直就是一对千古难遇的热血情侣！"维纳斯紧紧地拥抱着秦雪。

"相遇就是一种幸福！秦雪，在这个世界上，有你，我不会孤独；有我，你也不会孤独！我们相遇是旷世的，我们的兄妹情也是旷世的！因为有你这个小妹，我这一生，不仅会非常幸福，更会非常温暖！"面对维纳斯与秦雪，面对亲情与爱情这样一种复杂局面，宇剑站在那里沉默了许久，然后才缓缓对秦雪说道。是的，除了这话，他还能说些什么呢？

三

飘云帆在高空缓缓飘行着，宇剑看到下面的山林中有一条蜿蜒曲折的溪流，它的出现，立时让脚下这片山川灵气飞扬。

"一条恰逢其时的溪水，顿增山川秀色！"

俯视着那条蜿蜒曲折的溪流，宇剑的心已经如一尾小鱼掉进那片澄澈之中了。

"天气温暖，维纳斯姐，我们何不到下面溪流里嬉乐一番呢，最好还能捕到几尾美丽的基因观赏鱼儿，让宇剑哥再惊叹感慨一番这世界造物的先进！"秦雪淘气地望着维纳斯建议道。

"好，就从你所愿！秦雪可能是属鱼的，每次出行游玩，一旦遇到什么湖水或者小河，她就羡慕得拔不动腿！"维纳斯快乐地说。

飘云帆很快就来到溪水近前，在水面飞行了一会儿之后，便在一处石床较宽水流较浅的地方落下。这里的水流淙淙地流淌着，堤岸上长满了茵茵绿草，各色的小野花看起来是那样美丽。

飘云帆在落到地面后，他们几个刚刚走下来，飘云帆就快速度变形，像一块神毯铺在地面之上，几把低矮的椅子，可躺可坐。一个小型茶几霍然摆在了他们眼前，茶几上摆着三杯饮料，宇剑把刚摘来的水果放在一个透明茶盘之内。

"宇剑，这些水果已经被飘云帆内在系统自动清洗过了，你随意品尝就好！"维纳斯指着水果对宇剑说。

此时，宇剑还未从飘云帆神出鬼没的变化中回过味来。

维纳斯说完，就拉着秦雪的手向溪水边走去。

宇剑坐到椅子上，喝了一杯饮料，又挑选出一种水果吃起来，但他眼睛一直没有离开维纳斯和秦雪，她俩先是在水边采了一些野花，然后在水边撩着水花打着水漂儿，她俩有说有笑开心极了。过了好大一会儿她俩才试探着踏入水中。

宇剑吃了几粒水果后也来到水边，他伸手撩着河水，河水很凉；他掬起一捧水喝到嘴里品着，醇冽透脾，很甘甜。在河水浅洼处一丛丛青草淹没在水里，亭亭玉立开着精致的小蓝花。

"鱼儿！"

宇剑惊喜地看到一尾很细小的银白色小鱼向他面前游过来，他轻轻地试图用双手捧住它，但那尾鱼却很利落地躲开了他的偷袭，又悠闲地游到他够不到的地方。

这时，维纳斯与秦雪都已经高高地挽起裤管，露着雪白修长的双腿，她们正在水里追捕一条鱼儿，不时溅起一片片飞溅的水花！没一会儿，她们身上的衣服都被水湿透了，衣服紧紧贴在她们的肌肤之上；每每她们站立搜寻之时，线条与身段是那般诱人。

宇剑低头在水里寻找着，又一条小金鱼游过来，宇剑再一次失败了，依旧没有捕获到小鱼。他站起来向远处望了望，不觉沿着水流向溪水上方走去。

"你看，这是一条八瓣樱花鱼！"维纳斯喊道，同时她的双手向水中猛力捧去，飞扬的水花溅了她满满一脸清水，清水从她的脸上流淌下来，沿着她脖颈如雪的凝脂向下流着，"哎呀，让它跑掉了！"她立起身向远一点的水域眺望着。

"你看你看，那里那里，一条雪菊玉鱼！"

秦雪追着，不时地扑到水中，跑出好远也没追到。

"香牡丹！秦雪，我又看到香牡丹了！"维纳斯在不远处招呼秦雪。

"在哪儿呢？"

秦雪跑过来，她俩一起在水里追逐着。

"哎，它跑草丛里去了！"

"嗬，一条美人眉！秦雪快来抓这条……"

维纳斯也如获至宝地喊道，她们在河水中追逐着，一会儿，她们的身影就消失在了小河的拐弯处。

宇剑在山坡的高处停了下来，他随意地眺望着周围山川景色，天空中不时有大小不一颜色不同的飘云帆飞过。在溪水上游不远处，也有好几伙人或躺或坐或站地欣赏着山河美景，一副仙子般的休闲惬意神态！

突然，在他身后的山林中发出了一些异样的动静，仿佛是小动物们在打闹。宇剑回头一看，发现身边不远处的一棵大树上，有许多毛茸茸的小猴子在攀援嬉闹，有的在怡然自得地吃着水果。它们看到宇剑一点儿也不害怕，有的竟对他抓耳挠腮不停做出鬼脸，有一只猴子还把刚摘下的果子远远向他投过来！宇剑拾起地上的那只青青的果子，高举着冲它挥了挥手，又假装给它扔回的样子，吓得那猴子赶快跳到另一棵树上逃走。宇剑不觉哈哈笑起来。

"这些猴子无法无天，它们若攀上金元树偷吃那些神奇的金元果咋办？"

宇剑眼前又浮现出那满身疙瘩的金元树。是的，不只是猴子们，还会有其他动物，如果不采取一定措施，那些果实说不定什么时候就会被洗劫一空，那些耄耋的老者就无法吃到它们了！对，除了金元果，这个世界上肯定还会有其他许多珍贵稀有果实，不是同样也会遭殃吗？可是，他见到的那些金元果不是一直在好好地成长着吗？人们是如何管理与守护它们的？现在，人类彻底摆脱了体力劳动与智力劳动，没有护林员，那么这些无尽的林树都是在野蛮状态下自生自灭地成长着吗？在宇剑胡思乱想之时，那些小猴子们见他并没有什么恶意，它们都又回到刚才那棵树上，争先恐后地向高处攀爬着打闹着，不停地吱吱乱叫着。

看了一会儿，宇剑开始往回走。这时，维纳斯和秦雪俩人也落汤鸡一般沿着水边从远处走回来。

"有战利品吗？"宇剑迎上前去笑问。

"维纳斯曾逮住了一条！"秦雪理了一把湿漉漉的头发道。

"在哪儿？"宇剑见维纳斯双手空空。

"又放回水里去了！"维纳斯双手一摆甜甜地说道。

"为什么不带回来让我见识见识？"宇剑不无遗憾地说道。

"没有工具呵，再说鱼儿离开水就会死的，我可不能毁了那条绿云金冠鱼的生命，它是那样精致可爱！"

"不过一条鱼儿！"宇剑故意装出失望的样子。

"但对鱼来说却是一条生命，我们应当去珍爱它们！"维纳斯也故意摆出一副认真的样子。

"其实，我也是这样想的！"宇剑抑制不住地开心笑起来，不觉对维纳斯内心的淳厚又多了一份敬意。

"我们去换一下衣服吧！"

秦雪用手扯了扯维纳斯紧贴在身上的衣服。

"好！"

维纳斯低头看了看自己又看了看秦雪，轮廓尽显，不觉流露出一副羞涩的样子。

秦雪回头望了一眼飘云帆，飘云帆蓦然像神奇的魔术师一般，伸缩数变之间，一个漂亮的小房子就出现了大家面前。维纳斯与秦雪走进小房子之中。

飘云帆一次次神奇变化，极大地震撼了宇剑。是呵，飘云帆内部绝对不会只有软软的可变形部件，还会有一些无法变形的硬性部件，一个不大不小的中型设备能够如此随意巧妙地变化出各种形态，许多部件一会儿似钢坚硬一会儿又如纱柔软，变与形之间这种跨越是如何完成的？这又是一些什么样的特殊材料？这一变之间，它所包含的设计之妙是多么神奇，不知需要多少技术储备与智慧沉淀才行！宇剑想，若是他那个时代的任何技术工程人员看到这种神奇变化，足以把他们的灵感与智慧震撼到粉碎！

这是材料科学巨大的跨越，这是变形设计与智慧无限能量的数学函数变通！一千年之间，这个世界上还会有多少景观与现象，会让宇剑在一见之后产生剧烈的心灵震撼与错愕！

这一刻，宇剑内心浪花四溢激动无比，他沿着溪水向下边走着，他要消化内心的这股起伏、动荡与震撼的冲击波！溪水在狭窄处发出淙淙声响，被溅起的水花中不时夹杂着彩色鱼儿；溪水沿岸布满了各种颜色与形状的岩石石块，靠近水边的石头如鹅卵石一般光滑，而远一点的石头大多都很尖利。宇剑眺望着远处的山野，他忽然发现，他背后的山野到处都是茂盛的树木与稠密的野草，一幅人迹罕至的莽原景象；而在溪流对岸，那些树木却格外地规整，给人以清爽疏朗的感觉，仿佛被人精心地管理着一般。他感到很奇怪，两岸怎么会有如此巨大的差异？于是，他的目光在对岸丛林里细细探寻着！忽然，他看到有一只巨大的金属龟状物在缓缓移动，它所过之处，那些野蛮生长的不修边幅的树木顿时变得清爽洒利起来，一身乱枝被修剪一空；金属龟移动着，它的背后、左右、前方，所有树木都在迅速发生着变化！宇剑踮起脚仔细向那边看着，有那么多树枝落在地面上，怎么它周围的地面也那么清爽呢？他百思不得其解！

"宇剑哥，你发现了什么新事物？"

这时，秦雪与维纳斯不知何时来到宇剑面前，打断了他的沉思。

"你看，那个金属巨龟！"

宇剑回过头来，他看到维纳斯已换了一件杏黄色的衣裙，秦雪则换上了一身浅红色的，黑发与金发同在微风中飘扬，她们俩神采飞扬那般靓丽，如此佳人直增山河之秀美。

"你们俩简直就是一对仙女！不，仙女怎么会有你俩如此丰采与靓丽！"宇剑眼中闪烁着雪亮光华。

"哦，宇剑哥，那金属龟是现代护林员！第一次见到时我也非常疑惑，不知道它到底是干什么的！"秦雪快人快语。

"呵，护林员，我算是明白了！"宇剑开心笑着，他的目光又回到了维纳斯身上，目光盘旋着无力移开。

"宇剑哥，你是不是醉了？"

"醉了？没有呵！"宇剑摇了摇头。

"是维纳斯姐的美让你醉了，你看，你的目光一落到她身上就无法移开！还有我呢，你也欣赏一眼你同时代的小妹好不好，难道我姿色与衣服不够漂亮。"

"漂亮！非常漂亮！"

秦雪一句话令宇剑满面飞红，一直红到耳根，他赶快低下头傻傻地笑着。

维纳斯却一直落落大方地笑着。

"你以后每次见到秦雪穿上新式衣裳，一定要多赞扬她几句！"维纳斯对宇剑说。

"言外之意，就是我不漂亮？"秦雪回头冲维纳斯做了个鬼脸说道。

"何止是漂亮，简直比天宫仙女还要美！你的美更是让你的宇剑哥不敢直视！是不是这样，宇剑？"

"是的，我真的不敢直视！"宇剑此时依然满脸羞红。

"我是你小妹，有什么不敢直视的？"秦雪故作严肃的样子，"以后，你一定要大胆看大胆赞，我可是一千年前的美人真颜，是绝对的珍藏版稀有版高颜值！你要再不夸赞我，我们的公元2056不就大输于公元3056这个时代了吗？对不对宇剑哥？我们俩是一个时代战线上的！"秦雪说完，便开心大笑起来。

他们三个开心地笑着，之后就踏上了飘云帆缓缓飞入天空之中。在飘云帆之上，宇剑又把目光投到那片山林之中，他在搜寻那个巨大的金属龟。

"这山林里的金属巨龟一定很多吧？它们是不是都有自己的工作区？"宇剑好奇地问。

"这些森林卫士，它们都有自己的分管区，每个分管区的森林卫士数量也不相等。平时它们只在自己的分管区内工作，但一旦出现大规模病虫害、动植疫情、大洪水、大火灾，或某类植物与草类恶性生长等，它们就必须集中起来协同作战，它们的最终指挥官是宇宙智慧脑系统。"维纳斯对宇剑说道，"这些森林卫士，它们不只进行维护工作，还要时时搜集森林里所有信息，时时输送给宇宙智慧脑系统，以便宇宙智慧脑系统能够及时全面掌握森林最新情况。当然，这个世界信息网无处不在，宇宙智慧脑系统更会通过其他更多信息源网，搜集山河与森林信息，绝非单靠森林卫士一脉信息源。宇宙智慧脑系统是这个世界最强大的守护神，它必须调动所有力量保证这个世界绝对安全，信息搜集、传输、计算、运转、指挥，一切统筹运转必须时时畅通无阻，而且要永无差错，还要绝对保证在知识升级的情况下，随时升级与完善各个分支类子系统！在宇宙智慧脑系统中，所谓宇宙，就是全面的与整个的，不只是地球与太阳系，还包括人类已进入的宇宙深空，这是一个巨大运转整体系统。所谓智慧，它包括了自古及今的所有智慧积存，绝不单单是区区'智慧'二字，它是我们人类智慧至今所能达到的最高当量水平。它强大的自我更生、调整与内研内生动能，已成了这个世界创新与研发主体，人类在它面前只是浩瀚大海边的一条小溪，在它研发、创新与引领世界面前，只是一个可有可无的小小配角！在这个时代，人类已经彻彻底底地输给了自己研发出的超强智慧智能体系！……"

"其实，这个时代，人类智慧冒出的所有火花，已经极少有科学价值了！所有问题与课题，宇宙智慧脑系统总捷足先登，把一切做得十全十美！"秦雪也轻轻慨叹了一声。

宇剑听着，想象着，不时频频点头，此刻，他正一步一步踏进这个世界的深处！

四

秦雪也在认真地听着，她也在加深着对这个世界的理解。这时，她透过飘云帆视窗向下俯视着。

"宇剑哥，快看下面的森林里！"秦雪指着下面喊道。

宇剑赶快俯首下望，他看到下面森林中许多金属龟飞翔起来，它们迅速整合成一个整体，形成了一个庞然大物。那个庞然大物开始移动起来修剪成片成区的森林，刚刚剪下的成片树枝飞到它的嘴里，在身后流成一地绿茵茵的粉末；随后，地面上一架架随行的犁铧把那些绿色粉末翻盖到犁开的泥土之下。

"奇迹！奇迹！"宇剑赞叹道，"这样不仅整洁、干净，还防风防火，腐殖质还能增加土地的肥力！这些森林卫士们太神奇了！"

"何止这些？"秦雪神气地说道，一副先知先觉者的样子，"这些森林卫士与宇宙智慧脑系统一起，还管理着森林世界里的所有动物与虫类，看管与守护着那些珍贵果实，以防那些森林小动物的毁坏！"

"这个，它们用什么方法治理？"宇剑一脸懵懂的样子。

"举手之劳，甚至连手都不用举，一个隐藏着血腥暴乱与冲动的世界就悄然安静了下来！"秦雪依旧神气飘扬，"譬如说，森林卫士可以让树干上不必要的丫枝瞬间脱落，也可以让一棵参天大树在瞬间全部蒸发；弹指之间，枝头上某颗特定果实就会立即从枝丫上滚落下来…"

"可以理解，这是高能激光！"宇剑说道。

"它可以让小鸟乖乖落到我手掌上，可以让任意一头怪兽温驯地来到我的身边，无论大象、雄狮、猛虎、剑龙，还是猴子、松鼠、毒蛇或牛羊等，它们无法抗拒命令！"秦雪又道。

"对，这是信息控制！"宇剑说。

"很对，这是锲入它们大脑控制它们的行动！"秦雪继续说道，"无论是益虫还是害虫，如果失去平衡，只要接到指令，它可以让任何一种虫子灰飞烟灭或者部分毁灭；如果某种树木、虫类、鸟类、鱼类或者树上某种水果受到保护，那任何人任何动物都无力越雷池一步去伤害它！发现它们的恶意念头就立即平息它，使它们无法去做它们不能做的事情！"

"这也是信息控制，可是，你得先破解那些动物们的思维与念头吧？"宇剑感慨道。

"当然，人类在几百年前就彻底破解了动物们的各种思维与念头密码了！能够压抑住它们的不良念头，那它们就会变得驯服！"维纳斯说道。

"对，控制这个世界其实就是这么简单，就是及时打掉坏人与坏动物们的不良念头，打消了它们的不良念头一切就万事大吉了！"秦雪继续说着。

"可是，探测到动物或人的这些不良念头信息，这需要多么灵敏的探测力呵！这些信息毕竟微弱无法察觉呵！"宇剑感叹道。

"这只是个技术问题，不过在几百年前也被人类轻松地解决了！不管多么隐秘微弱，只要它动妄念非念就会被立即察觉；而且压制这些不良念头也如微风拂面水过无痕，也许它毫无察觉，不会对人或者动物们造成任何不良感受甚至伤害！"

"所以说，现在这个世界再难出现害群之马的坏人！"秦雪抢过维纳斯的话说。

"我明白了，从此恶兽不再恶，凶兽与善兽可以群居；没有许可证，你无论如何也不能在山野间自行猎取食肉动物；现在这个世界，不仅人类社会进入了大同世界，所有的飞禽走兽也都进入了大同和乐世界，而且它们的生活起居也有了无数个层次的升级！你想象一下，情况是不是这样？"

宇剑兴奋地说着，他满眼都是兴奋的火花，他在努力地想象着这个世界上可能的内容。

"宇剑，你还想看一些什么？"维纳斯问。

"我想了解一下生物馆的事情，还有，我是从何处更生来到这个世界上的？"宇剑思索了一下说道。

"也好，那我们就去冷藏库吧，在那里，你会看到人类在翻越这一千年时光时留下的某些痕迹！"秦雪沉思了一下说。

"对，我们去冷藏库，那里对你来讲很有意义！"维纳斯说话时又回头对着宇剑，"宇剑，就像你来到这个世界的脐带是黑山，而秦雪来到这个世界的脐带则在冷藏库里！冷藏库之于秦雪，就像黑山之于王宇剑，是根所在的地方！"

"根所在的地方？"宇剑十分惊愕。

"对，那里有秦雪之故我！"秦雪眺望着远处的群山沉静地说道。

第五章　偶遇 KIPY 星球太空灵魂志愿者

　　飘云帆很快就来到生物馆山峰南侧，在宇剑住所前面丛林广场上空，向东飞行了大约有二百多米，那里有一个靠着山脚的高约二十米的宽阔平台，飘云帆稳稳地落在宽阔的平台之上。宇剑看到，在平台之后的山体上有一个高旷而壮阔的深邃门洞，约有三十几米深，邃洞内光线明亮，在邃洞尽头是一道紧闭的似乎是汉白玉质地的石门。看了一会儿，宇剑收回目光又向高高的山体望去，此时，他才真正看清生物馆这座高大山峰。原来，虽然这生物馆山体整体陡立高耸，但它的表面却呈现着交错式不规则结构，一段段参差不齐却又错落有致，几乎每一块独立的巨大墙面都是光滑平整的，并且还分布着许多布局整齐的窗口；在每一面石墙交错点线处，都生满奇花异木与藤萝类树木，那些树木的枝叶与花朵华贵而大气。抬头仰望山顶，山顶高耸入云。宇剑还看到，在他们东侧的山体之上，在六七十米高处，也有一处从山体上突兀而出的宽阔平台，恰好有两顶较大的飘云帆向那个平台落去。

　　"那里是悬天仓，一批志愿者又要出发了！"

　　看到那两个飘云帆后，秦雪以一种感慨的语气说道。

　　"志愿者？"宇剑不解其意。

　　"宇剑，你看这里！"维纳斯在宇剑身后说道。

宇剑回头，看到飘云帆上出现了一个虚空屏幕，屏幕里视频是从太空深处拉近一颗行星，在行星上生活的原始人，还处在刀耕火种的时代，以兽皮或树叶为衣，那里山苍野茫洪水泛滥，文明进化正在艰难进行中；画面瞬间又返回到眼前的生物馆，闪现出上面的高台与那两个冉冉的飘云帆。一个动听的女中音正在播音：

　　"是的，他们都是志愿者，但他们不是去定居，他们来这里是以他们的精神智慧自我（灵魂）为原版，复制出另一份加强版灵魂自我，然后，再通过量子纠缠太空增程器传输，把这复制出的十二份精神智慧自我（灵魂）再传送到二十五光年之外的KIPY号行星上去，且直接锲入他们行星上十二个人颅脑之中，与他们原有的灵魂融合为一体！如此，这十二个人就成了他们行星上最具智慧与开悟力的人，他们会在以后的生存与生活中，不停推出各种发明与创造，快速改进那个星球上的生存与生活现状，让他们星球进入文明发展的快车道！"

　　"如此，这十二个人的精神自我（灵魂），不就有了双载体吗？"宇剑不自觉地说出。

　　"对，从此这十二个人的精神自我（灵魂）就有了双载体，在我们地球上有一个载体，在KIPY星球上也有一个载体；因为环境差距巨大，这两个精神自我在这两个星球上产生的智慧效应是大不相同的！"那个女中音又说道，"抵达KIPY星球上的智慧自我（灵魂）表现是弱势的，但在它寄居的大脑中却是具有压倒优势的灵魂主宰者，左右了那个大脑中的一切思维与思考；生活在地球上的这十二个志愿者，在二十五年之后，他们要经常模拟KIPY环境条件进行思考，思考出最有效的开发创意，并把思考成果用量子纠缠太空增程感应方式，诱导那十二个抵达KIPY星球的精神自我不停地开悟，由此而引导出他们一系列发明与创造，以此引导出KIPY星球文明，出现空前的飞跃发展。当然，在一二百年之后，KIPY星球有可能成为我们地球人在太空深处又一个旅游点与定居点！"

说到这里，飘云帆上的虚空成像立即消失了，那个女中音也戛然而止。

"心灵洗礼，灵魂又一次被洗礼！我被震撼了！以灵魂为使者，这是多么巧妙的伟大创举，还能反客为主开拓与引导文明发展！就是把我颅脑再开合十次，我也想不出如此犀利的创举。与之相较，我们那个时代的太空行为，是何其笨拙！"宇剑激动地高举起双手敲打着自己的颅顶。

看到宇剑兴奋成这样，维纳斯与秦雪都开心地大笑起来。

"劈开时光，我们横空跨越一千年来到斯之世界，宇剑哥，我们俩的人生是不是太超值了！"

秦雪兴奋地抓住宇剑的胳膊用力摇动着，她满脸幸福地仰望着宇剑那因激动而燃烧的眼神。

"何止是超值，简直是无限量超值！"宇剑依然兴奋无比。

"对，我们是无限量超值！"秦雪仿佛醉了一般。

"宇剑，你好！"

"伟大的航天英雄！"

"宇剑，你好，你的归来是大宇宙为我们人类创造的奇迹！"

"宇剑，宇剑！"

这时，悬天仓高台上的人也发现了宇剑他们，一看到是宇剑，那两顶飘云帆就向这边的平台冉冉飘飞过来。

"你们好！"

宇剑有点不知所措地向他们挥舞着手臂。其实，宇剑不善于社交，更不愿意自己被别人当作英雄一样看待，他一直是默默无闻认认真真地做事！但现在，他突然变成这个世界上人人皆知的超级大明星！他的归来，不仅让人们重新想起一千年前中国那次太空事故，慨叹宇宙星辰的不可预知性，又感慨他归来时还轰轰烈烈捎回来一座山峰给地球做礼物，一座地球造山史上前所未见的圆形山峰，一座风一吹似乎就可以滚动的山峰！那座山峰——黑山，现在已经成了王宇剑的代名词。游览黑山，在宇剑更生之初，曾在地球上引发过一次狂潮，那时铺天盖地的人群几乎每天都能把黑山包裹几层，这是人类历史上从未出现过的旅游盛况，几乎搬动了这个世界上的所有人！那种空前绝后的热度是宇剑不曾知道的，因为在那时，他还是育化池中一截正在发育成长的人偶，他的精神自我（灵魂），也尚未被重新锲入到他颅脑与神经元之中！

"宇剑，你是一个幸运之神，你能够跨越千年时空来到今天，这是你的莫大之福分，这是可遇不可求的，希望这个世界能给予你更大惊喜！"其中一个人亲切说道。

"谢谢你们的祝福！"

他们站在飘云帆上争先恐后地把手伸过来与宇剑握手。宇剑也友好地一一与他们握手。

"宇剑，感谢你从太空给我们带回来的大礼——黑山！"

"震撼的宇剑，震撼的黑山！"

"因为当初不幸，所以你才有了今天之大幸！祝贺你宇剑！你比你那个时代的人幸运了一千万倍！"

"宇剑，你的归来与更生，也是这个世界送给维纳斯的一份惊喜！愿你们能成为一对相知相爱的伴侣！对不对，维纳斯？"一个人说。

"你好维纳斯！因为宇剑的出现，你是不是由美神维纳斯又变成了爱神维纳斯？"又一个声音在说。

"对，还有这位小美神秦雪，曾因思念而一度精神萎靡，是你的出现给她打了一剂强心针！"一人说道。

"你好，小美神秦雪！"

"宇剑，你与小美神秦雪是一个时代的人，有文化与思想共鸣点，一定要好好照顾你这个小妹！他可以吗，大美神维纳斯？”

这些人兴高采烈叽叽喳喳说着。

“一定，我一定会照顾好小美神的！”宇剑激动地说。

“宇剑，不要惦记如何在理论上认知这个世界，你要先好好游览一番，时间一长，什么都会明白的，这个世界与你不会有一点隔膜！”

“再见了宇剑、小美神与大美神！我们要去悬天仓，接受量子纠缠灵魂自我再版去喽！”

“再见！”

他们的飘云帆开始升高，他们一起向着宇剑他们几个热情地挥舞着手臂。

“再见！”

宇剑他们几个也一直挥手目送那些人进入悬天仓内，他们才走下飘云帆，向冷藏库走去。

第六章　冷藏库里冷冻着的秘密

冷藏库的拱形门廊壮阔大气，他们刚走到门廊尽头，那道玉质石门便轻盈地向两侧无声滑开，里面看不到任何光亮，像夜晚一样漆黑！他们刚跨过门际线走到里面，一层细腻的光花立时扑附到他们三个人身上，像一层微弱的闪亮光衣，包裹起他们整个躯体。在他们身后，那道厚重石门也立即悠然关闭。

也是在他们跨过门际线那一霎，他们眼前的天空中蓦然出现了无际星光，低垂的星光，就像银河在他们头顶上伸手可及！

真是山中世界别有洞天，想不到大山之内会有偌大一个空间！宇剑向远处眺望，根本看不到边际。他们向前方一处若隐若现的红色光团走去。

"冷藏库怎么有这么大？"宇剑一副惊愕的样子。

"想不到山体中会有这么大空间吧？"维纳斯望着宇剑，秦雪跟在她的身后。

"想不到！"

"这冷藏库是个半圆体形，直径差不多有二百米吧，它的顶呈漫弧状，最高点有七八十米的样子！"维纳斯继续说道，"知道吗，生物馆山峰其实是一座人造山，它内部的所有空间都是不规则的，是力学与数学最为巧妙的设计，是灵感最杰出的自然呈现，它外部形态又形随自然。它在五百年前就已经建造完成，没有耗费一例人工，全部智能机械化自动操作，所有山石都是现场烧熔浇注而成，建造这座山峰，用时达三十多年之久！对于当时的建造者来说，这是一个万年基业，它要储存千秋百代的冷冻人，为他们治病令他们长生！"

"这里有多少冷冻人？"

"有三四千人之多，还有寄存在这里的五六千人偶！"

"三四千人？人数这么少！"宇剑大感意外。

"科学在发展，总令计划不如变化快！人们后来又发明了新的精神自我（全息灵魂）储存方法，那些衰老或伤残的身躯何须保留？只须把他的全息灵魂（精神自我）保存起来就足够了，生物造物学随时可以赋予他一具青春而年壮的躯体——人偶！"

听到这话，宇剑忽然想起了他在育化池里的状态，问维纳斯说：

"人偶，是不是就像当初我在育化池中的样子？"

"算是吧，但你与人偶还是有一点不一样，因为，你的育化是按照你自己的基因版本进行的，一开始就是一个完整版！但人偶内涵却不是完整版，还有许多内容等待补充！"维纳斯声音比天籁还动听。

"新的精神自我储存，采取的是何种方式？"

"芯片储存，这种储存可以是生物芯片，也可以是数字程序与其他载体。"

"如果人类灵魂只要储存就能够再生的话，一代代的人都做储存也都能重新更生，那么，地球上的人口数量会不会无限制地膨胀下去，达到几百亿几千亿，这对人类进化来说是不是一场灾难呢？"宇剑问维纳斯。

"全息灵魂存储很方便，人人可做，但并不是人人都可以更生与重生！人类文化与理念，也不允许人类为了不死一次又一次更生复制自己，这样做会造成极大的理论与伦理混乱，许多现实的社会问题将无法处理！"

"你能仔细说明一下吗？"宇剑思考着问道。

"譬如，他们每年轻一次，是不是可以再一次生育？如果允许，就有点不可理喻；如果不让他们生育，现实就太残酷！爷爷、奶奶、父亲、母亲、孙子、孙媳、曾孙、曾媳，所有辈分的人如果每年轻一次，都能繁殖后代，你想象一下，那辈分是不是要混乱到极点？那样的世界将是怎样的一个世界？"

"我好像是明白一点了，对，辈分会全部乱套的。这是个伦理问题！"

"人活一世草木一秋！人生的意义不在于长生不死，而在于感受人生真谛，走到最后才知道：人生是悲壮的，只有悲壮才是完整的！不死，增程，循环往复体验同一种感觉与真理，那是乏味的，是毫无意义的！"停顿一下，维纳斯继续讲道，"听任大自然的安排走完生命全程，从呱呱落地到天真烂漫童年，从少年异想天开到壮年春风得意，从壮志未酬的不惑到从容优裕的古稀，没有伤残、疾病和夭折，生命的每一阶段都有它不可舍弃的美，包括死亡之时的回首彻悟！静静地面对死亡，甜甜地走向死亡！既然已经完完全全甜甜美美地感受到人生全过程，感悟到生命内在的真谛，他们还有什么理由拒绝死亡？死亡，在人生最后有了一层极美含义，人一定要正确面对死亡与接受死亡之美！这时，人生理念猝然升华，有突破顿悟之障的跳跃之美，刹那间融入永恒之光、回归到人性本源与出发之地，这是人生圆满结局的一个制高点！没有圆满的结局是残缺的，没有升华的理念是平庸的，循环往复的感受是堕落的！只要一生没有太多遗憾，我们为何要一次次盼望重生与永生？如果允许一次次重生与永生，那将是这个世界最大的败笔！能够重生的人应当是一些极个别有某种重要意义的人！"

"想不到你会把这个问题看得如此透彻！"

宇剑以钦佩的目光望着维纳斯说，他极为叹服她这番话中的深刻哲理。这话一下子令他心境开朗起来，把困扰他心灵的问题变得条理起来，是的，人生不就是如此吗？碌碌无为缺乏内涵的永生是乏味的，拥有全程感悟的人生才是美丽的，人生意义不在于它长短而在于层层递进的参悟与感悟之美！

他们向前走着。

宇剑看到，在他们面前出现了一排排长长的条形池子，高出地面有一米左右，宽度约两米。这些长条形池子被分成一段段的，上面盖着薄薄的盖子，每段长度七八十公分。

"这是冷冻仓吧？"宇剑指着面前的池子说道。

"对！这些冷冻池分为三组，这一组为老年组冷冻池。"维纳斯指着眼前的一大片池子说道。

宇剑看到这些池子中的浅蓝色的液态氮几乎与池面相平。在液态氮中什么也看不到，所有的池子都是如此。维纳斯按动了一下她面前那个池子上的红色按钮，液态氮上方的盖子徐徐打开，液面之下的隔板也翻转到侧面后沉下去。一位金发老人被渐渐托到液面，宇剑看清了他的面颜，是一张苍白枯瘦的脸，鼻梁很高，面颊和眼窝深陷，额头宽阔，眉毛浓长，表情安详，仿佛睡着一般。他的身上斜盖着一角白色薄毯，胸膛之上与膝盖以下部分裸露着。在白色毯子下角绣着一排红色汉字：罗伯特·森福，生于公元2476年，冷冻于公元2578年。

"一百零二岁的人，他看起来不过五六十岁的样子！"宇剑惊叹道，"他冷冻的理由是什么？"

"我们看一下他的简历就知道了！"

维纳斯又按了一下绿色按键，罗伯特·森福的躯体立即沉到液面之下，中间隔板与顶盖也迅速关闭了。顶盖关闭后立即变成了一道屏幕，上面立时映出一段整齐的黑色汉字：

罗伯特·森福简历

罗伯特·森福，祖籍美国加利福尼亚州，是23世纪工业巨富罗伯特·韩特的第六代世孙，生于公元2476年，冷冻于公元2578年，希望冷冻一千年后苏醒。罗伯特·韩特为23世纪世界百名巨富之一，高挂在第十六名的显赫位置。在大同世界到来之前，这个家族就率先把巨额财富无偿地贡献给全人类，带动了全球社会财富奉献之风，致使全球财富联盟日渐瓦解，加速了大同世界来临。由于他的贡献，人们决定赋予这个家族一些永久特权和优先权。但由于罗伯特·韩特的坚持，改为在十代之内享受某些特权与优先权决定。

罗伯特·森福是一位天才生物学家，他在短短五六十年内创造了上百种草类和植物，几十种动物和禽类，他的天才给大自然增加了一笔浓浓重彩。但是，他在度过一百岁生日后，就陷入了不可名状的苦恼之中，整天郁郁寡欢，对任何事都不感兴趣。无奈之中，他开始去太空周游，两年后他突然决定把自己冷冻起来，遗嘱公布3578年8月10日复苏他的生命。

公元2578年8月

"罗伯特的特权，并非全赖祖荫，也是他天才努力换来的！"看完简历，宇剑感慨道，"在科学与经济时代，巨大财富本身就是一种地位、权力和智慧象征。如果你在天才管理、精心经营和科学竞争中无法取得优势地位，你就无法做到屹立不倒，无法确保你的集团永远不破产或者不被兼并！其实，能把企业做到顶尖优秀，引领行业不停向前发展，无论从社会效益、增加就业与社会安定来说，都是对人类社会的伟大贡献！"

"对，你说的很对！"维纳斯接过话题侃侃地说道，"但从另一个角度看，巨额财富与权力带给人的乐趣是不可想象的，那种叱咤风云扭转乾坤的感觉，那种高高在上不可一世的威风，使他们心理得到了极大满足，他们是非常不情愿自动放弃这些权力的，有时哪怕与整个世界为敌也在所不惜。罗伯特·韩特，在当时做出这个决定是要有巨大勇气的，因为其他资产与财富拥有者都不赞同他这种做法，他放弃资产这个做法严重冲击了那些跨国财团的统一战线！"

"但他顺应了时代要求，这是他最为明智的选择！"宇剑赞叹道。

"是的，历史发展是遵循它自己内在规律的，这是不可抗拒的历史大趋势。虽然历史发展把世界财富集中到数量极少的跨国集团手里，但他们也不能为所欲为，因为在东方还有一个大国——中国，中国是一个伟大的社会主义国家，这个国家发展的最高准则就是，为人民谋福利，提高人民的生活幸福度！这就不允许本国后来的超大财团以谋利为根本。况且，中国这个国家还有许多家国有大型企业，中国与这些大型企业最高发展目标就是共产主义社会，这是中国这个社会主义国家的发展初心与最终轨迹，它就是要引导全球社会进入人类社会的终级未来——共产主义社会！"

维纳斯滔滔不绝地说着。

"当世界科技与经济发展到一定水平之时，许多行业是小国的财力与科技力量根本无法参与的，那是大国之间的较量！科学与财富在世界上跨国流动，它们在左右着全世界的发展前景，这是各国无力阻止的。在各种跨国界的兼并与重组中，许多国际型大集团逐步成型，它们不为某个国家所有，为多国的某些个人所有，为一个集团所有，一国力量无法干预其内部决策，这些大集团是高于和凌驾于全球各国之上的！各行各业都出现了这种发展趋势，国家与政府已名存实亡，边界和疆域早已失去它原有意义，新科技新技术一夜之间就能在全球普及！科技逼迫着这个世界以日新月异的速度发展着！各国政府法令已经变得毫无意义，其一，原因是超大跨国集团已把所有社会问题都处理得井井有条；其二，就是各国政府规定条文几乎全部雷同没有任何区别，整个世界几乎被这些集团绑架成了一个号令统一的地球大国！世界发展到2300年左右时，沉重的社会福利已经压得所有大型跨国集团危如累卵，福利可以支撑起人类生活所需的一切，金钱无用论也越来越嚣张，集团企业向前发展根本看不到什么前景；超高超强智能化全球一体化发展，几乎排挤尽人类所有工作，当时的就业率只有千分之五，即便是这千分之五的就业率，其人员也都集中在决策层。其实这些人，也是可有可无的，决与不决，世界一直在那里有条不紊自我运转着！"

宇剑频频点头，这样的一个发展过程他是非常理解的，这非常符合他那个时代对社会发展前景的预测。

"这就形成了这个世界无法解决的矛盾，一边是智能自动化源源不断生产出的商品，一边是不需任何支出就可以满足所有生活需求的人群！此时，集团盈利有用的时代已经真正走到尽头！那时，共产主义社会的终极形态，其实已基本完成，只是社会的称呼尚未改变而已！到那时，集团决策者只有两种选择：一、要么永远无偿地做下去；二、要么奉献出他们全部财产！在这个时候，中国的所有国有大型集团企业早就无偿奉献给了全世界，中国这一做法，让那些一直坚持私有制的集团基本上都失去了意义！也就在这个时候，公元2350年，罗伯特·韩特，顺应时势做出了他重要的决定！"

"罗伯特·韩特是一个极聪明的人！与其等社会发展趋势来逼迫他们，何不如提前做出抉择，做个顺水人情！"宇剑兴奋地说，

"可是，一旦失去了利益驱动，这个世界是不是由此便失去了创新动力？"

"实践证明，这个可能性根本不存在！因为此时，超高智慧的客体智能体系已完全超越了人类，许多开发性工作早已就由超强的客体智能体系自我进行开发！所谓超强客体智能，就是后来被逐渐延展扩大至无数个层面，最终便形成了我们现在的大一统的宇宙智慧脑系统。现在，我们这个世界不是一直在宇宙智慧脑系统的操控之下，而稳健高效地运转着吗？！"

"是的，这才是这个世界最终的正确结局，而且将永远延续下去！"宇剑感叹着，在思虑着，毕竟他还不知道这个世界到底是一个怎样的世界。

第七章　秦雪：冷藏库里有故我

"宇剑哥，你们一起到这边来！"

秦雪在远处一排池旁忽然大声喊道。宇剑这才注意到，秦雪已不在他们身边多时了。

"好的！秦雪发现了什么？"宇剑问维纳斯。

"那是一个与她身世有关的秘密，我们过去看看！"

维纳斯笑一笑说道。这使宇剑更加好奇，他们不觉加快脚步向秦雪那边走过去。

"宇剑哥，你看你还认识这个人不？"当宇剑来到秦雪身边时，秦雪凝重地问他。

宇剑看到一位黑发少女安详地躺在液态氮中，身上同样盖着一条毯子，看不到下部肢体。栩栩如生的面孔好像睡着了一般，一头黑发轻柔地散着，白皙的脸颊如凝脂一般闪烁着细腻光泽，鼻梁高挺而秀气，轻合的双眸含着修长的睫毛，双唇红艳，下巴微微上翘，这一翘便勾出满脸神韵与傲气！她颈项修长而洁白，浑圆而秀美的双肩裸露在外面，修长的双臂大半部被毯子盖住。她的生命似还在跳动着，美与活力，有一种昂扬外溢之感。

"秦雪，这人就是你！"宇剑抬起头目光灼灼地直视着秦雪。

"对，这就是我要告诉你的那个秘密！"

秦雪喃喃地说道，这与她平时的活泼表情有了天壤之别，泪水已经挤满她的睫毛。

同是天涯沦落人，相逢何必曾相识！

一股强烈的冲动，宇剑眼中顿时也涌满了泪水，他猛然上前跨一步拥抱起痛楚的秦雪！秦雪此时泪水已夺眶而出，宇剑眼中的泪水也痛快地流了出来。

"其实，宇剑哥，我非常留恋我们那时那个世界，我更想念我的父母与其他朋友、亲人！现在，我依然感觉自己生活在一个陌生的世界上，似乎一切与自己毫不相干！是的，我一直没有从一千年前那个世界里彻底走出来，过去的一切一直萦绕在我眼前，无论是在白天还是黑夜，它们总是交织地出现在我意识之中！宇剑哥，这种情况你以后也会有的，因为我们的内心部分99%都是过去那个世界给予的，我有时会感到很累，但这也毫无办法！"秦雪泣不成声地说。

"好了秦雪，我不是告诉过你吗，你一定要尽快地稀释你心灵内涵，让这个99%变到50%以下就好办了！"维纳斯轻轻拍着秦雪肩膀。

"对，维纳斯说的很对！只有我们全面彻底地融入眼前这个世界，让这个世界在我们内心深处深深扎根，我们就能渐渐摆脱这种状态了！"宇剑想象着那种情况说道。

"好，宇剑哥，我们一起加油！"秦雪推开宇剑，仰头望着他的脸，"不过，你现在是不会感受到我这种内心矛盾的。过几天，你的新鲜感过后，两股激流就会在你心灵中猛烈交织，孤独与兴奋、对比与回忆、忧虑与彷徨、熟悉与陌生，一会儿左一会儿右，各种情绪会加倍在你心底泛滥，那时，你才会出现无法把握无法自控的感觉！当时，我对付这种情况的办法是天天参加各种活动，马不停蹄地游览这个世界，维纳斯姐帮我加速构建了一个朋友圈，她们都邀请我陪同她们一起参加她们感兴趣的活动，并且我一口气参报了四五个大学堂，学习我最感兴趣的知识，有了更多的同学与新朋友，令这个世界的画面在我的眼前快速纵深展开，这样是很起作用的！"

"起作用也要努力巩固！"维纳斯望着秦雪。

"谢谢你，维纳斯姐！"秦雪借势依偎到维纳斯臂前，"维纳斯姐，以后你一定要好好陪伴我的宇剑哥！"

"会的，我会比照顾你更好地照顾他，可以不可以？"维纳斯一脸幸福地说道。

"我就知道你会这样做的，知道吗，这样我会吃醋的！"秦雪一副小妹在大姐面前撒娇的样子。

"但是，你内心会更高兴！"维纳斯说到这里不觉同秦雪一起开心大笑起来。

宇剑一直站在那里望着她们两个。

"秦雪，你快给你宇剑哥讲一讲你的那些故事吧！"

"好的，宇剑哥，这就给你讲！"秦雪静下来，对着宇剑说道，"我比你晚二十几年来到这个世界上，那时我也是意气风发生活得非常得意，我考入全国顶尖名牌大学，我的父母拥有几乎是全世界最顶尖的一家生物芯片公司！可是，一场意想不到的车祸改变了我的人生之路！我变成了只有半截躯体的肉轱辘，一个彻底的废人，我痛不欲生，最后我被冰冻在新有机液态氮中，在沉睡了一千年后重新出现在这个世界上！你看，这就是我当初的样子！"

"她身上还保留着你的精神自我（全息灵魂）吗？"宇剑望着液态氮中那位秦雪。

"没有！我的精神自我采用的是转嫁方式！"

"转嫁方式？"

"就是把那个躯体上精神自我连根拔出后，转嫁植入我新躯的颅脑中来！"

"那这个躯体不就成了……"宇剑只说了半句就停住。

"对，她现在只是一截肉轱辘了！但我们两个的崭新更生体，却是在同一个育化池里发育生成的，只是你比我在里面多待了两个月而已！"秦雪说话时用手戳了一下宇剑胸部然后又指了一下自己。

"在同一个母腹中成形，如此，我们两个不就成了真正的亲兄妹？"宇剑惊骇道，在他的感觉里，他已经把育化池想象成了母亲养育他的子宫，"为什么你会比我少待两个月？"

"因为，因为大家对你比对我更加谨慎，再则，我是女儿身，不需要像你这样，一定要锤炼到筋强骨壮！"

"你为什么也要更生？难道无法让这个旧体做到复原？"宇剑望着池中那个秦雪旧体说道。

"这也是欧阳教授的建议！他说，与其在她旧躯上大修大补，毋宁再赋予她一具光洁如玉的崭新躯体，他认为这样更能减少秦雪的心灵痛苦！虽然，现在科学技术能让她做完全无痕复原，但那需要时间过程，这个时间过程会给秦雪带来更多痛苦，所以欧阳教授才坚持从零开始，让秦雪从踏上这个世界第一天起就彻底从那次车祸的阴影里走出，让她的心灵有一个干净与整洁的开始！我们所有人都赞成欧阳教授这个观点！"维纳斯娓娓道来。

"你也见证了秦雪全部的更生过程？"

"对，同你的一样！"维纳斯眼神里泛着真诚与热切的光芒。

"那，这个秦雪还要继续保存下去？"宇剑像望着珍贵的艺术品一样又望了一眼池中那个秦雪。

"不会的，她的保存是没有任何意义的！"秦雪说话时，按了一下按键，那个冰冻的秦雪缓缓沉入液面之下，"也许在以后的某个时日，当我完全适应了在这个世界上的生活，也许我会在欧阳教授的指点下，我重新把这个秦雪的生命体恢复，在我的操作之下让她再一次恢复到车祸发生之前的完美，圆我一个宿梦！那样，今生，我在这个崭新世界上也就再无憾事了！"说话时，秦雪的眼角沁着一滴泪水。

"是的，我赞成你这个想法！"宇剑点头说道，他从内心觉得这样做对秦雪的心灵很有必要。

"对，这个验证，代表了你父母与那个时代许多人对你的渴望，他们渴望的是一次对你身体完美如玉的治疗与恢复！他们寄希望的是未来世界的这份能力！"

"维纳斯姐，你说的对，我一直也是这样认为的！"

"事故发生时，你不到二十岁吧？"宇剑凝视着秦雪问。

"刚刚过完十九岁生日，那年我正在清华大学微电生物系读大三！那个时期的医学水平，根本无法让我失去的肢体重新长出，等待移植也是不可能的！在意识恢复清醒后，我拒绝治疗，我接受不了这个现实，开始绝食，决心把自己饿死！"秦雪慢慢地说道，"现在回想起来，我当时做的太任性，我根本没有考虑我父母的思想承受力！那时，他们已经痛不欲生，我是他们的独生女儿，是他们生命与事业的心理支撑。如果我的康复能够用他们的生命换取，他们会毫不犹豫地走向死亡！但是，他们对眼前的一切同样感到无可奈何，看到我的生命日益枯竭，他们也多次昏厥过去。后来，听从他们员工建议，决定把我冰冻起来，寄希望于未来的医学科技！一开始我不同意，坚定固执要走向死亡，因为我渴望的完美彻底破灭了！在他们的耐心劝说下，在许多人的耐心劝说下，最后，我才勉强同意被冷冻起来！正是这样，我才有幸来到今天的这个世界，才有幸见到维纳斯姐和你，我的宇剑哥！"

"你父母从事什么专业？"宇剑问。

"他们俩都是清华大学微电生物学教授，不仅在清华大学任教，还开办了一家从事生物基因芯片研究的公司，开发生物微芯片，当时的发展前景非常不错！"

"秦雪的父母是历史上鼎鼎有名的大人物，他们开创的公司在历史上兴盛了达二百年之久，直到2300年大同世界到来之际，其科技实力一直保持全球领先地位，成功为她父母带来了巨额的财富，在他们后半生，可以称得上富可敌国！最后，在大同世界到来的前夜，他们比那个罗伯特·韩特，更早地把公司所有财富贡献给了全人类！"维纳斯说道。

"了不起！秦雪的父母是对世界有巨大贡献的人！"宇剑赞叹道。

"不仅如此，秦雪的父母还为秦雪特意准备了一笔更为丰厚的财富，让她在这个世界上一生一世都享受不完！"维纳斯又对宇剑说道。

"什么特别财富？"

宇剑知道这绝不是金钱一类的财富。

"还是让秦雪自己说吧！"

"在我被冰冻起来后，我的父母始终每日以影像的方式记录着那个世界、公司、家庭的一些关键变化，还包括国内外科学研究方面的一些重大事情，像一部扎实的编年史一样包罗万象，并一直坚持到他们生命最后一刻。他们之后，公司继承人更是坚持了这个传统，这可是一部跨越时空达二百年之久的史诗级作品，这是送给我秦雪与这个世界最为宝贵的财富！在那些影像资料里，让我感受到了那个世界向前迈进的步履，一切的感受是那样真实与扎实！"秦雪说这些时，幸福在她脸上洋溢着，眼中又流出了幸福泪花。

"我看了这些影像后，知道我的父母晚年生活很幸福，我的心安静了下来！由此，我也见证了这二百多年他们公司是如何成长壮大，知道我的同学、朋友、老师，在那个时代最终生活与生存状况，更了解了历史风云在这二百年里的演变，仿佛又让我在那个世界上重新生活了一次！这就是我父母对我最大的馈赠，是他们特意为我准备的最为神奇的礼物，有了这份礼物从此我再也不会感到孤独！"

"你父母的情感太细腻了！"宇剑感慨道。

"我也看过，很真实很震撼，由此我读懂了这二百多年间世界历史的风云变幻！"维纳斯动情地说，"这段历史与你那个时代几乎是衔接在一起的，以后抽时间你也看一下吧，会很受益！你的宇剑哥可以看吗，秦雪？"说着，她回头淘气地望着秦雪。

"当然！里面没有任何隐私，都是光明正大的历史影像，这个世界上许多人都看了，你也看了，我的宇剑哥当然更能看啦！"秦雪故意表情严肃地说，此时她的心情已经轻松了许多，内心的包袱又放下了一大部分。

秦雪的话，也让宇剑想起了他孤苦而绝望的父母，他一下子变得沉默起来，低头想象着父母在世时可能的样子。是的，在他踏入大宇宙的那一刻，他的父母其实就已经绝望了，他们知道，在他们有限的生命中是无法再次见到自己的儿子了，剩下的唯有期盼与思念！

"我父母在世的日子一定过得很凄凉，他们什么希望都看不到！"宇剑伤心地说道。

"不，你的父母他们过得很好，中国航空航天大学的师生们给予了他们无微不至的关怀，国家和政府也给予了他们很全面的照顾，并经常邀请他们参加各种活动，或者，带他们到全国全世界各地去旅游，他们的晚年根本没有时间去孤独。他们去世后被安葬在北京西郊的绿云公墓，在六区十排中间十一号就是他们！"维纳斯对宇剑说道，"抽时间，我们一起去祭奠一下两位老人家，去告慰一下他们的灵魂，你，他们的儿子已经回来了！"

"这，你怎么会知道？"宇剑惊异地盯着维纳斯。

"我不是搜集了你所有资料吗，这也是其中之一呵！"维纳斯回答说。

"在你刚回到地球不久，维纳斯就去了你父母的墓地去告慰了他们！之后，在三个月前，我还和维纳斯姐去过一次呢，我们在墓地上看到了许多鲜花，看来这个世界上仰慕你的人，有不少人都去那里参拜过了！"秦雪缓缓说道。

"你们的开拓号宇宙飞船折载太空，这是一个国家级机密，当时是严格保密的，你的父母是绝对不会知道这件事情的！"维纳斯说道。

"谢谢你们！谢谢大家！谢谢对我父母表达过敬意的所有的人！"

一股暖流瞬间涌遍宇剑全身，热泪也从他双眸流出，他上前握住维纳斯的双手。此刻，他感到维纳斯的心在与自己的心一起怦然跳动着，他们之间仅有的一点隔膜感也消失了！

"我们再看其他池子吧！"秦雪建议说。

维纳斯望了一眼宇剑。

"那就随便再看一个池子！"

"那就再看最末尾一个吧！"

秦雪指着她这一排最南端一个说道，他们向那边走过去。

那个池子的隔板打开后，一个黑乎乎看不真切的东西被托了上来。宇剑仔细辨认后确定是一位黑人，他的头部、脖子和肩膀都已严重浮肿，如同发酵了一般。他身上盖着一块黑色的长布，下面露着白皙的双腿和双脚。

"他上身与下身的颜色差别怎么这么大？"宇剑感到奇怪。

"看一下他的简历就什么都知道了！"维纳斯按下一个按钮。

冰冻者沉下去后，那个厚厚的玻璃盖变成一张屏幕，屏幕上又是一排排密密麻麻的汉字。上面写着：

陈浩明小传

陈浩明生于公元 2406 年，在公元 2438 年 5 月中旬，乘海豚 700 型宇宙飞船在宇宙深空探索，当他在飞船外漫游时突然受到一股特殊宇宙射线的辐射，他的太空服无法阻挡强烈的高速粒子流射线，他的上半身瞬间被烧成焦糊状，生命危在旦夕。他的同事们立即对他进行凝胶式极寒冬眠处理，之后送回地球，嘱托千年为他更生治疗……

"同你我一样，因祸得福！"宇剑望一眼秦雪说道。
"嗯，他们是后来者！"

"那边还有几排单独的池子，我们过去看一下！"维纳斯指着最远处几排池子对宇剑说。
"那边冷冻的都是些什么人？"
"是一些不可饶恕的重罪之人！"
"当今信息能力这么强大，所欲所求，这个世界几乎都能得到满足，他们为什么还要犯罪？"宇剑感到无法理解。
"今天这个世界，确实几百年都难出现一例犯罪！况且一旦有人思想上出现犯罪苗头，超强超敏锐的宇宙智慧脑系统就会立即感测而知，或者他怪异行为中发觉，系统就会立即熄灭他所有犯罪心绪，在萌芽中就消除了所有隐患！"维纳斯解释道，"再说，他们那些人的冷冻与普通冷冻是不一样的，他们的精神自我（全息灵魂）已被彻底寂灭，这些人只不过是一具具冻肉而已！目的就是警诫那些内心深处藏有犯罪欲望的人！"
"哦，这样是不是有点太残酷了？"
"这些人，对人类犯下的罪恶是不可饶恕的，我曾看过他们的犯罪记录，觉得他们是罪有应得！"秦雪不屑地说道。
他们来到池子旁边，宇剑看到这些池子要比刚才那些池子宽许多，在池中液体中很密集地躺着一长排人，清一色的蓝色裤头。他们发色肤色各异，有年长年少，从头到尾中间没有任何间隔。

这些人没有刚才那些冷冻池中的人皮肤光润，全身皱皱巴巴布满褶皱。

"那边池子中还有三个女犯人！"维纳斯指着大池旁边的一个小冷冻池说道。

"三个？男犯人是多少个？"

"二百二十七个！截止到公元 2400 年之前，这就是全球被冷冻的罪犯总人数！之后这六百多年，没有出现一例犯罪事件！"

"从这个比例看，男人与女人的犯罪概率，差别竟然会有这么巨大！"

"七十六比一！这个比例也足以证明女性天生的温柔与善良，男人总是太贪婪，太容易出各种各样的野心家！"宇剑大发感慨。

"我觉得这个问题也应该辩证地看，男人容易出现野心家，这也证明男人的志向比女人志向更远大！"维纳斯有不同看法。

"对，我赞成这个说法！"宇剑说道。

……

当他们走出冷藏室重新来到阳光下时，时间又仿佛跨越了一个世纪之久，宇剑又完成了一次对这个世界的深度认知！

第八章　悬天仓是灵魂仓

月　呵

在无我之前
你已亮丽了千百亿年

而今有我
能伴你几何

冷冷的月呵
令人伤感的月

一

　　"悬天仓悬天仓，悬天仓里灵如沙！宇剑，我们也去刚才志愿
者们所去的悬天仓看一看吧！"维纳斯建议道。

　　他们乘上飘云帆向那个高台飞去。到了高台上才发现，悬天
仓入口是一个矮弧形门，高不过五六米，但下沿宽却有七八米之
多；整个建筑都是半透明的汉白玉颜色，非常壮观大气。这里没有

关闭大门，飘云帆直接飞了进去。宇剑看到内部的空间也呈圆形，但比刚才的冷藏库明显小多了，直径顶多有一百米。四周到处是低矮的热带丛林，中间有一个巨大水池，水池之上有一个巨大透明穹隆。

"天呀，这么熟悉的环境！我昨天刚从这里走出！"

宇剑激动得血往头上涌，他想起了自己在这个空间里的所有事情，他侧脸仔细地审视着维纳斯，她是那样的美丽漂亮，美神这个称呼对她似乎还是有点逊色，无法真正地体现出她全部的美。

"对呵，宇剑哥，这就是我们曾经的家，你最想看到的地方！"秦雪正凝神望着那个穹隆回头对着宇剑说，"我在这里待了四个月，而你却是六个月之久！"

"我苏醒得很晚，一开始没有任何意识，当我开始有意识，却又很长一段时间无力睁开双眼！"宇剑看着穹隆说道，他在回想着当时所有细节，"后来，我有能力睁开双眼了，也想起了曾经发生的所有事情！那时，我感觉自己已经非常有力量了，每次在水里畅游两三个小时也不会觉得累！我所能记住的，在这育化池里，我待了也不过一个多月时间而已！"

"在这里，青壮年身体一般三个月就足以成形，再在水中加一个月锤炼期，四个月，这是一个标准时间周期！"秦雪说道。

"对，秦雪说的对！情况就是这样，但为了确保你的更生更加成功，让你的智慧自我与你的大脑在不受外界环境的影响下，多一些时间磨合，故意让你在水里多摔打了一段时间！这样，你一旦走出育化池，你的精神与体能才会更加充沛！昨天你畅游黄河，就足以证明这一点，一般人是无法游出你这个水平来的！"维纳斯微笑着说道。

"是的，我现在的身体，比我在一千年前最好的时期还要好许多，感觉体内总有那么一种永远也使不完的力量！昨天，在黄河水里我一口气游了两个多小时，这是我以前的身体无论如何也做不到的！"宇剑感慨道。

"你看出来了吧，这里所有人都对你偏爱！"秦雪说话时故意摆出一副泛酸吃醋的样子。

"是的，所有人对我真的太偏爱了！"宇剑认真地说。

"送地球一座黑山，大家能不对你偏爱吗？我可没有这么贵重的礼物！"秦雪说道。

"真的，你绝对送不出这样的礼物！"维纳斯笑道。

大家不觉又开心地笑了起来。

飘云帆在穹隆之上盘旋了好大一会儿，才离开穹隆飞到丛林北侧的过道之上。飘云帆向通道西面飘移了一段距离后，停在一个房间门口，房门轻盈地打开，他们从飘云帆上走下，走进房间之内。这个房间内部很高很阔，它的四周整齐地摆放着四五十个银灰色高大文件柜，文件柜表面不时闪烁出玄幻的色彩与光芒。

"这些柜子？"宇剑看了一眼维纳斯。

"悬天仓悬天仓，悬天仓里灵如沙！刚才维纳斯姐不是告诉你了吗？就是说悬天仓里的灵魂比沙漠里的沙粒还要多，这些柜子里储存的全都是个人的精神自我（灵魂）！你看，每一组这样的柜子可储存一百亿个个人灵魂，这里共有五十二组柜子！"秦雪神气地对宇剑解说道。

"这么多？可以储存五千二百亿个个人灵魂！短短一千年，能有这么多灵魂？"宇剑一脸无法置信的样子。

"是的，可以储存这么多，但未必就是储存了这么多！"维纳斯解说道，她说话之时，一个柜子上闪烁出一串数字，"你看到今天此时为止，这里总计才储存八百亿零四百五十万五千六百五十九个个人灵魂！"她说的正是柜子闪烁出的数字。

"已储存了这么多！真是不可思议！储存在这里，也就是说如果允许，他们这些人可以随时更生，对不对？"宇剑双眸熠熠闪光。

"对，是这样的！"

"假若我们现在要更生一个八百年前的人，能查到吗？"

"所有这些灵魂都有编号，一查便知！"

"现在，可不可以同它们对话？"

"当然可以，这些柜子不单单是储存保护这些灵魂，它们还可以替代脑功能，以保证这些灵魂能够随时强化信息、能量供补以及对外交流。在这里，我们可以与任何一个储存在这里的精神自我（灵魂）进行长时间交谈，也可以戴上量子信息帽与它们进行交互式信息感应对话！"维纳斯侃侃讲解着，"还有，那些冷藏库中的冻体人，其实，他们也不是一千年前那种粗庇型的单独式冷冻，粗庇型冷冻方式极易造成脑死亡；现在的液氮冷冻，是要不时进行特定物质润养与能量充值的，这样才能确保那些灵魂的精神自我的全值存在，即，不会造成任何信息值丢失！"

"做灵魂储存时，能不能确保那些精神自我（灵魂）信息的完整性与全面性？"宇剑还是有点担心。

"对于这个问题，过去人们研究了很多年，现在，处理这些问题已经能做到非常圆满，再也不可能出现任何偏差与错位！做灵魂储存都是自愿的，在他选择好储存日期后，要提前停食三天，对他们的身体进行一种特殊调理；在储存前半小时，还要静脉注射一些特殊药物，然后，戴上量子纠缠信息帽静静等待。到时，你的大脑会翻江倒海地搅起你一生全部经历：记忆、思想、知识、情感，许多你早已忘却的影像画面，也一一闪现而出，就像一棵大树被连根拔起，你心灵中的一切也会连泥带土被一并拔出，绝不会遗落一片叶片与根须绒毛。那种感觉是空前的，仿佛你的一生被重新搅动、翻阅与经历了一次一样，但那是快如闪电的翻阅，你人生所有情感积淀也一并被移走，尽管它不是具体数字，是数字云式的模糊规范，是情景字诀的感触！就这样，在短短三十分钟之内，一个人的精神自我（灵魂）就被彻底移存到芯片之中，再由这些柜子长期维护润养！”

"那，余下的躯体呢？"

"静静等待心跳停止，体温冰凉，然后再移去处理！"

这时，秦雪走到柜子边缘的墙壁边，轻轻一推，一个门打开了。

"宇剑哥，你再观看一下这个房间！"

"好！"

宇剑和维纳斯跟上秦雪，走进另一个房间之中。

二

宇剑看到这一个房间非常奇特，与智慧自我（灵魂）芯片储存室大小结构完全一样。但这房间四周摆放的却是一圈高大的储物格架，每个储物格子中都陈列着一个闪闪发光的水晶头颅，而每个水晶头颅都包裹着完整的大脑，其间的大脑沟回与跃动着红蓝色血管，更是清晰可见！

"这些水晶软体内都是真正的不老脑！"秦雪很敬重地说。

"不老脑？怎么会有这么多！"宇剑被面前的场景震慑住了。

"有一千五百多个呢！"维纳斯表情庄重肃穆地说。

宇剑虔诚地走到格子架近前，仔细地端详着那些水晶体不老脑。那些水晶体个个盈动闪光，一排排整齐地排列着，它们每一个都是完整颅脑骨骼解剖体结构，大脑半球与大脑沟回清晰可见，牙齿整齐地镶嵌在牙床之上，骨片吻合线清晰，鼻骨也是由三片水晶体拼成，眼窝处深深凹陷下去，从大脑内部伸出一丛丛的细小管子穿过水晶体下沿连接到格架的背面。宇剑仿佛感觉出他们生命的律动，在他跨进这个房间之初就感到里面有一种能量，并且在向他内心深处辐射着！面对这些个闪光群体，宇剑骤然从内心升起一股虔诚的敬意!

"这些不老脑都是几百岁的老寿星,最高的已达七百岁之多,他们虽然被摆放在这里,但他们却是真真实实地生活在这个世界上的真实场景之中!"秦雪非常恭敬庄重地凝望着不老脑对宇剑说道。

"真真实实地生活在这个世界上的真实场景之中?那,他们都是来自何处?"宇剑声音微小如同耳语,他怕惊扰了这些老寿星。

"这些不老脑,大都是五六百年前到三四百前之间,这个时间段内最伟大最优秀的科学家与政治家们,他们在生命最后时刻把大脑奉献到这里!起初,保留他们的大脑也是为了一种试验,让他们以不老脑的形式,继续为这个世界发展提供参考性指导意见,这其中,也考验他们大脑生命与智慧活力的耐久性!在大约三百五十年前到今天,这些不老脑的数量就再也没有增加过!因为自那之后,这个世界的最高管理决策中心——宇宙智慧脑系统,这个庞大无比涵盖了当今人类生活所有区域的中枢指挥系统,已经彻底夯筑完成!之后,这些不老脑,除了生命耐久运转试验之外,就再无其他意义了!"维纳斯平和优雅地讲道。

"为什么要用水晶体托负这些不老脑呢?难道是因为某个古老传说?"宇剑欣赏着那些精美无比的水晶架问道。

"哈,这水晶体可不是什么真水晶,是生物质营养软体,它内部含有80%以上的可置换营养高纯水,每日都在不停置换!"维纳斯继续说道,"这些不老脑,其实也早已不是那些老科学家们的原脑了,每不到一百年时间,它们就会被彻底置换一次,变成一个崭新大脑体,但他们的全息灵魂(精神自我)不变,也不会受到任何的伤害与改动!你看这些密密麻麻的管子,它们不仅是在为不老脑提供物质营养与代谢功能,还在不停地为这些大脑提供这个世界上所有新的信息与模拟生命体生存的信息!所以,虽然这些老者们被陈放在这些格子中间,但他们却感到像我们一样在这个世界生活着，每天都在定时地学习与工作，还有模拟的日常生活：吃饭、休息、爬山、饮酒、跳舞、瑜伽、美体、游泳、聚会、开会、打高尔夫、探讨议题、家庭亲情与温情，等等，这些感觉与图像一直真实地在他们感觉里进行着！这些不老脑，他们虽然全被储物格隔开，但他们却感觉是在一起生活，他们经常通过量子信息纠缠联通方式，进行大群体式与小群体式交流，交换他们内心世界的各种想法，对地球与太空发展或科学研判，提出各种各样的方案，他们的种种方案一直都有信息记录……"

"量子信息纠缠联通方式？大群体式与小群体式交流？"宇剑对这些词汇感到迷惑不解。

"这种联通方式的交流，在这里我就不为你介绍了，以后你只要戴一次量子信息帽联通一次，就胜过我在此千言万语的解说！"维纳斯的声音像天使般柔美，"我不建议你在这里，与这些可尊敬的老者们进行联通交流，因为他们思想太深厚太有历史感，联通时陌生信息涌流量太大，令你难以跨越，现在，你只能做一些信息量小的一对一式的交流！"

宇剑点点头又摇摇头，他依旧无法理解维纳斯话语中所说的交流含意。宇剑又把目光投向那些水晶体不老脑，一千多个水晶体整齐地摆放在格子架里，整个房间都交互闪耀着银色光芒，自上而下，自左而右，自前而后，似有一千多双眼睛牢牢盯住了你。宇剑感觉自己仿佛置身在一个智慧汪洋之中，他突然有了一种泰山压顶的压抑感！他心怀虔诚地向后退去，一直退到房间之外。他深深地喘了一口气，心情才渐渐轻松起来。

"你参加过几次信息大联通？那感觉是怎样的？"过了好大一会儿，宇剑问秦雪。

"参加过几次，但都是人数少于十人的小团体！"秦雪回味着曾经的感觉说道，"那感觉太美妙了，但那一刻必须要保证我们的大脑有充足的营养能量，必须是在我们大脑精力最充沛的时候，因为每次联通都会消耗大量的脑能量！"

秦雪说话时，回头目视着维纳斯，维纳斯点头微微一笑，便接过了话题侃侃说道：

"联通式交流人数越多感觉就越美妙！如果全世界所有人都在同一时刻戴上量子全频信息帽，通过宇宙智慧脑系统联通在一起，你立即就会感到全人类所形成的智慧洋溢总和。这是一种汪洋大海式的大灌输与大融合，你会感到你被一股无穷无尽的知识与联想所包围，你的智慧你的思想，蓦然触及到这个世界的所有区域所有角落，你的想象力与激情也空前高涨起来，如海底涌泉与火山一般嚣张，刹那间洪流袭来，你不学而知，不悟而透，明白了世间所有况景与奥遇，你的灵感比全宇宙的星光还璀璨，你的灵感点燃别人，别人的灵感又点燃了你，遍地灵感使你的思想一日精进千里；如同春花铺天盖地地涌出，尽管花蕾有无限之多，你又能一朵不落地感受到它全部的存在，在这一刻，你会突然觉得自己无限膨胀起来，霎时间你就充盈起整个宇宙！你会感到，那一刻全人类的力量如海啸一般涌来，所有堤坝都无法阻拦住它，它正在奔向一个迅猛无比的突破！知道吗，这种大联通必须时时补充你的脑能量，它太燃你的大脑，就像全世界的电流猛然向你狭小的电路袭来，能量太少时，你的大脑随时都有可能被烧焦！这样的联通，你无须经过太多，人生有一次就足够了，太多是重复是无益的；一次大联通后，你会发现自己发生了深刻的变化，你很难再返回到以往那个自己了！"

"你做过这种联通？"宇剑无限向往地问道。

"做过一次，但不想再做第二次了！"

"怎会这样，不是乐趣无穷吗？"

"因为我无法从这种大联通的阴影中走出，很长一段时间我就像迷失了自我！虽然正面作用强大，大脑中像是涂了更多油彩。但副作用也很大：感觉自己像掉进了一个你永远也无法走出的知识沼泽，在里面陷着好久你都不能走出，仿佛被迷失了回家路一般！"维纳斯脸上流露出一股淡淡的痛楚之情。

"无法理解！"宇剑还是不解，他想象着自己沉湎其中的感觉，"是不是有一种自己原来建立的思想格局被完全冲垮的感觉？"

"对，就是这种被完全冲垮的感觉！所以呵，以后尽量不要做这种大联通，只有小联通才是其乐无穷！"

宇剑深深地点了点头。

"维纳斯，我理解你为什么不愿让我参与这类大联通了！"秦雪沉思着，她无法理解，大联通会对一个人心灵产生如此强大的冲击与毁伤。

"那些志愿者们去了哪儿？"宇剑四下眺望着。

"他们可能正在工作！宇剑哥，我与维纳斯带你去看另一些志愿者吧！"

"对，那地方是你绝对想象不到的另一种风景线！"

维纳斯说道，他们一起坐进飘云帆顺着通道向东滑翔而去。

第九章　飞翔的志愿者人偶

飘云帆在通道尽头停下，一道封闭的大门横亘在他们面前。秦雪与维纳斯刚刚走下飘云帆，那道大门就轻盈地向两侧滑开，又一个无尽洞天世界在他们面前闪露出来！

一门之隔，竟然又是一侧白天另一侧黑夜！

宇剑跟在维纳斯与秦雪身后，向前走了大约几十米之远，他一直目不转睛地盯着前方，希望能看到有什么奇迹发生。

这时，宇剑看到前方天际缓缓变得明亮起来，突然，一道道极亮极美的极光蓦然升空，一排排一队队身着比基尼的年轻俊美的男男女女，震撼地悬浮在他们前面的天空之中，一层层错落有致，像模特表演一样摆着各种艺术造型，那种青春活力与飞翔之姿，成千上万的青春玉体之森林，在极光的层层包裹之中是那般壮丽，这巨大的场面一下子把宇剑震慑在那里了！

他不敢相信，天地之间还会有这样瑰丽的景致！在美丽极光衬托之下，这些悬浮在极光深处的金童玉女，他们像一群飞天使者般轻盈而灵动，欲行而未行，在极光闪烁照耀之下，动感与气场十足！这不可思议的青春靓丽的巨大森林，青春年华的浩瀚矩阵，极美极艳的人海音符，这一切，仿佛是停留在时光深处的歌声！那些悬浮着的、飘动着的、飞翔着的，那些高举与挥扬着的手臂，他们简直就是一群真人飞天群英图！

"宇剑哥你看，这些人就是那些太空志愿者、定居者或其他星球工作室人员寄存在这里的肉身人偶！刚才，我们看到的那些志愿者，他们是不会到这里来的，因为在二十五年后，他们还要去完成自己的使命！"秦雪指着前面天空中的人海说道。

"在精神自我（灵魂）剥离后，他们就把身体寄存在这里？"宇剑内心已骇然无比，但眼前这些青春林海却仿佛仍在活着，他们是那样富有视觉冲击力。

"对，就是寄存在这里！"秦雪答道，她仿佛已经很了解这个世界了。

"这里好像是虚空！不像下面的冷藏库，躯体长期悬浮在这里会不会出现腐变？"惊骇之余，宇剑仍然在担心。

"那种情况是不会出现的！"秦雪俨然一个知者的样子，"宇剑哥，我们到跟前看一下！"

秦雪说话时抓住宇剑的一只手臂，他们一起向前面走过去。走了不到十步远，秦雪就举起宇剑那只手向前面触去，宇剑感觉自己那只手臂已经深深插入到一个极软极寒的软壁之内，他缩回手时，那软壁也跟着弹了回来。

"宇剑哥，你自己试一下！"秦雪放开宇剑那只手。

宇剑伸出双手，向上向下，向左向右，向四下一点点探摸着。他探到，在他面前到处都是透明的寒凉软胶体！那道软胶体，如果不仔细看，你真的难以发现它的存在！

"哦，我知道了，这些人是不是都被封闭在这软胶体之中？"他感叹道。

"对，他们所有人都被严严地封闭在里面！这是极富营养的极光胶，人在里面会永远保持鲜活与生命代谢，而不可能发生一点点变质与腐变！"

"极光胶？"

宇剑再一次用力向极光胶体深处插去，这一次，他不仅感受到极寒胶体内部那绵软又厚重的阻力，而且手臂立时被一股强大的寒凉包裹起来，那寒凉瞬间就穿透了他整个手臂。他立即用力抽回那条手臂，软胶体也立即弹回到原处。

　　"是不是有极寒感觉？"维纳斯问道。

　　"对，确实是瞬间极寒！"

　　"这种极寒胶体，虽然表面部分柔软若水，但它的深处却坚硬若钢！"维纳斯直视着宇剑的双眸说道。

　　"宇剑哥，如果不是宇宙智慧脑系统启动了极寒状态保护，你这只手臂就会被冻断在里面了！"秦雪微笑着说。

　　"极寒保护？"

　　"你看，我们三个身上是不是有一层微弱的亮光？"

　　宇剑看了看维纳斯与秦雪，然后又看了看自己，他们三个人身上确实有一层微弱的光芒在闪烁着。

　　"这是极寒保护？"

　　"对，就是这层光膜，把我们的身体与外面的极寒隔离了开来！你仔细感受一下，你的周身是不是有一个包裹着你的暖圈？"秦雪微笑着答道。

　　宇剑这才感觉到，自己周身确实被一圈暖火包围着，特别是他刚从软体中抽出的手臂，那股透骨的寒凉瞬间就感受不到了，现在，他的那条手臂处处是暖融融的火热之感。

　　"这么说，宇宙智慧脑系统已经保护了我？"

　　"因为这个温差有断臂透骨之烈，在我们走进这间巨室之时，宇宙智慧脑系统就已经开启了保护模式！"

　　"不可思议，不知不觉之间我已经被保护了一次！这里面的温度是多少？"

　　"零下二百一十摄氏度左右！"

　　"秦雪，这些是不是都是维纳斯告诉你的？"

"当然，这一切都是维纳斯姐告诉我的，第一次就是她带我来的！"说着，秦雪回头同维纳斯相视一笑，"而且，我也曾伸手体验过这极光胶深处的坚硬与寒凉！"

　　维纳斯微笑着点了点。

　　"你这是先当学生再当老师！"宇剑望着秦雪，眼神中带着赞许，"这些人是如何被冻到里面的？"

　　"在这些躯体变成人偶之后，他们会在宇宙智慧脑系统指令操控下，抵达指定位置。然后在他们摆出各种动作造型或跳跃到空中的一刹那，两种无臭无味的气体瞬间均匀吹拂而至。就是在同时，一股零下两百摄氏度极寒之冷，也在瞬间穿越他们的躯体并释放尽他们躯体内残存的所有热量，在一毫秒之内就把他们躯体温度内外一致地降到零下两百摄氏度以下。同时，两股交汇的气流也立即凝结成透光透亮的极光胶，于是，他们就变成了这里永恒的舞者！"秦雪娓娓道来，仿佛是她亲眼目睹过这一过程一样。

　　宇剑频频点头，作为一个后来者，秦雪的表述比维纳斯讲述更易于让他接受。

　　"怎么会有这么多的永恒舞者？"

　　"这还不是全部呢！"维纳斯接过话题说道，"自从人类开始开发太阳系的行星以来，这个时间已经跨越了六七百年之久，这些永恒的舞者就开始变得越来越多，在这里寄存的也只是一小部分。现在，全世界人偶寄存者不会少于十万人！更何况，还有一些人为了到太空旅游，或者去太阳赤道与它的南北极，去体验太阳风帆船飞行的乐趣。因为这类太空旅行不仅需要时间长，而且其生存条件极为恶劣，人类身体难以适应，很可能导致出现各类严重疾病，所以，这些人就把他们的身躯换成能够适应各种生存状况的生物人之躯体！他们这一去，短则五年十年二十年，长则四五十年以上，回来之后，再换回自己年轻貌美的旧躯，重新健康快乐地生活在地球之上！因此，这就导致了寄存者——永恒的舞者，数量的不断暴增！"

"不可思议！在这个世界上，都处都是人类伟大的想法与疯狂的创举！"

宇剑非常赞赏人类的这些个伟大想法与创举，他深知在狭小宇宙飞船里生活之苦闷，在漫长的时间中会滋生各种痛苦与疾病，人体各种功能更会出现严重退化。这一切都限制了人类在宇宙空间内的生存与发展，必须要有一些能够保障人类身体健康的万全之策，人类才可以毫无顾虑地大举进入太空。他更是深受其苦，在经过二十年的太空生活之后，他们几个人的身体，无论是从心理上还是在身体机能方面，都已到了病溃与崩垮之时，即使能返回地球，他们也已经是康复无望了。

"那些已被弃用的生物人之躯，也会在这里寄存着？"宇剑问道。

"有呵！不过，它们大多数都是伤残之躯，一点也不赏心悦目！虽然形体没有什么差异，但为了适应各种环境，他们的皮肤、内脏与器官功能与我们自然人有了较大不同，所以在肤色、面色、目色与发色方面，与我们差异很大。虽然一些崭新的生物体人偶也储藏在极光胶中，但情况却与这里舞者殊为不同，你不看也罢！"维纳斯说道。

宇剑点点头，他能想象出那个场景。

"这些永恒的舞者，在做身体寄存之前，是不是也要有一个清新去污的过程？"

"当然，他们必须提前三天停止进食，在彻底清洗肠胃与身体内其他一些污垢后，才能进入到这里的流程！"

"知道吗，宇剑哥，这里还有许多其他的内涵选择，譬如：你若觉得自己形体不够完美，你可以在此选择设计出自己最为渴望的身材；如果在这个世界遇不到你心爱之人，在这里你可以塑造出你想象中的最美佳人。这里不仅有形体标准设计思路模块、人格内涵模型设计模块，还有诸多自我变形更颜更新术等等，这些体形与风格的巨大变化，简直就是一付付爱情与自我心情顶级的保鲜剂……"秦雪又一次滔滔地讲述起来，"总之，这里有各种想象与各种可能，但是，假若你是皇帝，你却不能在这里选择你的三宫六院七十二妃，这是现在社会道德法则所不允许的……还有那些不老脑们，如果他们愿意，他们可以在这里找到或设计他们最中意的神韵与形体之图谱，然后打造出属于自己的生物人完美之躯体！但是，现在人是不赞同他们这样的想法与做法的，因为他们毕竟都是很久以前的过去式了！"

"我们可以利用这种方式，创造出这个世界上的新新人类！"宇剑兴奋地说道。

"那些生物人，难道不是新新人类？"维纳斯说道。

"对呵，是的，其实，他们就是新新人类！可以具备一些各种超人的新形态、新功用与超智慧！"宇剑恍悟过来。

"对，只是人们不愿把他们制造成奇形怪状的丑物而已，更愿他们是这个世界上的一道亮丽风景！"

"是的，那样做不符合人类的审美要求！"

……

他们在热烈地探讨着。

"我觉得，对于那些要去遥远星球的定居者来说，这是最为简捷的抵达方式！"宇剑说道，他想象着那些定居者把身躯寄存在这里之后，他们的精神自我（灵魂）被以光的速度定点发射到宇宙深处的某个行星之上，中间没有任何拖累直接抵达，那是宇宙间多么快意的旅行！在抵达目的地之后，再与等待在那里的身躯相契合；返回时，同样也是简装而来，来也匆匆去也匆匆，天马行空两头都有崭新躯体或人偶对接，没有时空之拖累，何其乐哉！

此时，他们身后的大门又突然大大地洞开，一阵美妙如仙乐的音乐声响起！宇剑立即回头向那边望去，他看到一团美丽的极光携着一群飞天使者向大厅里飞来，越过他们的头顶，向着那极光人海的上空飞去。那些身着亮丽比基尼的男男女女个个微笑连连仙气飘飘，大约有二十七八个人之多，他们在高处与极光图中的人群对接着，蓦然，在一团雾气闪过之后，他们立即就像飞天雕塑一般定格在那里的天空之上。

"奇景！这是我第一次看到！"秦雪感叹道。

"我也是第一次遇到这种情景！"维纳斯也被眼前这样一幕美景震撼了。

"宇剑哥，你真有福气！第一次来就看到了这绝美之景！"秦雪对宇剑说。

"真美！"

宇剑的目光直直地望着那里。

第十章　小冰山：太空人最天才的创想理念

一

当宇剑他们从悬天仓飞出的时候，西方天际已飘浮起一抹酡红，太阳也快要下沉到地面位置了。

"你们看，欧阳教授已在那里等我们了！"

秦雪指着山脚下的丛林广场说道。宇剑看到欧阳教授站在一棵挺拔的小松树旁边，正向这里眺望呢。

"今天，你们一口气转了这么多地方，宇剑，你快告诉我，是不是感觉收获很大？"飘云帆落到草地上后，欧阳教授迎上前拉住宇剑的手和蔼地问道，亲切的样子极像一个慈父。

"非常震撼！这个世界，几乎完全找不到我们那个时代的痕迹了！"宇剑紧紧握住欧阳教授的手激动地说道。

"是呵，这一千多年，可是科学技术与理论大爆发的一千年，发展速度是超越历史上任何时代的！"欧阳教授上下打量着宇剑的身体说，"跑了这么一整天，有疲劳感吗？"

"一点也没有，总感觉身体暖暖的有一股使不完的力气！"

"这就好！这就好！要的就是你这种状态！"欧阳教授开心地笑着。

"欧阳爸，你是不是在这等我们？"维纳斯摇着欧阳的手臂娇气地问，样子就像女儿见了宠爱她的父亲一般。

"不是的，我刚从太空人那里出来，不想你们就从悬天仓里出来了！"欧阳教摇了摇头说道。

"太空人？这里有太空人？"

宇剑大感震惊，在他的感觉与认知里，太空人是一个遥不可及的概念。

"对，就在前面的大厅中！"欧阳教授指着身后的山体说道。宇剑看到那个位置就在悬天仓的正下面。

"他们来到地球有多长时间了？"

"还不到三个月！"

"欧阳爸，你看宇剑这副惊奇与渴望的样子，你现在何不就带我们去见识一下那些太空人？"维纳斯建议道。

"好的好的，我现在就带你们去见太空人！"欧阳教授爽快地答应道。

"他们能听懂我们的话吗，欧阳教授？"宇剑急切地问。

"会的会的，我们与他们，可以非常通畅地交流，不会存在任何障碍！"欧阳教授望上一眼宇剑，非常坚定地笑着。

他们踏着一条宽阔的斜坡路向大山走过去，大山就在眼前，这是一个在山脚部的宏伟大厅。刚踏入大厅，就有一股凉爽的气息向他们迎面扑来，他们顺着一条通道向大厅深处走去。在通道两侧布满了大小不一的嵯峨山石，在山石中间生满了绿草与一些美丽的花树，不仅可以嗅到淡淡花香，还可以听到隐隐的流水声。在大厅尽头，他们又拐入另一段通道，在这段通道两侧是一个个敞着门的宽大房间。他们走进其中一个房间，房间中部有一个宽阔的平台，在平台之上躺着一个黑发男人，他的双臂和双脚都裸露着，上面插满了红色和白色的密密麻麻的细管子，那些管子与几台仪器连接在一起。在房间周边，是一圈亭亭玉立的花树。

"他是太空人？"

宇剑万分诧异，这与他想象中的太空人大相径庭！

"不，他只是一个跨越九百二十年而来的病人。"欧阳教授说道。

"九百二十年？"这一数字深深触动了宇剑，这与他又几乎是同时代人了，"他患的是什么病？"

"他误食了一种极毒的工业物质而诱发了全身坏死绝症，毒性物质已渗透进了他全身所有组织与脑细胞中，如果不进行治疗，他最后会变成化石般坚硬的石头人！应对这种疾病，在九百多年前是毫无办法的，治疗这种病，需要从清洗每一个细胞开始。"欧阳教授讲道。

"能治好吗？"宇剑非常关切。

"很简单，这病在今天根本算不了什么！"

"只用这些管子与仪器？"

"有这些就足够了！你不要小看这些东西，这是在向他全身的细胞中输入极微小的粒子，这些粒子能均匀地分布到他全身所有的组织与细胞中，用物理的与化学的方式，清除与置换所有有毒性物质，并对那些变异与异己细胞进行基因内核剪辑与清除，让所有细胞都恢复成正常细胞，由此而达到他身体的全面康复。"欧阳教授指着那些管子娓娓道来，"再过十几天他就能清醒过来，然后，才能对他的身体进行全方位的调养。"

"这么神奇！"宇剑仔细翻看那些管子赞叹道。

"同样，只用这些管子与这几台仪器，我们不仅可以重新塑造他的皮肤颜色与体型特征，还可以更换他体内的任何一个脏器与骨骼系统，也可以偷梁换柱把他整个身体全部更换成一个崭新之人，唯有他的全息灵魂（精神自我）不变！"欧阳教授接着对宇剑讲道，"心脏坏了换心脏，肝脏坏了换新肝，手臂、大腿等部件也可以单独更换！用这种方法更换一副全新大脑，他的感觉像是睡了一觉一般，但醒来后却发现，精神状态已经变得比原来任何时候都好。除此之外，他不会有任何其他不良感觉。"

"了不起！太不可思议了！既然身上任何部位与脏器都可以更换成新的，衰老什么脏器更换什么脏器，整个身体衰老了就更换一副崭新的身躯，衰老几次就更换几次，这样不就可以达到长生不死了吗？"宇剑激动地说道。

"对，采用此法是可以达到长生不死的目的！但这种做法是不允许的，人类的行为是受到各种社会准则约束的！"欧阳教授说道，"今天这个社会，由于饮食科学是把医学、生物学与生命信息采集学全面糅合在一起的，营养与膳食调配制程极为合理，始终在起着守护人类身体健康与预防疾病的作用，在无形中就把所有疾病产生的温床全部根除掉了。所以，现在人基本是不会患病的，偶尔有一些小毛病，你可以不闻不问不管，一切都会悄然自愈。而且，现在人类的寿命已经达到人类生命力的极限，生命最后阶段的衰老期极大缩短，真真正正都能做到了无疾无病而终。现在，社会准则是要求人类只能享受自然完整的人生，而不能人为制造永生，或者暗度陈仓式得到永生！"

"嗯，这种做法是极为合理！"宇剑深深点头。

"欧阳教授，这个人的治疗，为什么不采取像我与宇剑哥那样的更生方式呢？或者直接把他的全息灵魂（精神自我）转移到一个他认可形貌的通用人偶上去？那样做他不是恢复得更快，体质也比原来更好吗？"秦雪也有些困惑不解。

"他清醒时，我曾与他交流过，他坚决不改他的初衷：一定要在他的旧躯体上治好他的病，这个巨毒病已经让他的身体受到了百般折磨，他一定要战胜这个疾病，看到奇迹在他身体上发生为止！"

"看来这是一个很有个性的人，凡事坚持自己的初衷！"维纳斯在一旁静静说道。

"是的，他就是要亲身验证一下我们当今世界的治病能力，或者说，他还想考察一下，人类医学是不是在经过无数突破之后，就彻底放弃了人类医学那些曾经的积累！他这个想法我是很赞成的，他对学术很专业，他本人就是那个时代一个非常著名的执业医师！"欧阳教授说道。

大家从这个房间中退出后，又来到东侧第二个房间，这是一个很高旷的大厅，足有三四百平方米之大。一走入这个房间，一股很凉爽的空气扑面而来，同时映入眼帘的是一座白皑皑蓝荧荧半透亮的高大小冰山，它矗立在房间正中央位置，占据了不小的一片面积。这小冰山是如此之美，一下子燃亮了所有人的表情，如有一股浓浓的艺术气息，在这里缓缓释放开来。这座小冰山有十几米高的样子，呈品字形，它的中心部分蓝光荧荧，仿佛是一汪融化的静水。在静水之中是非常英俊的一对年轻情侣的睡姿雕塑，是金发飘逸的欧洲白种人版本，他们面对面依偎着熟睡着，那股甜蜜感，一下子充盈满整个房间，让大家的心一下子深深陶醉于他们爱恋的深情之中。

"好漂亮！这么大的一个艺术品！"宇剑大声赞叹道。

"哪里是艺术品？他们就是你们想见的太空人！"欧阳教授指着小冰山里的那对情侣开心地笑着。

"太空人？他们还在沉睡？不是说可以交流吗？"

宇剑原以为可以和太空人坐在一起，纵论宇宙深空世界的奥妙，想不到他们竟然是沉睡在冰山之中。不可思议的是，他们的形态怎么长得这么像欧洲人？在想象中，太空人应当是通身发黑或者发绿，头颅像一个巨大的球体，脖颈伸得很长，两只眼睛像小皮球突出在外面，身材矮小形态丑陋行动不便，类似于从前人类粗制滥造的机器人。总之一句话：美，与所有的太空人无关，他们只能是丑陋的！可今天面对的太空人犹如一对天使，身材魁梧高大，皮肤白皙如玉，金色头发飘逸着，眼窝深陷，鼻梁高且直，不是欧洲人又是何种人？人们一直认为太空人居住的星球既荒芜又贫瘠，美丽和漂亮都不属于他们，原来这是巨大的认识错误！如果荒凉贫瘠，自然条件极其恶劣，那他们如何能比地球人类更早更快地进入先进文明？文明的快速发展，是需要具有一定优势的客观自然条件的。没有这种条件，它的文明进化速度就必然极其缓慢！这是宇剑一直在内心持有的看法。宇剑围绕着小冰山转了两圈，他认真仔细地欣赏着，是的，他不明白太空人为什么要把自己封闭在冰山之中？这不是把自己置于束手来擒的危险地步吗？

"他们为什么要把自己封闭在冰山之内？"

"他们身边的静水是液态氮吗？"

"不是液态氮，是一种高能无代谢营养物质。他们在进入太空前，就被封存进这座小山之中了，在整个太空飞行阶段中他们一直是处在深深的睡眠之中！"欧阳教授轻轻地说道，"任何一种处于自然状态中的生命，都是无法跨越几千年的光阴来到我们这个小小星球上来的，冬眠是最好的办法，这样不仅消除了他们旅途的寂苦，也驻颜了他们的青春之体。太空的遥远，是所有生命体都无法勘破的无奈！我非常钦佩他们这个星球之上的人类智慧，他们这个创举值得所有太空跨光年之远的旅行与迁徙借鉴，这与我们发明太空窝旋体灵魂自我（精神自我）裸奔，有异曲同工之妙！但在我个人的感觉里，还是他们的这种做法高妙，非常具有人文之美！是的，他们的人类太伟大了，我非常钦佩他们，敢于冒着巨大风险，跨越这么遥远的距离抵达我们的地球！"此刻，欧阳脸上流露出一股无法撼动的虔诚，目光中是无比的敬意。

"他们的星球距我们多远？"

"两千一百光年！"

"我们能够了解到他们星球上的情况吗？"

"可以，但我们只能了解到皮毛！他们与我们相隔太遥远了。我们与他们之间，永远了解不到同一个界面上的信息，这是大宇宙用距离给我们宇宙高级生命制造的最大悲哀与无奈！除非我们的量子纠缠增程器布满整个宇宙，这将是我们人类永远遥不可及的梦想与企盼！他们飞行了两千八百年才抵达我们，这是多么可歌可泣的壮举！"欧阳教授语声中流露出悲怆，但语气中却又是发自内心的钦佩。

"在两千光年距离以内，有没有发现其他人类？"宇剑问道。寻找外星人，也是当初他们到太阳系外探索的主要目的之一。

"在距离地球两千光年的范围以内，能够适应人类居住的美丽星球有许多个，但是否会有类似于人类的高等智慧的生命存在，却很难断定！如果一颗行星具备了生命存在的条件，并且它上面已出现了低级生命的话，那么，它能够进化成高级智慧生物的可能性有多大呢？这个可能性是极小极小的。"

欧阳教授仔细地对大家讲道。

"我举地球这个例子来说明一下，地球上生物进化是极为缓慢的，而且都是由极偶然因素才促使进化完成的。在四十六亿年前地球形成后，在前十亿年里地球上根本没有生命，后来出现了生命也只是一些单细胞的变形虫和藻类而已。这是因为地球上有无边无际的海洋，有月球吸引形成的潮汐，有电闪雷鸣狂风骤雨，才得以有生命出现。在此后的三十亿年里，没有发生重大的变化。到了五亿年前，不知何原因引起了寒武纪生物'大爆炸'，复杂的生物才到处繁殖。在几亿年的时间里，海洋里充满了鱼类，陆地上到处是大型的爬行动物。如果不是六千五百万年前一颗大彗星或者小行星同地球相撞，这种情况也许会无限期地延长下去！这次碰撞杀死了大部分的恐龙，如果不是这次撞击地球上就很难出现类人猿和人。所以说，在一颗行星上，有时即使具备了人类存在的所有条件，也是很难有人类出现的。在没有发现这两个太空人时，我们一直认为，地球上的人也许在宇宙中是独一无二的。无独有偶，在遥远的宇宙深处偏偏飞来了他们，我们地球人最为敬仰最为挚爱的遥远宇宙人兄弟！"

"他们乘坐的飞船现在何处？"宇剑问道。

"在北京附近的山野中，它一点也没有受到损坏！"

"我们现在的技术条件能达到他们的水平吗？"

"可以，从物质条件基础来说，这个飞船已达到了物质技术的极限水准，再过几千年几百年也依旧是这个水准，再突破，已是难有这种可能了！"

"这座小冰山也没有受到一点损伤？"

"是的，这个小冰山是绝不会受到半点损坏的，因为这种冰山的晶体有着极强的硬度和韧度，即使把大山撞碎或者撞出深坑撞到地球的深处，它也不会受到丝毫的损伤；另一方面，它的耐高温性也是不可想象的，就是大气层再厚上二十倍，它也不会因为摩擦而燃烧掉。并且，它还有一大特点，无论外表的温度多么高，它的内部温度都是恒定的，里面的人，在任何的情况下都不会受到伤害！"

"我们有办法打开这个小冰山吗？"

"这个小冰山设计得非常地奇特，在飞行中，它的坚硬是无法被摧毁的，但一旦停下来，它内在的感应解密装置就会自动开始工作，以至于在没有人发现的情况下，太空人依旧可以走出冰山！"欧阳教授讲道。

"太空人的设计竟然如此缜密！"维纳斯赞叹道。

"这种设计必须做到万无一失，才能为可能的成功提供强大保障！"欧阳教授说道。

"冰山中的营养物质，能维持多长时间？"维纳斯问道。

"你看，那液体上面是不是有一块小小空隙？"欧阳教授指着冰山晶体的中心说道。

"是，很小一部分空隙！"维纳斯看到，在那两个太空人的上方，确实有一块拳头那样大小的一方空隙。

"他们两个开始进入小冰山时，是不存在这个空隙的，这个空隙就是他们俩在两千八百年中消耗的能量。这种冰山晶体，也不是普通的晶体，而是具有生物活性的特殊晶体。随着浅蓝色的液体不断消耗，这种晶体就会自动融化，以补充这些液体的总量。到最后，它可以一滴不剩地全部融化成这种液体。这座冰山，即使他们在太空中再飞行十万年二十万年，也消耗不尽！如果它抵达的星球允许的话，他们可以寄居在小冰山内，无数次地往返地球与他们星球之间！"

"他们这种情侣式组合，是不是也有着开天辟地之意？"秦雪望着冰山内的那对情侣说。

"因为他们一开始就没有抱着回去的希望，他们能够返回的可能性只有千万分之一，他们乘坐的宇宙飞船是自行操控的，一旦落地，谁再为他们开启？只有等他们自己苏醒后，可是，这其中不可测的因素太多！"欧阳教授对秦雪和宇剑讲道，"如果他们是通过宇宙波了解的我们地球信息，我们计算一下那是什么时代的信息：地球信息飞到他们星球需两千一百年，加上他们飞行到地球所用时间两千八百年，那么他们所知道的地球信息都是四千九百年前的地球状况，也就是在公元前 1900 年左右这个时间点。那时人类还非常蒙昧落后，他们无法预料到他们到达地球时会是一个怎样的局面！他们是冒着极大风险飞来的，很可能成为人类愚昧的牺牲品，他们出发前一切都是未知数！再说，如果他们能返回，到达地球后即刻返回，一来一去就是五千六百年时光呀，你们说，他们回去的意义又在哪里？所以，如果能返回，这个返回也是个伪命题！如果真的能返回，于他们的世界也相隔了五千六百地球年时光了，这个时间值是极为悲壮的！"

"我非常钦佩他们两个，他们舍弃了自己家园，冒死来为地球传播文明，这是永远值得我们学习的！"停顿了一会儿，欧阳教授继续说道，"我们知道，茫茫宇宙险恶无限，横空而过的彗星群，大面积的流星雨，脱离轨道的小行星，无所不在的宇宙辐射，吸力怪异的险恶黑洞。况且，看似平直的路线其实充满曲折，宇宙飞行之险恶，宇剑的开拓号宇宙飞船不就是眼前最明显的例子吗！"

沉默，大家静静地以崇敬的目光望着那对太空人情侣。

"他们，还需多长时间才能走出小冰山？"过了好大一会儿，秦雪问道。

"大约五六天时间吧！"

"那时，我们就可以和他们一同探讨他们的星球了！"宇剑激动地说道。

"何必等几天以后，现在，你就可以和他们简单交流一下！"欧阳教授欣然说道。

"和他们交流？"

宇剑指着小冰山里的情侣，有点丈二和尚摸不着头脑。

"对，和他们交流！维纳斯，你拿一顶全频量子信息纠缠帽过来！"欧阳教授指着小山背后的一个平台说道。他自己从冰山近旁搬过来一把很别样的椅子，接着他又倒了一杯水。

"来，宇剑，你坐到这张椅子上，把这杯水喝了！"欧阳教授把水递给宇剑，"你静下心来，用心感受就可以了！"

宇剑坐到椅子上喝了欧阳教授递过来的那杯水，维纳斯把全频信息量子纠缠帽———一个如太空头盔一样的帽子戴到他的头上。宇剑顿时感到面前一片黢黑，什么也看不到了。他开始静下心来，努力排除一切杂念，心境一会儿便如一汪静水般澄澈下来，进入了一种恍兮惚兮的无我之境。

过了不大一会儿，宇剑看到一种奇特的光亮在他眼前一闪，他一下进入了一个神奇世界之中：一个充满了生机的世界，蓦然来到他眼前，楼房、街道、高塔、树木、河流、群山与海洋，还有那稀疏的人群和一个个新奇面孔，处处都是足足的异国情调！宇剑的心灵不知被什么触动了一下，仿佛一个从天边涌来的世界，立时揳入他的心底，恍然而悟，了了清澈无比，仿佛刹那之间，他便扭身化作另外一人。

"我马上就要到一个很遥远很年轻的星球上去了！"

一颗蔚蓝色的星球立即浮现在他眼前，一切似乎是一种语言又似乎是一种意识，一下子如流水一般漫过他的脑际，把他的心浸泡在忧愁和忧郁之中，同时又充满了无边的悸动和兴奋。无数面孔像海浪一样从他心头呼啸而出，每一张面孔又都亲切了然无比，关于他们的一切过往与故事，也都跃然浮现在眼前。一个满眼热泪的年轻妇女站在他的面前，非常痛苦地凝望着他，这是妈妈！所有关于妈妈的记忆如火花一般在他眼前一闪而出，几十年的过程与历史猝然彻透于心，家庭与家庭成员所有事件与内涵，刹那间漫灌过来；那个世界的纵深，也铺天盖地涌满他内心，那个世界的大部风云与历史，也都了然于胸腑，一切都仿佛是他自己亲身经历过来似的！

"妈妈，你不要伤心了，你为什么要如此绝望？这是我们的福气和运气，我会见到你们永远见不到的世界，这是多大的福气呵？地球人会对我们非常友好的，我和卡达尔，也会在那里生活得很好，我们会生很多孩子，会成为那里智慧人的文明祖先！妈妈，你应该高兴才是呵，那样，我们的心情才会好受一些！"

"不会的孩子，他们刚刚开化，还非常愚昧，他们要比我们落后几万年，他们也许还达不到能够平心静气地接受你们的水平，他们会把你们当成天神或者恶魔，你们无法与他们交流！"

"妈妈，你不要为我担心，他们会接受我们的，两千八百年后，我们才能到达那里，在这期间，他们的文明会进入高速发展时期！"

"孩子，妈妈不想哭，可是，妈妈想到以后再也见不到你，我就会禁不住流泪……"

一连串没有语言的意识快速流淌着，又仿佛是处处充满话语。惊惧与痛苦在心头重叠缠绕，漫长旅途中可能出现的险恶镜头又一个个闪现于他眼前。一会儿，一个蔚蓝色星球出现在他的面前，到处是疯长的森林与野草，人类生活在简陋世界里，虫豸和野兽在丛林中奔跑。只有少数人穿着像样的衣服，大多人身穿兽皮，手拿石块木棒追逐各种野兽。人们已经学会了用火，有一些人在稼穑，还有的在制作各种精美的陶罐。他们住在天然的洞穴或简陋的房屋之中，只有极少像样的宫殿式棚房，许多动物已被驯服，人类是在一片片区域里成群分居的，是无数个部落国！河流与洪水，不时泛滥，人群时常迁徙！

忽然，他的心境变得甜蜜芳馨，周身掠过一阵香透的颤栗，一个盈满了他心灵的金发女子——卡达尔，含笑着向他走来，轻轻地挽起他手臂，同他一起向着那个黑色的飞船走去。他俩一起走近冰山，那座品字形美丽的小冰山，将是他们深睡两千八百年之久的梦巢。在飞船周围，到处是人山人海，他们都欢呼着他们两人的名字。对，其中还有妈妈和爸爸，他们没有眼泪，而是在欢笑着向他们挥手！哦，他们所有的朋友、同学、同事都来了，他顿感幸福无比，周身到处都火一般发烫！他毅然紧挽起卡达尔，踏上飞船高高的舷梯……

突然，在宇剑心中流淌的世界被连根拔去，他大脑中一下子变成空白，过了一会儿，他感觉头被人动了一下。直到维纳斯完全摘下他头上的信息帽，他才又回到现实中来，才明白刚才发生的一切只不过是他刚被切换成的一个角色，他突然有了一种从未有过的茫然。由于这一刻他介入得太深，他坐在椅子上适应了许久，才返回到他本人王宇剑的角色！他又突然想起自己开始登上开拓号宇宙飞船时，准备飞向宇宙深空的前前后后，两股泪水从他脸上流了下来！

"宇剑哥，你怎么回事？你到底看到了什么？"

看到他这样子，秦雪不知所措地说道。

宇剑依旧一言不发地坐在椅子上发愣，好久才回过神来。

二

　　宇剑擦净脸上的泪花，向小冰山走过去，透过清澈明亮的山体，他凝望着里面的可达克和那位叫卡达尔的姑娘。

　　"他们两个的意识正在恢复，他们已想起了他们登临飞船前后的所有事情！那些场面你是不是都看到了？"欧阳教授走到宇剑身边。

　　"看到了，仿佛是我自己在经历这一切！无法想象，就这么短短的一刻，我似乎已经知道了他们与他们星球的全部！这量子全频信息帽真是太神奇了，它能把感觉直接切入到可达克的脑海中，让我像他一样感觉事件的全部，这种感觉太奇妙了，仿佛我一下子就换成了他这个角色！他没有说话，我却听到了他的声音；他所有的记忆与感悟，也突然全部传达到我心底！所有一切，刹那便展现于你眼前，太美妙了！怎么会出现这种情况呢？特别是他的语言，我似乎一下子全部明白了！真的没有任何障碍！"宇剑满脸疑惑地望着欧阳教授。

　　"举例来说吧，不管你是地球上哪类人种，不管他们的身体肤色与语言差距多大，但他们的心脑电图却都是同样波形，包括各种病变情况下的图形，也都是相同的。"欧阳教授的声音依旧温和而响亮，"同样，无论你是地球人，还是太空人，不论你用什么语言文字，只要你的思维和感触相同，大脑所释放的信息波就会相同。因为相同，所以能相通相融！至于你切入他的脑海，那就是全频量子纠缠信息帽的作用了！"

　　"理论，我多少懂一点，但这种切入的实况感，确实太震撼了！"宇剑激动地感慨道。

　　"是的，戴这顶信息帽，只要你起心动念，你所有内心实况就会全景式裸露无遗！就像你刚才的感觉，直接切入到别人内心！"维纳斯举了举信息帽说。

"在一千年之前，如果有这么一顶信息帽，那公安人员审案不就简单多了：一看便知究竟！任他是间谍还是罪犯，这种信息帽一戴，嫌疑人所做的一切都会立刻显现原形，省去了其他所有审讯环节！"宇剑又兴奋地说道。

"的确是这样！"看到宇剑这种表情，欧阳教授开心地笑了。

"可是，如果是科研人员或者机密人员，如果别人偷偷给他戴了一顶量子帽，一切不也被窥探无遗吗？"宇剑忽又变成一副忧心忡忡的样子。

"只要凝神向内坚持什么也不想，大脑就不会泄露什么信息了！但这只能管一小会儿，时间一长一切还是泄露无遗。"秦雪回答道。

"不过，凡事都采用这种方式，那可真的是侵犯人权了！"宇剑想了一下后，说道。

"说的对！宇剑哥，你刚才没有征求太空人的同意，就去窥探他的内心世界，你这可是严重侵犯人权呵！"秦雪一脸严肃地说道。

"可是，这……"宇剑一时支吾。

"错不在你，错在欧阳教授明知故犯！我暂且赦你无罪！"秦雪话还说完，就忍俊不禁了。

笑过之后，宇剑又走近冰山，仔细欣赏着可达克与卡达尔两个太空人，他们俩看起来要比我们人类高大一些，他们的星球比我们地球直径少了一百多公里，他们星球的地心引力比地球略小一点，这可能就是他们比地球人略高一点的原因。可达克虽在沉睡之中，但依然能够感受到他内心不同凡响的聪慧才质。他的额头既宽阔又饱满，鼻梁高且直，两道弯眉很清秀，给人以心怀高远之感！还有她，卡达尔，不仅有胆识，而且绝对是一代绝色佳人，深睡中依然流露着甜美与高贵！面对这对情侣的如此唯美高雅，宇剑在内心不禁深感叹上帝造人之精湛！

"从前，人们为什么总是把太空人想象成怪物的样子呢？这是不符合智慧与文明进化路径的！进化成高级动物，必须要有智力，更要有动手去改变这个世界的能力，这样才能逐渐改变自己。动物世界的进化也是有路径的。从低级动物到人类出现，这不仅仅是地球上生物的进化路径，也会是整个宇宙生物的进化路径！因为构成整个宇宙的元素，在各个星系与星球几乎是等同的，其大体环境也差不到哪里去，大同小异而已！"

此刻的宇剑，正浮想联翩思接亘古！

人类常常把自己幼稚自私的秉性赋予外星人，想象中总是让它们以各种凶恶面目出现，不是想掠夺我们的财富就是想霸占我们的星球。其实，真正能够来到我们地球的外星人，他们纵横宇宙千百光年，宇宙的财富已是取之不尽用之不完的，一个区区小地球与太阳系之财富，哪里会在他们眼中？外星人如果真的能光临地球，他们绝对是怀着一颗友谊之心兄弟之情而来的，获得同类的惊喜之意还表达不完，哪里会有心思来恶意加害我们呢？他们是我们在宇宙中的遥远兄弟，我们也是他们在无限宇宙中极为难得的朋友，如果真的相遇，两个星球上的手只会越拉越近！

维纳斯凝视着宇剑，看到他那双智慧的大眼睛充满思考，看到他在努力促使自己尽快接近与认知这个世界，她的内心是那样激动。宇剑身上所流露出内在力量、坚韧不屈与不言退缩的精神，正是她在这个世界上难以遇到的。她被他的阳刚之性与精神力量深深吸引，这也是她内心隐隐存在的一股神秘力量，因为她身上有太多的古典情怀，这也使得她与当前世界上人们的人生观难以相融。而宇剑的出现，像一块磁石立即强烈地吸附住了她，她在那一刻起便深深读懂了自己的内心！她的目光在宇剑身上睃巡着翻阅着，目光中那股无法掩盖的火苗越烧越旺。可是，每当宇剑的目光射来，她就尽量地把自己的目光转为平和。她发现宇剑内心深处也有一团火在燃烧，一股无法自抑的兴奋与悸动，如岩浆般在他内心深处翻卷着！爱，如绿叶下面遮藏的花苞，只要有了，你是如何也掩盖不住的，它总是要盛开吐香！它亦如池中的莲荷，你眸光的绿水再平静，它也要破水而出，染透一池涟漪碧水！

爱情是什么呢？你也许是在日久天长的注视中产生爱，你也许是在萍水相逢后一发而不可收！爱的是内涵与学问还是仪表与风韵？或许一切都是，或许只是其中一部分，或者只是某种感觉和情怀，或者是那种搅和在一起的外溢之美！也许是有共同语言却不能相爱，而没有共同语言却又爱得深深而不能自拔，春风中夹杂着寒冰，秋雨中裹挟着艳蕾，扑朔迷离风向多变，爱情总是让你费尽心思也琢磨不透个中滋味！

第十一章　在信息飞船上之一：回溯历史步履

举起杯杯琼浆

阵阵馨香涌出眸

年轮里深藏的花蕾

今夜悄然怒放

一

当他们走出大山时，太阳已经完全落山了。虽然没有看到月亮，但天空很明亮，宇剑抬头看到群星格外璀璨，有许多比月亮小，但又比星星大很多的星块闪烁着明亮的光辉，令他颇感诧异。这时，他看到李春先教授正满面笑容地大步向这边走来。

"维纳斯，我都看到了，你和秦雪这一天带宇剑玩得非常开心！"李春先教授问话时目光却在宇剑身上盘旋。

"春先，今晚的宴会选择哪种方案？"欧阳教授迎上去问他。

"还是选择以信息飞船方式的一号方案吧，那样不仅讲解起来方便，而且其感受也会最美！"春先教授与欧阳教授相视一笑。

"好，就在信息飞船上进行！"

"我们去哪里？"秦雪走到欧阳教授跟前。

欧阳教授看着秦雪笑而不答，他神秘地指了指天空。秦雪向那里看去，却什么也没有看到。

就在此时，山脚下，从四面八方铺天盖地飞来无数的光芒微亮的飞行体，它们向欧阳教授手指的方向轰然飞聚而去，其场面之巨大气势之逼人，令人极度震撼。不一会儿，就看到那些飞行体在天空骤然连成数条庞大长龙，不停地变幻出各种形态之巨大阵形，在演绎了数种变化之后，突然又在高空迅速变成一个硕大的立方体；之后又演绎成各种形态的或绝美或怪异的巨大空中楼阁，美轮美奂且不停闪烁着各种梦幻色彩！最后，它变成一个下面留有圆口的巨大扁圆形球体，停留在高空之中。悬浮的高度几乎与生物馆山峰齐平了。它美妙地悬浮在高空之中，有一种超意象之美！

宇剑被这一幕深深震撼，体内热血沸腾。这是力与形巨大的协调、统筹与构筑，在这瞬间造型幻变之时，其间要牵扯到多个标准件与功能件，看似简单之举，实则含有天文数字的统筹之变。如果不是他亲眼所见，这样的事情他是无论如何也无法相信的！

"奇迹！不可思议的奇迹！"他眺望着那座建筑物赞叹着，这一千年科学积淀已令当前世界无所不能了。

"宇剑哥，你太有面子了！我来到这个世界上一年之久，从未见到过如此之场面，也唯有你能享受如此之待遇！"秦雪走到宇剑跟前，望着天空中的奇景感叹道。

"此刻，我才真正理解，我们能来到今天这个世界，是一件何等幸运之事！"宇剑痴痴地望着天空。

"这种幸福感已经萦绕在我内心一年多了！遗憾的是，我无法把这种快乐传递给我一千年前的父母亲与同学们那里，好让他们同我一起享受到这种快乐！如果能让他们看到今天这些场景，我想象不出他们会高兴成什么样子！"秦雪故意把身体靠向宇剑更近一点，"宇剑哥，我们真的真的好幸福！"

"是的，我们非常非常非常幸福！"宇剑轻轻地说。

"一千年来，能得这种幸福者，世上能有几人？"宇剑又呓语般地感慨道，他眼前又掠过了冷藏库中那几个伟人，"是的，我们一定要珍惜这种幸福！"

"宇剑哥，我们会的！"秦雪说时用力握住了宇剑的手。

"是的，你说的很对，如果我们能够把这个世界上发生的一切，告诉我们那个时代的人该有多好呵！可是，这些壮观的场面与这个时代的先进，他们是永远永远也不会见到的！"宇剑不觉内心有一股深深的惋惜。

"一千年之前的那些大预言家们，他们已经预见到人类的将来是无所不能的！现在的一切，他们会想象到的！"欧阳教授看到他们俩的样子，开心地说道。

"是的，但他们无法预测一些具体的场景与场面，而这恰恰是当今世界最精彩的部分！"宇剑沉思一下说道。

"说的很对，因为任何预言都是相对的，是很难具体到某件事情上来的！来，我们到信息飞船上去吧！"

春先教授说这话时，一顶较大的飘云帆已经来到他们面前。他们几个刚坐到上面，飘云帆就轻盈地向高空的圆形球体飞去。而这顶飘云帆在飞行之时，仍在不停地变换着它的形态。越接近高空中那个球体，就越感到它体形巨大，它的外部直径绝不会小于一百五十米！飘云帆从下面的圆形入口进入球体内部的一刹那，他们仿佛立即进入到另一个宇宙星空之中，他们上下左右，一下子被无数星光包围起来。这些星光之中，再也没有了那些巨大而不规则的块状星体，一切所见，都仿佛是宇剑乘坐开拓号宇宙飞船时，在太空里所见到的那些个场面，星空的底版全变成了深黑色！宇剑纵目远眺着，这一刻，他仿佛真的回到了他的开拓号宇宙飞船之上。

宇剑忽然闻到一股股美妙的肉香、海鲜香、酒香，与其他食物的一些美妙香味。他回头猛然发现，在他们几个人座位中间那张圆桌，不知何时已变成一张晶光明亮的大桌，桌面之上已经摆满了丰盛的酒菜，每个人面前都摆着水晶高脚杯，桌面中间陈放着七八瓶闪烁着玛瑙色泽的美酒、饮料与一些花朵。飘云帆，此时也已经变成一个圆形的空中平台，面积也一下子比原来大出了六七倍之多。在他们——大家的座位后面，更是摆满了暗香浮动的绚烂花簇，在这高高的虚空之中给人以置身仙境之感！芬芳被他一浪一浪吸入到肺叶之中，宇剑感到一股莫名的兴奋，面对如此多的美食，他忽然感到此时自己又是饥肠辘辘了！

"宇剑，你仔细看一下，天空这些群星的布局，是不是有重新回到开拓号宇宙飞船上的感觉？"

欧阳教授亲切地问宇剑。此时，维纳斯与秦雪拿起瓶中美酒，斟满了大家面前的所有酒杯。

"在刚进入的一刹那，我就恍惚感觉自己仿佛又回到了当年的开拓号宇宙飞船上！"宇剑惊奇地说道。

"现在，我们这里，不妨叫它为信息飞船，此时此刻满天的星光，正是一千多年前开拓号宇宙飞船尚没有与小行星碰撞之前，飞船周遭的真实星空图谱影像，我们刚进来的那一刻，恰好是相撞之前一小时倒计时开始！"

宇剑一边听着欧阳教授讲述，一边向周遭虚空认真观望着，并轻轻说道：

"是的，刚一踏入，我就有一种似曾相识的感觉！是的，当时就是这样的太空影像一天二十四小时包围着我们。当时飞船上的星空采像仪，不停地即时采集着太空立体图影，并即时源源不断地传回到地球接收站！"

"对，就是为了让你想起过去，再与今天这个世界有一个衔接感。我们特意通过宇宙智慧脑系统演算出当年你们飞船的运行轨迹，并复制出飞船与小行星相撞时间点上的所有宇宙星辰信息，再复制出那时那点上的太空真实场景，然后，再由我们现在所在的这个信息飞船，全景式搬到你眼前来的！"

说话时，欧阳教授端起自己面前的酒杯，望一眼身边的李春先教授说道：

"他们几个游玩了一整天，现在肯定是饥肠辘辘了！春先教授，我建议，让我们一起为在太空飞翔一千年之久的中国宇航员王宇剑，为他重新的归来，干杯！"

"好，就让我们一起为英雄宇航员王宇剑，干杯！"春先教授也高高地举起了酒杯。

"谢谢你们！"

"干杯！"

宇剑与维纳斯、秦雪也一起高举酒杯，大家一起饮下了杯中美酒。

"这酒的滋味真好！"

宇剑品味着刚刚咽下的美酒，这比他刚来到这个世界上饮下的那杯滋生液美味多了，当下就有了气生丹田的感觉。

"这酒是千蕊喷红，是现在的酿酒爱好者们采集一千多种大自然的花朵用古法酿造而成的，这也是今天特意为你准备的传统美酒！"维纳斯解释道，她又指着满桌的美味佳肴，"还有，这满桌肉食海鲜，也都是以山林中的肉食果实为食材加工而成的，就像今天上午我们在山林中看到的那些一样！"

"来，你品尝一下这些菜，看一下是否还是一千年前那种老味道？"春先教授拿起筷子示意宇剑后说道。

宇剑用筷子夹了几样菜一一品尝着，频频点头赞着。

"是原来的老味道！对，就是这个味！我们几个在飞船上的生活，是不能跟地球上相比的，一切都是自种自吃，我们很少能吃到像样的大餐！"

"对，那时太空飞船很狭小，上面的各种设施还非常落后！二十几年的飞行时间，也只能保持基本生活条件。就是现在又发展了一千多年，小型飞船上的生活条件，仍旧无法做到和地球完全一样！"春先教授点头答道。

"空间那么狭小，宇剑哥，你们几个是如何在上面生活的？所谓太空漫步，也只不过是到飞船外面飘浮一会儿，对吧？如果还能重新返回地球，你们还能像正常人一样生活吗？"秦雪一杯酒饮下已是满面绯红。

"即便是不出现那次太空灾难，我们也无力返回地球了！其实，我们几个那时已是身体伛偻四肢萎缩，内脏与五官也都出现了严重退化，骨骼更是严重空洞化。可以说，经过了二十多年的太空飞行，我们几个人只剩下了不足半条性命，已经是没有信心返回地球了，也不愿返回地球了！即便是能返回地球，我们那形象，也已经是无地自容了，可能只能在地球上像虫子一样爬行！这种巨大的形体与心灵变化，在我们登上开拓号飞船之前就已经预测到了，航天部的人也告诉过我们他们这种担心！我们根本没有打算活着归来，出发之前，我们几个已经有献身宇宙的决心！"

说到这里，宇剑稍微停顿了一下。

"在那次碰撞发生之前，我已经感受到自己生命力的严重衰竭！那时，我们的太空实验项目已经全部完成，中国国家航天太空探索局几次下令我们返回，我们也告知了我们的身体状况及其担忧，大概我们的生命力已经无法坚持到十年，但五六年是没问题的！"

说到这里，宇剑低头沉默下来，过了好大一会儿，才又接着说道：

"我由衷地感谢你们，真的，能这样归来，已是我无法想象到的结局与奇迹！已经是不可思议的完美，更是旷古不遇的奇迹！感谢你们，感谢你们对我更生所付出的巨大努力！欧阳教授、春先教授、维纳斯，还有秦雪，谢谢你们所有人对我付出的辛苦与努力！"

说完，宇剑站起来，深深地弯腰给大家鞠了一躬后，才端起面前的酒杯：

"我敬大家这杯酒，以表达我内心深深的敬意！"

说罢，宇剑举起酒杯一饮而尽。

大家也都站起来，共同举起酒杯一饮而尽。

"与你的付出相比，我们所做的这些非常微不足道的！宇剑，你是一位不畏牺牲的航天英雄，是当时地球宇宙深空探索的第一代开拓者，我们大家都应当向你致以深深敬意！"

欧阳教授没有坐下，一直站在那里。

"你知道吗，当我们甄别小行星上的信息与碎片时，发现那些碎片与信息可能与你相关时，我们整个地球上的人都疯狂了！自发现你，与开始更生你的这半年多时间里，有三四十亿人，在这几个月的时间之内来观看黑山，来追寻你王宇剑的足迹。每一个人都对你充满了敬仰之情，他们时时都在关注着你的更生进展，他们每一个人都在内心为你祝福，每一个人都渴望在这个世界上早一点见到你！但是，他们又怕打扰你，怕破坏了你内心的安静！就在今夜，虽然，我们没有邀请其他任何一人，但大家此刻都在关注着你，都在信息上联通着我们这里！你看，这就是大家向你送来的问候！"说完，他向虚空一指。

一幅震撼的景象，突然出现在他们面前的虚空与近前，宇剑被这猝不及防的场面震撼了：他看到铺天盖地的鲜花都举向这里，到处的人山人海都在欢呼："宇剑，航天英雄，欢迎你归来！""宇剑，我们为你骄傲！""宇剑，我们大家都爱你！"鲜花与人脸，一切似乎都是在眼前，一张脸又一张脸，一群人又一群人，都是一闪而过，他们幸福地喊着笑着跳着，做出拥抱与飞吻的姿势，有的人竟幸福地流着眼泪……

"谢谢大家，谢谢大家！"

宇剑站起来，不停地向面前的人海挥手。

"这也是即时景象，他们现在都在关注着我们此时的信息飞船。这些人，有的在地球上，有的在太阳系内，有的在太阳系外，你看，大家对你的热情是多么高！"春先教授说道。

高山、海洋、月球、火星、宇宙飞船上，所有巨大的图影都汇向这里，向大家的眼前撞来。

"现在，人都比较尊重别人的感觉，他们中任何一个人都不会随随便便来到你眼前，打扰你的生活，但是，他们总会以自己的方式，向你表达他们内心的敬意！"欧阳教授看着眼前的景象对宇剑说道。

宇剑此时感到自己被大家的欢喜与祝福淹没了！他被疯狂的欢呼声包围住，他绝对能感受到，那是一个个真人在他面前晃动欢呼，他觉得自己被抛入人潮大海的疯狂旋涡里，他深深陷在疯狂的现场无法走出！

"这就是现代的信息传播，它把现场所有地方正在对你表达祝福与欢喜的人们，剪辑到你面前，这是真正的实况转播！"维纳斯的声音在宇剑耳边回荡着。

无数的人向宇剑纷至沓来，那笑脸、那眼神，明明就是向宇剑抛来，明明就是在他的眼前，宇剑不停地向他们挥手、微笑。

"宇剑，我们爱你！我们了解你的一切，王宇剑你太伟大了！宇剑，你在开拓飞船上受罪了！宇剑，我们会时刻关注着你的……"

那些人的欢呼声一浪一浪地传到宇剑耳边，宇剑感到一阵晕眩！

猝然，所有画面全部退去，这个世界也立马静得有些可怕！

信息飞船重又回到无限星空之中，还是那些寂静而又神秘的星星，盈盈之间似语非语。宇剑也立即感到自己从旋涡里退出来重又站在了大地之上。他眼前的光亮既宁静又祥和，那光线力度恰到好处。

　　"来，我们替太阳系里与太阳系外，所有向你表达敬意的人们，替他们也代表我们自己，向我们伟大的太空英雄再敬一杯酒！"欧阳教授端着酒杯站起来，看着春先教授、维纳斯与秦雪，他们也都端起酒杯站起来。

　　"欧阳教授，你们这样，我会感到非常不安！"

　　宇剑端着酒杯站在那儿，一副勉为其难的样子。

　　"下不为例，但今天是一个特殊的日子，是你，我们的航天英雄来到这个世界的第一天，我们大家必须以主人翁的姿态，来欢迎你，并向你表达我们深深的敬意！这一杯酒我们一定要敬！虽然，我与欧阳教授比你年长，但你毕竟是一千年前那个时代的航天英雄！为你无所畏惧的航天精神，更为你在你那个时代为中国太空事业所付出的巨大牺牲，这一杯酒，是代表我们这个时代，必须要敬你的！宇剑你说，这是不是我们应当有的必要礼仪？"春先教授看出宇剑的难为情，接过话题说道。

　　"好，既然你们这样说，我喝！但我还得再次向你们说一声，谢谢！"宇剑举起酒杯一饮而尽。

　　"好的，礼仪完成！以后我们就可以按现在的辈分称呼了！"欧阳教授饮完杯中酒后微笑地望着宇剑，"你可以和维纳斯、秦雪一样，称我与春先为教授也好，叔叔也好，我们俩比你大了近二十岁，从年龄来说我们俩是理所当然的长辈！"说完，不觉开心大笑起来。

　　"以后，还是以教授相称吧，我认为这样更合理，也会更方便些！"维纳斯已是双腮绯红。

　　"好，我以后就以教授相称！"

宇剑望着欧阳春教授与李春先教授，目光中流露着深深的感激与尊敬之情。

喝完那瓶千蕊喷红，他们又喝了一瓶万艳同心，这时，他们又满上了一种称为百舸争流的绿色美酒。大家的情绪也越来越高涨，你一言我一语，渐渐地，宇剑再也不感到拘谨了。

二

信息飞船，依旧在全景式展现着这个世界的壮美，不仅有地球与太阳系内各行星风景，还有大宇宙的无限风光。这些眼花缭乱排空而来的风景画面，无论从内心还是在视觉上，都让宇剑有一种应接不暇的感觉。

"宇剑，今天对你来说是极为有意义的一天，是你人生的又一个伟大起点！当今世界上有很多大学堂，任何一个专业对所有人都终生开放；还有很多科学实验室，可以针对自我感兴趣的课题，进行各种科学开发与模拟试验。这个世界上还有许多待解的科学难题，宇宙智慧脑系统与那些顶尖的学子们，都在想方设法努力攻克。今天这个社会，从不要求一个人必须要做什么，你可以有所成也可以无所成，但你身边一定要有一批志趣相投志同道合的朋友，挖掘人生乐趣活出自我的风采与诗意！"欧阳教授极富诗意地对宇剑滔滔说道。

"是的，宇剑如果你有什么爱好，这个世界是你发挥的最好之地！"李春先教授也兴致勃勃。

"宇剑哥，你不是爱好文学艺术吗，我们亲历了一千年前那个世界的社会生活，又来到今天这个无比先进的世界之上，我们内心的感悟与看问题的视角，与别人会有很大的不同，我们内心的丰富性也是别人无法比拟的。如果从事文学艺术创作，这就是我们挖掘不完的源泉！"秦雪兴致勃勃地说道。

"刚来这个世界，我内心还有很多不适应！现在，我最需要做的是让内心先从一千年之前那个世界里走出，尽快地全面了解与融入当今这个世界。只有我感觉自己是当今这个世界上真正的一员了，我才会明白我应当做的事情到底是什么。"宇剑一边思索着一边说出自己的内心想法。

"宇剑哥，你这话说的太对了！来到这个世界一年多，现在，我才感觉自己是这个世界上的人，才渐渐感到，有许多灵感与想法在渐渐发芽！"秦雪望着宇剑，略有所思更有几分兴奋地说道。

"但是现在，我最怕自己对原来记忆太深，一时难以融入这个世界！"宇剑望着欧阳教授面带忧虑地说道。

"这一点你大可不必担心！"春先教授认真地说道，"只要你了解了这一千年的发展历史，在心灵上翻越了这段历史，你很快就能融入到这个世界之中！"

"对，今天你不是已经接受了很多？我想，不出半个月时间，你的内心就会有很大的变化！"维纳斯兴致勃勃地说道。

"是的，仅今天一天，我内心就发生了极大变化，但还是感觉摸不到头绪！"宇剑不好意思地笑了。

"是呵，才仅仅一天，你就想理出头绪？是不是有点太急切了？"听了宇剑的话，李春先教授不觉开心地笑起来。

"宇剑，在一千年之前，你思考过未来世界的样子吗？"欧阳教授郑重其事地问宇剑。

"那时，从来没有认真思考过这方面的问题！不过，我觉得未来社会，肯定是像共产主义社会描述的那样：是最文明最公平最合理的社会，每个人的权利与待遇都公平相等，任何人都不会享有特权；科学技术与人工智能的发展让人类彻底从体力劳动中解脱出来，智力劳动者的工作也有了极大改进，那是一个没有战争、犯罪与恶意竞争的时代，大家都能够和平友爱相处！"宇剑认真地思索着说道。

"宇剑，你不觉得你描述的就是今天这个世界吗？"欧阳教授目不转睛地望着宇剑。

"现在这个社会，是共产主义阶段？"

"对，是共产主义社会阶段！"

"世界真的进入共产主义社会了？"宇剑眼中充满了疑惑与疑虑。

"宇剑，让你简洁地了解这一千多年社会的历史发展，更为了让你更快地融入当今社会，其实，这就是今晚我们这个宴会最大的目的。"欧阳教授又转身对着春先教授，"春先教授，还是你为宇剑梳理一下这一千年之中社会历史发展的进程吧！"

"好，那我就简单地梳理一下！"春先教授娓娓地说道。

"其实，在人类社会发展史上，曾经出现过一位天才人物，他非常睿智地洞悉了人类社会发展的所有历史阶段！他就是卡尔·马克思！宇剑，在你们那个时代，中国特色社会主义社会已经持续近一百年，社会主义社会的优势与活力，在你们那个时代已经得到充分体现！马克思说过，社会主义社会是共产主义社会的初级阶段，而且，是一个相当长的历史阶段，它是共产主义的过渡阶段，伴随着人类科技文明的不断创新发展，它最终将把人类社会送入最完美最理想的阶段——共产主义社会。

"这是卡尔·马克思最为天才的贡献！历史发展已经证明，他这个论断的正确性与伟大性！社会文明的发展，就是使这个社会逐渐地趋于公正合理以至于完美无缺，从而最终达到全民共享的完美局面。这个目标与结果，是不以人们意志为转移的客观规律。纵观整个人类发展历史，财富的聚集与社会的进步，从就没有离开过剥削与压迫。虽然，这些财富都源于历史奋斗与剥削的积累，但财富的敛聚者也极大地推动了这个世界的进步；特别是后期的资本主义社会阶段，财富的积累、管理与技术的进步，都已经取得了长足进步，在竞争中不停地优胜劣汰，这也就形成了这个世界前进源源不断的原动力！

"但资本的狼性与贪婪，也会在社会进步发展中变得愈加疯狂。像21世纪初的某个国家，随着他们的产业外移与资本流动加剧，他们一次次在世界上制造金融动荡与地缘动荡，创造各种机会，一次又一次收割与盘剥那些弱小的国家与集团，让整个世界经济发展陷入了一个可怕的循环怪圈：发展——流动——腾飞——动荡——收割——流动——发展——腾飞——动荡——收割……这是资本流动剥削这个世界的典型线路图！为了配合资本的流动与收割，这个不曾受到任何国家威胁的头号军事大国，不停地娴熟地巧妙地套路地在世界各地制造动荡与不安，尔虞我诈，不停地制造与挑起各国争端，让这个世界永无宁日！

"金融霸权、货币霸权与军事霸权，三个霸权联动配合，以某国政府为代表的资本集团，把整个世界局势已玩弄到极致！如果没有另一个比它更加强大的国家崛起，如果这个国家不能对它形成强大与有效制约，某国得心应手独掌玩弄世界的局面，就很难被打破，那么这个世界的所有国家，将永远处于各种灾难之中，所有国家与人民，更会被置于灾难之中！因为世界上没有一个可以有效制约它的对手，其他国家无力打破这个怪圈，那么，尝到甜头的资本，就会无休无止地玩弄它深耕的套路，盘剥全世界的人民！

"就在这个时期，一个强大的社会主义国家，在经过近百年的努力前行，在各个方面已经有了足以抗衡某国的力量，比某国拥有更加强大的发展潜能，因为巨大的人口规模与智商潜力，此消彼长的局面一直在悄然发展着，世界的经济与智慧中心也在悄然转移，渐渐地对某国的金融霸权、货币霸权与军事霸权形成了强大制约与压制。这就破坏了它一惯的套路，渐渐扭转了世界大局，这个世界的发展，也摆脱了灾难性的恶性循环，直接驶上有条不紊的康庄大道！

"东方大国与某国在这一时期的对抗，不要只联想到这是两个国家的对抗，其实，这是两种制度的对抗，即社会主义社会对抗资本主义社会。由此我们便明白，这个对抗发生，是世界历史发展的必然，这一过程是根本绕不过去的！

　　"东方大国，是社会主义国家，他们的发展目标极为明确，就是带领全人类进入共享美好的共产主义社会！这个国家的所有经济政策与军事力量，也一直向这方面加力，为东方经济与世界和平护航。再说，东方大国文化本身就是一种和平文化，她天下为公与大同世界的梦想古已有之。由于对这个文明的强大渴望，有她军事力量与经济力量的加持，与这个世界爱好和平的力量形成了一股浩浩荡荡的正能量。这股正能量的强大，使某国资本的恶性力量逐渐反馈成他们自身的病变，他们再难兴起更大的风浪，整个世界由此而进入一个较为平和的理性发展时期。这一时期可以称之为和平动荡期，它有效地化解了许多重大风险！此阶段的长期持续，使国际流动资本进入了一个微利时代。

　　"这个阶段也可以视为资本主义社会与社会主义社会的战略相持阶段，但资本主义社会所占的天时、地利、人和已全部丧失，而社会主义社会的天时、地利与人和开始逐渐全部占有！这个阶段，联合国的作用与力量不断强大，全球化浪潮出现前所未有的发展，全球各个发展相对落后地区都逐渐腾飞起来，全球化企业、全球化集团、全球化科技巨头已经把这个世界紧紧捆绑在一起，但各个集团经营利润却不停降低，全球人民的福利水平也被逐渐提高到一个更高的水平！在这种全球化背景之下，各国的政策开始以联合指导性文件为纲领，这时各国政府力量已经被严重削弱；任何国家再也不敢擅自对别国与其他地区展开军事行动！其实，在这个相对较长的平和时期，共产主义社会已经出现，或者说已经到了共产主义社会的中级阶段，只是还未到高级阶段！"说到这里，春先教授停顿下来喝了一口饮料。

"国家，是不是在这个时候已经失去了它存在的真正意义？"宇剑感觉此时的国家已经难有作为，因为在世界大势面前它绝不能特立独行。

"对，大约是在公元2200年前后吧，由于全球化经济的发展，国家边境早已失去了意义，世界各国真正流通的也只有全世界唯一的数字货币。这时的国家，已经蜕变为地区性管理机构，以联合国为主体的地球国已经成形，许多地球与太空大型项目，必须要在全球统一规划下完成，整个地球与太空的一体化运转与管理，也必须是在一个统一的政府领导之下，所以，所有国家的管理权都必须交由联合国统一管理！此时，全球统一的社会福利水平已经是非常之高，已经完全有能力支撑支付起每一个人的全部生活，企业与集团的盈利性经营越来越变得毫无意义！

"也是在这个时期，人类智能已经把人类智慧远远甩在后面，全球化管理的宇宙智慧脑系统之雏形已经完成，已形成大一统的精细化、科学化、系统化与精准化的全球一体化管理格局！它的工作效率与管理智慧，已远超联合国分散式智能管理模式。这种没有任何私心的宇宙智慧脑系统，比我们人类能更好地管理与平衡好这个世界，并且能够更好地解决这个世界上存在的所有问题，而且，它还有自我更新与升级能力！"

说到这里，春先教授稍微停顿了一会儿后，继续说道：

"也就是在公元2250年左右这个时间点上，由于宇宙智慧脑系统开始在地球与太空管理中全面铺开，它像蜘蛛网一样越铺越大越联越强，最后已全面彻底地深入到我们生活的各个层面之中。所有工厂企业生产与研发，所有运转储存与分发，即便是在文学艺术方面也展现出了它非凡的创造与引领能力。这时，强大机器人与超强人工智能结合的终端，几乎包揽了这个世界上的所有体力劳动与智力劳动。这使得宇宙智慧脑系统在管理这个世界时有了无比强大的澎湃动能，能够淋漓尽致地改造与运行这个世界上所有分支配套系统。宇宙智慧脑系统便逐渐成为这个世界的最高中枢与统筹终端，联合国此时也只是一个象征意义上的存在，它已经沦落为宇宙智慧脑系统的可有可无的辅助机构！

"这个宇宙智慧脑系统就是我们现在的宇宙智慧脑系统的前身。宇宙智慧脑系统最终形成，才是这个世界进入共产主义社会最高阶段的完美临门一脚，它的成形，就是宣告人类社会已正式进入共产主义社会的终极阶段！这个时间点大约是在公元2300年！由此，人类便真正进入了享受美好生活的大自由大幸福时代，其明显变化就是，人类觉悟性与生活品质的不断提高！这个阶段一直持续到今天，还将持续到人类存在的永恒！好，关于一千多年的社会历史变迁，我就讲这些吧，至于那些细节性东西，在以后的日子里你可以逐渐了解补充，但总的概况就是这个样子的！"春先教授讲到这里，便停了下来。

"扯尽黄山雾，山河入眼来！春先教授，你一席话让我顿开茅塞，让我基本上了解了这一千年来世界历史发展的脉络与路径。谢谢你，春先教授！"听到这里，宇剑非常激动地对李春先教授说道。

"如果你想对这一千多年的发展史，还想做更深一步的了解，一是多读这方面的书籍，二你可以找一些这个阶段的专题片看一看，这类专题片都做得非常好，既高度概括又全面生动！"欧阳春教授说到这里时，他侧身看了一眼秦雪后接着说道：

"我认为还有最好的，那就是秦雪父母留给她的那一套非常珍贵的影像资料，几乎是与那个年代无缝衔接在一起的！那些影像资料，我已经看了很大一部分，这个世界上有很多人也都看过。我认为那些影像资料组织得非常全面，它全面详实又连贯地记载了近二百年时间内地球上发生的一系列大事件，信息量是那样巨大，又是全部的真实影像，简直就是一部最为活泼生动的地球二百年社会发展全史！我建议你最好花时间系统地看一下，看后，你会受到巨大的震撼与启发，在心灵上也就更容易接受与理解当前这个世界了！秦雪，你看完后是不是这个感觉？"

"是的！我几乎花费了四个月时间才全部看完那些影像资料，在之后的几个月里我又看了许多最近这几百年发展的专题片。现在，我几乎已经从以前那个世界的阴影里走出来了，心也能与这个世界同脉搏了！"秦雪不紧不慢微笑着说道。

"还有呢？为了快速融入这个世界，你说一下，你平时都是怎样做的？"欧阳教授望着秦雪说道。

"这就要感谢维纳斯姐了！"秦雪望着维纳斯非常幸福地说道，"维纳斯姐不但陪着我，一同观看我父母留给我的那些影像资料，还陪同我到各处旅游，让我一口气报了三四个专业的大学堂。所有这些，天天都让我忙得不亦乐乎，她根本不给我留一点多愁善感的时间！现在想来，那段时间我是何等幸福！"

"是的，维纳斯对秦雪是付出过很大努力的！"欧阳教授赞赏道。

"但是好景不长，当宇剑哥出现后，她就果断把我给抛弃了！从此，她再也抽不出时间来陪我了，让我苦恼了很长时间！"秦雪说话故意恨恨地看着维纳斯。

听到这里，大家不觉哈哈大笑起来。

"现在还苦恼吗？"李春先教授大笑着问秦雪。

"早就不苦恼了！不过，我还是怪维纳斯姐，你一开始让我对你太依恋，后来又对我全然不管，难道你不应该给我几天适应期吗？"秦雪转身对着维纳斯。

"好，是我的错，我承认！"

"不过，我还是要感谢你！"

"为什么还要感谢她？"春先教授忍住笑声。

"因为她更累了，她全身心地去收集宇剑哥的资料，夜以继日，她那劳累的样子让我看了都心疼！逼得我不得不抽时间去帮她！"秦雪目光里充满了感激之情地望着维纳斯。

维纳斯不好意思地低下头。

大家再也没有笑出声，而是一起向维纳斯投去赞许的目光。

"谢谢你，维纳斯！"宇剑望着维纳斯低声说道，目光中充满了深情。

......

第十二章　在信息飞船上之二：极目今朝

一

在大家又饮过了几杯美酒之后，宇剑非常认真地望着欧阳春教授说道：

"欧阳教授，你能不能给我讲一下，现在社会人们的生活群态？"

"好，那我就给你简单讲解一下！"欧阳教授对宇剑说道，"今天，人类社会群体的生活是非常自由的。由于人们兴趣与爱好不同，现代社会大致可分为三大生存群态：第一部分人，仍旧坚持不懈地搞科学研究，向未知领域与未解课题挑战，这只是一小部分人群；第二部分人，是投身到了各种娱乐活动和体育活动中去，抑或是各种影视与绘画艺术，或者以现代科技为引导，追寻返璞归真之修身养性，体悟生命自身内在之乐趣，这一部分人数比例比较大；第三部分人所占比例也较大，他们大多数人都是四海为家，终生漫游在地球、月球、火星以及人类所掌控的太空区域之中，在旅游与玩赏中，寻找自己兴趣之所在！但这只是一个很粗略的划分，一个人在一生之中，可能三种状态兼而有之。

"社会在前进，科学在进步。为了让人们生活得更有乐趣，更为了传承人类几千年积攒下来的文明与智慧，这个世界上建有无数信息联通式大学堂、实验室、活动团体、娱乐组织与各类朋友圈等等，主张人们要终生不断地学习，要跟上时代文明与科学的发展，更要为整个人类社会营造出一种蓬勃向上的环境与蒸蒸日上的气氛，引导整个社会的价值取向。但这种学习，对任何人都没有硬性指标要求，所有的人都是自愿参与者。

"时至今日，无论在空间上还是在时间上，各类科学发展研究，均已经抵达这个世界所允许的极限水平，那些未攻克的难题在短时间内都不可能取得重大突破！在今天，即便是那些拥有极高科学天赋的天才式人物，在他一生中也难有多少真正的创新成果！

"所以，在学习知识之外，这个社会一直大力提倡各种文化娱乐活动与运动，大力提高人们的生活幸福指数。在这几百年来，人们把诸如赛马、射箭、射击、游泳、划船、舞蹈、骑术、武术、象棋、围棋，各种各样的球类活动比赛、爬山、越野、冲浪等体育活动都赋予了许多更加丰富的内涵，在绘画、雕塑、音乐、歌唱、影视、文学创作等精神创作娱乐方面，也都取得了巨大进步！现在，人们不仅挖掘创新出更多更好的各种娱乐游戏，而且还把许多游戏乐趣发扬到了极致！

"你看，人们现在就是这样生活着……"

欧阳教授指着信息飞船上的画面滔滔不绝地讲着。宇剑一边看一边听，早已深深沉浸其中！

信息飞船上的画面，一切都那样逼真，一切都如在眼前，似乎伸手就可以摸到一切！宇剑好几次都伸出了手想摸弄眼前的草木花叶，许多人，幼儿、儿童、男孩女孩、青年，一切都从画面里向自己扑来！宇剑被这种浩大场景震慑住了，他的心在狂跳，眼前画面，不时会挤压得他喘不过气来；田径赛场上人山人海，足球场上那几乎要引爆天地的汹涌，赛马场上翻飞的马蹄几乎是踩着他头顶过去的，他吓出了一身冷汗；龙舟比赛水花满天，少男少女在游泳场奋力地竞游，还有其他许多他无法看明白的活动，到处都是火爆到炸天的激情世界，这个世界的万马奔腾，让他感受到了这个世界那无法压制的活力！……

喧闹的场面一闪而过，许多房间与大厅飞来眼前，到处洋溢着音乐之声，还有人在唱歌：高亢的与美声的；极为新潮的时装模特表演，男男女女个个艳若仙人，在他们走过之时，宇剑已经感受到他们衣衫带起的熏风……

一切的一切，已经把宇剑深深地抛入这个世界的浪潮深处，他承受着这个世界不可理喻的新奇之风……

视界从厅室之内又转向阳光灿烂的山野之中，宇剑精神不觉为之一振，似乎浓浓的负氧离子也大把大把地灌入他的肺腑！一座平缓的山峰出现在他眼前，画面很快就进入山林内部穿越，掠过溪水山岩，掠过一条条沟壑，一团团云汽被他们的目光切开，那些花枝纷乱地撞着他们的视觉，似乎伸手一握就是一把浓浓芳香！露珠在花瓣上晶莹地摇晃着，花朵之美与质地可以令任何一种高档丝绸蒙羞。宇剑不禁伸手去摸，但他却抓了一把虚空，刹那他明白过来也不觉笑出声来！那吱吱叫的鸟儿是那般美丽精巧，宇剑又不禁伸手去抓！一树花枝后又一枝花朵，阳光在树缝里一道道穿来，溪水声比鸟鸣声更喧哗动听。山林间不时闪出一座又一座别墅式建筑，一幢幢与大自然和谐地交融在一起；在山林中，还有两个老成持重的年轻人在整理修剪花树。

"你看，这两位老者的生活是多么悠闲自在！"

欧阳教授指着山林中的两人说道。

"不，他们是年轻人！"宇剑以为欧阳教授看错了，赶快纠正道。

"哈哈，我不会说错的！不信，你可以问一下他们自己！"欧阳教授笑着说道。

此时，宇剑感到眼前图像一震，画面动荡了一下。那两位年轻人已经微笑着站在面前，宇剑赶紧站立起来，上前欲和他俩握手。

"宇剑哥，这是即时通话画面，他们人虽在你的眼前，却依旧相隔着十万八千里！"

经秦雪这一说，宇剑恍然明白原来还是在图画之中。

"你们好！"宇剑满面笑容地向他俩挥着手。

"哦，宇剑你好！"其中一个年轻人笑呵呵地说道。

"航天大英雄王宇剑，你好！我听到你刚才说的话语了！"另一个年轻人答话道，"我们俩非常欣喜，能在这里与你即时交谈！宇剑，在今天这个社会上，你的生活一定会非常幸福的！你身边的维纳斯，是这个世界上最美的天使，她与欧阳春教授为你的更生，都做了很大的贡献！"

说话时，他们俩一直乐呵呵地笑着。宇剑在虚空画面上看到，在他们背后的虚空上悬浮着他们俩的名字以及生辰简历，宇剑一直在专注听他们讲话，所以一直未能仔细读取那些内容。

"方才，欧阳教授说得很对呵，我们两个确实不是年轻人啦，我一百一十岁，他一百一十二岁！"第一位年轻人乐呵呵地讲道。

"不可能吧？"宇剑非常震撼，他感到非常不可思议，他们俩的脸面与身体还那般青春挺拔，怎么看都不会超过三十岁。

"错不了！这一千年时间，科学若解决不了人类衰老这个问题，那还能叫科学吗？"其中另一位接着说道，他眼神明亮贝齿满口。

"一百一十岁、一百一十二岁！太不可思议了！"宇剑目光炯炯盯着他俩，头摇个不停。

"这有什么不可思议？科学发展了这一千多年，许多真正的高科技都在你的眼前！"另一位所谓老者接过话题说道，"我问你，你昨晚是不是在睡莲池中休息的？"

"对呵！"宇剑答道。

"你是不是觉得它很普通？"老者追问。

"是的，不就是一个莲花状睡池吗，它能缓解人体的过度疲劳！"

"可不只是这么简单！来，你先看一下视频！"

那个所谓老者的话音刚落，一个巨大的莲花睡池就出现在宇剑前面的虚空之中，一个身体佝偻满头白发、脸上沟壑纵横的老者，走进里面躺下休息。画面上一会儿白天变黑夜，一会儿又黑夜变白天，上面时间显示着，一天、二天、三天……老人进去、出来……

"宇剑，你仔细看着，你看一百天之后，这个一百一十八岁的老者会出现什么样的变化！这可是一段真实的历史影像记录，他只是在睡觉休息，还没有吃可以对抗衰老的美味饮食，如果双剑合用，那效果更佳！"

二十天、二十一天……三十天、三十一天……宇剑震惊地看到那个老者在一天天变得年轻，身体直了，白发少了，脸上的沟壑也一天天轻浅起来，眼睛中的光芒也变得越来越明亮！

"天呵！我真的有点不敢想信自己的眼睛了！"

七十天、七十一天……画面上时间在迅速地向上增长着。此时睡在莲花池中的那位老者也逐渐变成了一位年轻英俊的小伙子。他不仅身体挺拔，还比原来高出了许多，头上的白发已经全部变黑，脸上的沟壑已经无法看到，他英气勃发，全身洋溢着彬彬有礼温文尔雅的气息！时间很快就到了一百天的数上，画面也立即戛然而止。

"宇剑，这是人类刚刚发明莲花睡池时的一段珍贵录像，这已经是五百年前的事情了，那时的莲花睡池，根本无法与现在的睡池相比！如果不是这段影像，你无论如何也想象不到，这莲花睡池会这般神奇吧？你想，我们天天休息在比这更高级的睡池之中，吃着能够青春化每一粒身体细胞的现代美味饮食，你说，我们还能衰老到那个老者的样子吗？"那个所谓老者目光灼灼地盯着宇剑说道，他脸上是满满的慈祥与善良。

"从一千年前你那个时代的目光来看现在，可以说现在是无物不神奇！一切的不寻常，全在寻常的生活之中，光怪陆离的东西并不一定有多少高科技含量！"另一位老者说道。

"只因高科技都藏在某些事物的深处，它们不一定非要高大上，因为它们注重的是实有科学！"

"我信了！我真的相信了！"宇剑频频点头，他的内心已经被深深震撼，"你们一直住在这大山里？"

"不是的，我们一年在这里只住上几个月时间。再说，我们也不能常在此山中呵！"其中一个说道。

"和家人在一起？"

"有时在一起吧，他们喜欢满地球满宇宙不停地飞，我们这个岁数对旅游冒险已经不太感兴趣了，只想静静地感受这世界之美！"一个说道。

"现在的人，不像一千年前了，任何一个家庭的人都不会固定不变地生活在一个地方。像这山中别墅，今天是我家，明天说不定是谁要来这里住了！"另一个说道。

"住在山里，生活方便吗？"宇剑关切地问。

"今天这个世界，哪里还能找到生活不方便的地方？这里的生活不会比你们的生物馆差，所有生活设施也是应有尽有，万能配餐厅的食物，这里一个品种也不会缺少！"第一位长者喜不拢嘴地说道。

"再见宇剑，不打扰你们今晚的宴会啦！"

"再见！"宇剑挥了挥手。

那两个长者一同拱了拱手，他们俩与大山的画面，顿时消失在虚空里。

"一百多岁年纪，看起来跟我也没有多大区别！看来人生暮年，已经不再是一件可怕的事情了！"宇剑深深感叹道。

信息飞船上，连绵起伏的群山，汪洋无尽的大海，地球的南极与北极，随聚随散的天空飞城，月球上古老的太空城，火星上的山峰，奇特太空城与此同呼啸的太空列车，宇宙飞帆，崭新的小行星，海底城堡，大海浮城，太空迎送站，助速太空巨大磁环隧洞，以及许多宇剑无以名之的太空设备……一切的一切令宇剑瞠目结舌，目不暇接！

二

这时，他们画面呼啸着进入一座亦古亦旧的城市，时而如卫星般俯视，时而在古旧的楼群里穿梭，城市中间有许多绿地与广场，有数条小河穿越其间。城市中心部位那一大片由红墙黄瓦构筑成的古老宫殿群，隐隐流溢着霸王之气！

"北京、北京！"宇剑不觉激动地大喊道，他蓦然从椅子上站立起来。

"对，北京城！你看它变化大吗？"欧阳教授温和地问宇剑。

"怎么看起来像是一座空城？"宇剑在画面上只看到极少的人。

"对，这里几乎就是一座空城！因为生活条件与生活方式的巨变，这座古城与这些古老建筑早已不适合人类居住了，但为了留住历史，人们还是尽量保留住这些古老城市。"欧阳教授说道。

"现在，是如何保留保养这些古老城市的？"

宇剑看着这座曾经心爱的城市心痛地说道，他想起了那句老话：多大的GDP，将来就是多大的垃圾！

"同许多地下工厂一样，都是浩浩荡荡的智能机器人大军，它们在日夜不停地维护着每一座古老建筑，努力保存住历史那份真实的鲜活！"

欧阳教授话语未落，画面立时闪入一座巨大历史博物馆的内部，琳琅满目的艺术品追目而来，玉器、瓷器、青铜器、甲骨文、竹简、字画、古玩、绢帛、古籍……瞬间，这个巨大的博物馆轰然而退，世界各国的古城古建筑又横空出世，如同让宇剑重游画廊世界史一般，从中国古老长城、故宫、黄鹤楼、敦煌莫高窟、兵马俑、布达拉宫，到凯旋门、凡尔赛宫、金字塔、吴哥窟、泰姬陵……宇剑在这些建筑物上看到有许多各种形态的小型机器人，它们正在除尘、清洗、加固、打蜡、抹油和涂漆……

一座城市又斫空而来，宇剑看到这座城市到处奔放着新意：城市的高楼每一层都又高又宽又大，且每个楼层都伸满密密麻麻的翅状的大阳台，更有许多飘云帆在上面又起又落；楼房之间到处是大片草地、绿树与湖泊，还有足球场、棒球场、高尔夫球场等各类野外活动场所。画面又切入了一所公寓楼内部，一个巨大房间一下子呈现在他们眼前，宇剑还是第一次见到如此美丽和宽阔空旷的房间，房间内的许多隔板都可自由改动，许多设施他无以名之，其面积比他在生物馆住的那个房间还要大三四倍之多！几乎每个房间内都有花草树木，还有建造精美的室内游泳池，一些墙壁上挂着精美字画，还有生动鲜活的人物雕像，整体洋溢着浓浓的艺术气息。

"你看，这是一间很典型的现代公寓式房间！"欧阳教授对宇剑说道，"现代人都崇尚自然，房间内也充满了自然气息，这些楼层公寓除了最外层的四壁是固定的，其余所有室内墙壁都可以随意改动，其内部家具也可以万能变形或组合。这些公寓式住所，你既可以永久地居住下去，也可以不停地更换，它们是全人类共同拥有的财富，是没有归属权的！不仅是这些公寓式楼房，这个世界上所有城市的建筑物，都是可以在宇宙智慧脑系统控制下自我拆卸，或者转移地址重新组建，许多标准件都是通用的，可以组建厅堂也可以建成摩天大楼，必要时还可以变成飞行与运输工具；或者，一个城市可以在一夜搬空，而另一个城市也可以在一夜建设起来，它们随时可以变成一座可移动的城市飞行大队！"

画面又进入了一个依山而建的城市，那里的楼房大多数都是带翅的那种，每幢大约有四五十层之多，整个城市中有五六十座这样的高楼。画面突然剧烈摇晃起来，突然那些大楼也跟着摇晃，它们突然一下子分崩离析变成怪怪的飞行器飞到天空，那些飞行器遮天蔽日向着同一个方向飞去，不大一会儿，一座城市就变回它森林的原样，那场景是如此震撼！

"看到了吗，这就是一座城市的大搬家，可以从山北搬到山南，也可以从北极搬到南极。现在，这个世界任何一座城市都可以做到不留痕迹地从 A 地自动搬到 B 地，或者让城市变成候鸟式城池，每年都随季节变化而搬迁！因为现代人居住的流动性太强，不仅是眼前这座小城，就是全世界所有城市也可以在一夜之间全部搬迁到赤道区域或者南极的极寒之地，或者一年四季追春天而动！这是因为盖这些楼房的建筑材料多半都是一些可以自由飞行的小型飞行器，必要时还可连体成大型飞行器，可以运输大量家私用具。现在不谈价值，若在从前的资本时代，具有这些功能的建筑材料将是极为昂贵的！"欧阳教授用极富磁性的声音讲述着。

一个震撼接着一个震撼，这个世界所有现实景观让宇剑感到目不暇接，就像山洪暴发引发出的许多大型瀑布一般向他胸怀内猛烈灌输着，他在震撼、劳累之余感受到更多的是喜悦，他的大脑像电脑硬盘一般不假思索不加选择地快速汇总收拢着眼前的一切。

"现在世界上还有商场和超市这样的场所吗？"宇剑好奇地问道。

"哦，这个也算是有吧，你也可以称它们为超市或者商场。不过，那里更像是创意攀比现场，许多人的经典创造都会陈列悬挂在那里，以求启发人们的灵犀，那种万物云集的气势让人心灵极度震撼，这里才思飞扬挥洒，修、改、比、创、想、展……这里与其说它是超市或者商场，毋宁说是特大型人类联合创新工厂，这里的创新展示与浓郁的艺术气息会滋养着每一个到场的人。抽时间，你和维纳斯、秦雪一起去感受一下吧，那里是一个非常让人迷恋的地方！"

在欧阳教授讲解之时，那特大型超市也瞬间切入了过来，人山人海，万人参与，无数个门类，创造图像展示、实物的模特展示、时装类在这里只是一个小小分类，许多五花八门的东西，宇剑根本看不出所以然来，一件一件，让他坠入五里雾中，他只感到新鲜与刺激！

"这些地方体现更多的，是它的娱乐性与启发性，我们真正选中的，也没有必要把它们从那里带回，因为我们做出决定之时，宇宙智慧脑系统已经开始选择工厂为我们制作了，也许你刚回到家它们已经呈现在你眼前了！"欧阳教授忽然望着宇剑身上的衣服说道，"宇剑，你为什么不现场体验一下选择服装的感觉呢！"

"可我什么也不需要呵！"

"还不需要？除了你身上所穿，你现在可真称得上是身无长物！"维纳斯指着宇剑笑着说道。

"宇剑哥，维纳斯姐说的对，你就试着选择几套你可意的服装吧！"秦雪认真地说道。

"好，那我就试着选择一下！"

宇剑的话音未落，他面前就突然出现了一个人类海洋，他们都随意休闲地行走着，个个神采飞扬，人群之中美女偏少小伙子偏多，他们个个风流倜傥身着各种样式的服装，如同一大群模特在他们面前走来走去，这些模特似乎都在现场，但对他们却是视若无物！宇剑万分震惊，在如此众多既鲜气又帅气的小伙面前他感到十分胆怯羞涩，他们一个个与他擦身而过又回头相顾。

"你看模特们身上的服装，都是现在最流行的！"

维纳斯指着人群里的小伙子说道。

宇剑一边欣赏一边在内心品评选择着，他不停地肯定着否定着，他觉得这些服装各具千秋各具内涵，他始终没有选中自己最喜欢哪一类，但却肯定了不少。

在宇剑犹豫之间，虚空中突然一闪，只剩下他认可服装的那六七个人，镜头又猛然一震，那些又猛然全部变成了他——王宇剑，那几个他在大家面前微笑着走来走去。

"怎么会这样？"宇剑震惊之余已羞得满面溅红，不觉羞赧地笑起来。

"这是你在挑选服装呵，只有你自己变成模特才最为合适！"欧阳教授看到宇剑的样子不觉开心大笑起来。

看到那几个自己模特一样展示着，宇剑立时觉得那几套服装与自己有了崭新内涵，有了一种飘飘欲仙的空灵之感。这种感觉与从前的自己大相径庭！就在他暗想之时，画面上又突然跃出几个身穿西装与夹克服的自己，顿时出现了一种强烈的时代反差。最后虚空中只剩下三个穿现代服的宇剑。

"就这三套吧！"宇剑望着面前三个各具风格的自己说。

"想一下面料有什么要求！"春先教授说。

"选用舒适的面料。"宇剑笑答。

"你回去后，这三套衣服就放在你床头上了！"春先教授目光慈祥地望着宇剑。

"这么快？"

"在你着意之时，其实信息系统已经启动做工程序了！"欧阳教授一面看着虚空中的宇剑，一边看着他眼前的真身，满眼都是呵护之情。

"来日方长，地球上的景色和大宇宙中的奇观，以后你会有无限的时间去欣赏，今天就到这里吧！"春先教授建议道。

"好，明天起，你就可以在这个世界尽情奔波游览了！为了宇剑又一个伟大开始，让我们喝干最后这杯万年春醴！"欧阳教授站起来举起酒杯说道。

顿时，五只盛着红酒的杯子，在空中碰撞出一朵绚丽的水花！

三

他们从信息飞船返回到地面时，信息飞船也化作无数碎片飞向各自的归属。夜已经很深，小夜风更是非常凉爽。分手后，欧阳与春先二位教授，沿着一条宽阔的路向宇剑住所的东侧走去了。宇剑与维纳斯、秦雪一起走进了宇剑住所那个南向的门廊，这里仍然如白昼一样明亮。

"你们俩也住这里？"宇剑惊讶地问道。

"对呀，你住右边第一洞房间，而我与秦雪住左边房间，秦雪第一洞我住第二洞！"

"宇剑哥，想不到我们会住得这么近吧？"秦雪笑嘻嘻说道，她望着宇剑的目光有些恋恋不舍。

"真的没有想到！"宇剑望着秦雪，一下子读懂了她复杂的内心世界。

"秦雪，我们明天一起陪宇剑去大海游览吧？"维纳斯停住脚步面对着秦雪真诚地说道。

"维纳斯姐，你陪宇剑哥去吧，一周前，我就跟玛莉与乔娜约定好了，明天，我们去埃比克海滨浴场游玩，那里正在举行一个流行服装展示周！七八天后我才能回来！"

"秦雪，为什么不和我们在一起？你和你宇剑哥一起，一边游览风景一边回忆从前那个世界上的事情，不是更快乐吗？"维纳斯叹道，她非常明白秦雪的用心。

"我回来后，我们再一起去游玩，不是也很好吗？"

"好吧，你明天什么时候去？"他们继续向前走着。

"明天很早就走！宇剑哥，我们回来再见！"

秦雪伸手握住宇剑的手，眼角含着一朵小小泪花。

"回来见！"宇剑心头一阵酸楚。

"明天，你走时我送你！"

维纳斯向宇剑摆了摆手，宇剑目送她俩进入各自的房间后，才回到自己的房间。

第十三章　维纳斯的个人天地

一

　　梦里千山一夜酣睡，第二天宇剑早早就醒来了。看到床头上整齐地摆放着三套衣装，他蓦然想起了昨晚在信息飞船上选择服装的那一幕，想起他看到的那一个个风流倜傥的自己，不禁脸上又灼烫了起来；他又想起了那一次次的人海，那无数个少男少女个个赛过天仙，他总感觉自己比他们逊色了许多，一看就是来自两个世界的人！他与这些现代人，到底不同在哪里呢？发型与衣着都一样了，对，是气质不同！还是不对，应当是气质背后的文化背景与社会经历，这才是他与现代社会这些人最根本的不同！

　　宇剑一边想着这些问题，一边穿上新衣感受自己的变化，对，是的，就是昨天他看到自己扮作模特之时穿在身上的那个样子！他既兴奋又快乐，不知不觉，他竟然哼起了自己在那个时代最喜欢的一首歌曲。他到洗浴间去洗漱时，一直在想自己要吃点什么东西，等他洗漱完坐在沙发上时，水晶茶几托出的食物竟然与他想要的那些完全一样，不觉胃口大开！

　　吃完早餐，换上他最着意的新衣，他想到外面的山林里去走走，不知维纳斯是否已经起床。

他走出房间，向门厅处走去，却发现维纳斯早已站在门廊中微笑着等他了！

"维纳斯，你起得这么早？"

宇剑满脸惊喜地向她小步快跑过去，走到她面前却又不知所措地立在那儿。维纳斯看到他那样子，不觉咯咯笑了起来。

"早就起来了，秦雪走得早，我起来送送她！"

"她已经走啦？"宇剑向对面的走廊望了一眼。

"走了！平时，就我们俩在一起的时间多，她一走就七八天，心里空落落的！"维纳斯一脸怅然若失的样子。

"哦，有秦雪这样一个小妹真开心！"

宇剑面前又闪过了秦雪活泼可爱的样子。

"其实，她真的不愿意让你当她的宇剑哥！"维纳斯表情有些怪怪的样子，"我理解你们两人的内心世界，在这个世界上，你们的孤独感，有时可能是难以排解的！秦雪，作为一个孱弱的女孩子，其实更难！"

宇剑眼前又闪过秦雪说到父母时溢出的泪水，他深深地点了点头。

"是的，她跟我不一样！她从来没有离开过父母亲，而我，却在宇宙深空里孤独了二十多年，习惯了！"宇剑话语简短沉重。

"你们俩的心灵都是一千年前那个世界的样子，你们的心灵随时都有可能擦出爱情火花！宇剑，是不是你从内心里更喜欢秦雪？"维纳斯眼中掠过一丝忧郁的阴影。

"不是的，维纳斯！我在水池边见到你的第一眼起，你就像一团火一直在我心中燃烧着，从那一刻起，你就彻底主宰了我的心灵！真的，我的心中已经无法再盛下第二个人！秦雪，她只能做我的小妹，难道这样不是最好吗？"

"你真是这样的感觉？"维纳斯眼中光亮立时妩媚了起来。

"是的，我内心就是这种感觉！"

"宇剑，去我房间吧！"

维纳斯激动地一把抓住宇剑的手，拉着他就向她的房间走过去。维纳斯的房门正对着走廊，他们俩刚走到房间门前，房门便自动打开，他们走进屋中。宇剑看这房间南北通透，光客厅就足有宇剑房间两倍之大，空间很高旷，里面花木扶疏，靠墙之处还有几丛细竹。在门北侧的花林之中放着一张精致而端庄的大木桌，桌上面摆着纸张与笔墨；在门口南侧的花林中则有一圈沙发与一张茶几。茶几上陈放着一摞书籍。

"这是客厅！"维纳斯说道。

"你的房间可真够大！"宇剑走进房间后感叹道。

"我的房间在生物馆里是比较大的，这是欧阳教授为我安排的！不止这里，里面还有书房、绘画室与音乐间，你知道吗，我可是搜集了很多藏书的！"维纳斯骄傲又神气地说道。

"哦，维纳斯，你还会中国书法？这诗，维纳斯，你自己写的？"

宇剑看到那张大木桌后面的墙上挂着一幅毛笔字，隽秀而潇洒，一看就有女性美的娟秀与清丽的内涵。他不禁读道：

竹

丛丛竹叶

剪剪不停地

探寻

生的哲理

绝不苟活

绝不随意地贪图适意

你节节不停地拔起

你的凌云之志

竹叶似笔
泼墨挥毫
那凌空之姿
写狂草亦隶

亦工亦整
求一脉高雅刚正的底蕴
风撼摇着你
你也拍痛了风

"写的真好！是你写的？"宇剑一连读了好几遍，一副深深陶醉的表情。

"对，为抒发自己的内心而写！"维纳斯甜甜地笑着答道。

"维纳斯，你真了不起！字美，这首诗更美！你终于让我读到了你的内心！"宇剑望着维纳斯的目光火一般闪亮着。

"你看：绝不苟活／绝不随意贪图适意……那凌空之姿／写狂草亦隶／／亦工亦整／求一脉高雅刚正的底蕴／风撼摇着你／你也拍痛了风。这首诗每一句都在展示内心，这是对人生美的最高诉求，高雅刚正横而不流，绝不苟活绝不随意贪图适意，这种写狂草亦隶的人生境界与底蕴，是何等高贵的君子情怀！这样的人生内涵太纯正了！"宇剑不觉击掌称赏。

宇剑说话时又走到大案桌之前，看到在一张铺开的白色绢纸上，也写着一首小诗：

笔墨翰香
无尽心蕊
聚成翰海
香透沙原每一粒土

熏醉蓝天每一片云

多少心魂
因它而名
由它而香
为它而醉

"嗯，这首是有感而发，也是在写自己的内心与感慨，很美！
这是在写一颗沉静之心，深深地感悟到文化之美，更是在表达心
灵的积淀之美！你看：香透沙原每一粒土／熏醉蓝天每一片云！这
是浸透心灵之美，这是没有感悟到文化深层次的人是无法写出的，
这是一个人在大美大醉之后心壁上沁出的胭脂色露珠！紧接着：多
少心魂／因它而名／由它而香／为它而醉。一句紧追一句，步步
递进，这境界，美！这才是美神应该有的内心之美！"宇剑眼中
的火苗更旺了，光芒中流出的是他发自内心的钦佩。

"这也是写自己的心情！"维纳斯满脸都是被读懂的幸福。

"每当我读到一本好书或者好诗，或者，看懂了一幅书法里的
奥妙，一遍又一遍，我醉得无法从里面走出，心就像被檀香浸透
的油纸，悄然滴香，那感觉只有深深沉浸到意境里的人才有！能
遇到你，真美！此刻，我好像又变成了那张被檀香浸透的油纸！
宇剑，你是上帝跨越一千年而为我送来的礼物！这一刻，我忽然
才明白：这一千年我是为你而等；这一千年你是为我而来！我也叫
你一声宇剑哥吧，宇剑哥！"

维纳斯说到这里，幸福得眼睛湿润了。她上前猛然抓住宇剑
的手，顺势依偎在他的肩膀上。宇剑用力搂紧维纳斯的肩膀，并
颔首深深地呼吸着她的发香。这一刻，时光仿佛凝固了，好久，
维纳斯才抬起头，仰望着宇剑的面颊与他高高的鼻梁。

宇剑低头，看到在一本书上边有一张精致纸片，上面是用小

楷书写的一行行隽秀字迹，他不觉伸手拿到眼前：

眸

一池多么纯净的水
从冬日的冰雪中走来
从香艳的春色中走来
从日月深情的凝望中走来

在远山的黛色之下
在燕子的剪剪轻翼之下
浸染着窈窕花枝的池水呵
你梦中装满了绚烂的彩霞

如何也掩不住了
你心中的那份喜悦
如何也遏制不了
你爱情的潮水

我已经嗅到了你夏季般的炎热
我已经无法控制
目光的长河
那一泻千里的融合

我的心
像一条鱼儿
掉进了你那池
汪汪的绿水之中

宇剑拥着维纳斯一遍遍品读着，那股美感像四月的露珠挂上他的心壁，他感到是那般缠绵与馨香。他用力拥住维纳斯的香肩，再一次把他鼻孔深深埋进维纳斯馨香的发丝之中，那股甜蜜的陶醉，在他心底一浪一浪地席卷着。

二

像是陷入了一场深醉，宇剑与维纳斯好久才从迷醉中走出。

"能让我欣赏一下你的书房吗？"宇剑轻轻地说。

"好！"

同外面的走廊一致，维纳斯的客厅中间也有一个向西延伸的宽阔走廊，走廊右侧第一间是她的书房。维纳斯一直没有松开宇剑的手，她拉着他的手推门走进她的书房。放眼望去，宇剑顿时被一排排书架震慑住了！这间书房的面积不会小于客厅，一排排高高的书架拔地而起，厚厚的书籍与薄薄的书籍整齐地摆放在书架上面，向里望不到尽头，简直就是一个小型图书馆。在书架面前，宇剑蓦然感到一股迫人心境的重压，他嗅到了人类群体几千年智慧硕果的诱人馨香。宇剑从小酷爱读书，书籍曾给了他最美最陶醉的享受！

"你怎么会拥有如此多的书籍？"

"是我一本本在世界各地搜集积攒而来的！"

"你全都读过？"

"只读了一小部分吧！"

"了不起！现在还有这种纸装书？"

"你看，这些书页全都发黄了！这都是我在几百年前废弃的民居、书店与图书馆里，搜寻淘换来的，现在已经是少之又少了！也有一部分是我自己打印出来的，我喜欢在纸页上读那些耐人寻味的文字，可以一边读一边冥想，那种浸润的感觉比品一杯咖啡更感陶醉！"

"我已经二十多年没有见到过纸质书籍了！"

说话时，宇剑在书架上取过一本书，举到鼻孔前深深嗅闻着。

"躲进书房，品一杯香茗，一边随兴翻动着书页，那一刻仿佛人生与思想全都被融化开来，一切都像初春松软的土地，内心藏满了草叶与欲绽的花蕾，在深度宁静中体味它们的躁动与成长。许多欢乐与欣喜，你无法压抑只能任其流淌，这种感觉只有在读纸书的过程中才能深深体味到！"宇剑手握那本书，回味着他读书时曾经出现过的那种感觉。

"是的，就是这种感觉！经你一说太有诗意了！"维纳斯幸福地望着宇剑说道，那是只有坠入爱河的人才会出现的一种表情。

宇剑回过头再仔细地欣赏维纳斯，欣赏她的面部表情与眼中的光华，他感到维纳斯就像雪山顶上的雪花，她整个内心都在向外散发着一种无法言喻的华贵之美与高贵之光！因为她读了太多的书，腹有诗书气自华，她目光中便有了一种不同于常人的内涵，她内在的灵犀，若光之在玉温润勃发！

"拿起书籍走进人类历史与精神的长廊，仰望与穿梭于无数智慧星座之间，思接亘古神抟宇宙，激情饱满精神愉快，思想在情节与睿智之间起伏跌宕，心在历史的大波涛之上漂流，你会觉得自己突然变得宏大又突然渺小。生活在今天这样的世界上，会因无事可做而百无聊赖。如果我们不为自己心灵构筑一个单间，那就说明你还没有学会如何陶醉于生活。人的感情需要有一个突破口，如果有了这个突破口，才能像火山与泉水的喷发一样来抒发自己的情感，这样你的心灵才会感到舒适与奔放！你看欧阳与春先两位教授都有他们的寄托，而我对科学不是太感兴趣，于是我就选择了读书、绘画、书法与音乐，来调节与陶冶自己的内心，做全人类文化成果的品香书虫，以领悟人类文化真谛为最大快乐与幸福，这样心灵的自我才能像花朵一般坦然绽放安然释香！唯有释放与理解，才会真正地拥有自我与心灵，这就是我在读书怡情中得到的感悟！"维纳斯的话语如溪水在宇剑耳边和悦地流淌着。

"都是汉文书籍，看来你对汉语情有独钟！"宇剑翻动着书架上的书籍。

"是的，汉字是通灵的，我最最喜欢读的就是汉文书籍！汉语是这个世界上最为伟大最为神奇的语言，每一个汉字都根通万物本元神灵，它掬足了万物的神韵、意境、内涵与外延，是那般的生动准确与恰到好处。这个世界上，可以说只有汉字与这个世界本源才是真正相通的，它无限地贴近了这个世界的万物根本！仓颉造字鬼神哭，每一个汉字都力夺天地根本，灵犀而赛过本源。唯有阅读汉语书籍，才真正能让人心灵与书意融会到一处，每一个字都像水珠一般叩动你心壁，融入你灵魂，与你的激情澎湃喧哗交织在一起……"维纳斯此时的表情是那般兴奋与陶醉。

宇剑一边醉心地欣赏着维纳斯一边继续向书房深处走着，在书房中间部位有一张书桌，桌子上放着一本打开页翻扣着的书。书名：《大同，不可抗拒的必然》。作者：李智。宇剑拿起来看着，书页翻开的地方是 225 页，全书共 569 页。

"还没有读完？"

"对，半年前读到的这个位置，现在一直搁在这儿！"

"没兴趣读还是没有时间读？"

"当然是没有时间啦！半年前，这个世界不是来了一个不速之客小黑山吗，从那时起，兴趣就转移到别的地方去了！"维纳斯说话时表情如醉。

"哦，我明白了！谢谢你为我做的一切！"

"这谢字你已经说了几遍了？"

"呵，好的，自此以后我再也不提这个'谢'字！"

两人都如痴如醉地凝视着对方，谁也不愿把目光从对方的脸上移开，那情景真似："情切切良宵花解语，意绵绵静日玉生香。"

越过维纳斯臂膀，宇剑眼睛的余光看到维纳斯宽大的书桌正中央摆放着一套四本《红楼梦》纸质书，摆放得那般整齐，一下子便看懂《红楼梦》这部书在维纳斯心中的位置！

"你喜爱《红楼梦》？"宇剑惊喜地问道。

"非常非常喜爱！这部书我已经精读了五遍，但还想再读！"

"读了五遍？"宇剑走过去，伸出双手取过那部书。

"是的，中华文化非常美，但《红楼梦》却得了她全部的精髓！虽然《诗经》《楚辞》、唐诗与宋词，也非常美，美丽的意境让人无法走出，可它们一篇篇都是碎片化的，不能代表一个时代，没有形成磅礴与完整的文化气蕴。但《红楼梦》却是完整的磅礴的，她把中华文化的精髓与社会底蕴全部写出，并达到登峰造极的地步，其中诗、词、文境界之高，已完夺中华文化之美与意涵！仅凭曹雪芹一人之力，就能写出如此巨著，这完全是东方文化的奇迹，它比那些古老的宫殿与长城更加不朽！其它任何国内与国外的历史名著与之相较，都大为逊色不值得一提！"维纳斯发自内心地赞叹道，目光中闪烁着火一般醉人的光亮。

"你竟对《红楼梦》评价如此之高，这与我对《红楼梦》的评价不谋而合！"宇剑也激动非常。

"我知道你非常喜爱《红楼梦》这部书，在开拓号飞船上这二十年，除了专业方面书籍，《红楼梦》是你唯一经常阅读的书籍，书中的诗词歌赋，你大都能倒背如流……"

"这个你也知道？"

"怎么会不知道？我看过你们在开拓号宇宙飞船上传回的所有资料与视频……"

他们俩越谈越热烈！

……

"走，再去我的绘画室看一看！"

维纳斯带着宇剑来到走廊对面的绘画室。绘画室也很大，墙上挂满了维纳斯自己的绘画和搜罗来的绘画，画室之大不小于她的书房！还有其他一些艺术品，宇剑因为这方面的知识甚少，一时也听不明白，他在翻阅着浸润着，听维纳斯津津有味地讲解着。

随后，他们又来到维纳斯的音乐室，那里的乐器与原来传统的乐器区别是很大的，维纳斯取过一顶量子信息帽戴上，采用心灵感应随心所欲方式，调动乐器为宇剑演奏了好几段音乐。宇剑感觉极为震撼，仿佛被抛进一个极为广阔的世界里，被云团与风带着飘浮飞行一般，那感觉绝不是普通音乐会所能产生的！

"这是这个世界上，大家最爱玩的一种音乐游戏，只要你戴上一顶量子信息帽，你内心所产生的音乐感会调动乐器发声鸣奏。如果还有其他人参加，那么大家内心的音乐会形成一道音乐洪流，随着你与其他参与者的情绪不断变化，音乐有时会出现你无法想象的节奏与难以掌控之美，那种随兴而至的境界与恍然而来的风景极度震撼你的心灵！"维纳斯陶醉地对宇剑讲道。

"也就是说，所有参与者都是在即时创作，你启发着我我也启发你，我们助力音乐音乐也在助力我们，共同的洪流在音乐里恣意席卷狂奔着，是不是这样的情景？"宇剑描绘着自己那种内心感觉！

"对，就是你说的这个样子！"

"那我也可以参与其中呵？"宇剑一副跃跃欲试的样子。

"可以呵，现在我们就演奏一曲！"

维纳斯拿过来一顶量子信息帽给宇剑戴上，宇剑静静地坐下来，他感到眼前一片骏黑，有一种轻盈的火光在向前赶来！他追逐着火光，心像脱兔一般腾跃向前，内心那股欢快的节律越来越高亢，别人的高亢也在触碰着他的心壁。他喜悦欢快，一股烈火从他的心渊之中向外冲腾，他时而像海中的岛屿，时而像浓烈的海潮，时而又像一片被卷入风中的树叶，时而又跌回大地像溪水在石缝里左突右冲、激荡回环……一曲即罢又联一曲，宇剑的五脏六腑仿佛被一场天渊净水冲洗过一般，那般爽透与澄澈，一上午的时光，就这样被音乐席卷而去。

第十四章　万能配餐厅

"如此美妙的音乐创想，随心所欲顺势而为，与其说是创作，不如说是音乐冲浪更合适！"

"说的很对！其实，它就是音乐冲浪：随心而发，随情而动，没有乐谱天马行空，一切都是无法预料的爆发与突变！"

"这种联想式音乐会演，经常有吗？"宇剑刚一接触就已成瘾。

"戴上量子信息帽，无论你是在眼前还是万里之外，随时可以成团演奏。如果参与的人多，或有一些人随着音乐激情舞蹈：环行急蹴皆应节，反手叉腰却如月。那些场面就更加激情与震撼了！"

"你经常参加这种音乐冲浪？"

"也算是吧，我非常喜欢这种陶醉于音乐深处的奔放感觉，每每此时，内心就会有一种久旱逢甘霖之感，感到身心内外无比清爽透彻！"

"我感觉自己很缺乏音乐天赋！"

"不，也许是你的音乐灵感还在沉睡之中，它需要唤醒！你多参加几次音乐冲浪后，才有可能发现自己内心那些潜藏很深的东西，它们会在不知不觉间发芽！"

"也许是吧！"

宇剑感觉维纳斯这话很新奇，也极富哲理。

之后，他们又探讨了其他一些问题。

"宇剑，我们去万能配餐厅就餐吧！"

"好吧！"此时，宇剑真的有点饿了。

他们俩还未走出房间，一顶飘云帆就来到了维纳斯的门口，他们踏上去，飘云帆轻盈地向外飘去，转眼之间就进入了阳光明媚的山野。

飘云帆向高空飞去，它直接翻越了生物馆山峰后，又向西北方向飞去。大约在十几公里之外，宇剑远远看到有一个标准的庞大山崮矗立在那儿：四周笔直而陡峭，山顶巨大而平缓。

"这座山崮就是万能配餐厅！"维纳斯指着那座山峰说。

"配餐厅怎么会是一座山峰？"宇剑颇感意外，他认为万能配餐厅应当是一处庞大的建筑楼群。

"对，因为这万能配餐厅其实是一个巨大的复合体：山体、万能生物工厂、漫山遍野的森林巨树！自然界中的每一种美味，我们都可以把它想象成是一个独特的生物加工流水线！那么，能够创造出这个世界所有山珍海味，并且还能够创造出这个世界上没有的无穷无尽的山珍海味，我们能不能称之为万能？"

"当然可以呵！"

"其实，万能配餐厅，它就有这个能力，任何天下美味它都可以创造出来！你不要觉得这里很寻常，其实恰恰就是这里代表了当今世界最高水平的科研成就与奥深无限，物理的机械的化学的生物的，它是人类集成众多领域的最高最新科研成果而创造出的奇迹，是当今人类生活最最重要的生活与生命守护组成部分！"

这时，飘云帆已经离山崮很近了，宇剑看到，在山崮四周的山野中，到处都是参天巨树，一棵棵巨树都像金元树那样极富生机，向四下眺望，你根本无法望到森林的边际。

"这里的森林怎么如此茂盛？"

"其实，在这万能配餐厅附近的这些参天大树，都不是普通的树，这些树大都是人类基因造物时代最巅峰的产物，它们体内产出生物质都极富营养。在这片森林的底部，到处都铺满了生物精细化工厂的密密麻麻管道与精密的生物合成与生成设备，利用这些管道大量采集这些大树分泌的高能营养物质，再把这些高能营养物质当作生物精细化工厂生产的初级原料，再进行各种生物化奥妙无穷的深度生成与加工，以制取成无数品类与门类的美味食品材质，每一道工序不是天然却处处胜过天然！之后，才是在宇宙智慧脑系统参与下的精准化个体性调配与烹饪加工，如此完成之后，才会摆上我们的餐桌！"

　　"宇宙智慧脑系统参与下的精准化个体性调配，是不是这个才是万能配餐厅的关键与核心问题所在？"

　　"对，你说的非常对！"维纳斯以赞赏的目光望着宇剑继续说道——

　　"你知道，平时我们每个人活动量不同、情绪不一样，我们身体里的消耗也就不一样，再加上环境与气候等外在因素的不同，我们身体内就会出现各种各样的变化，这就导致我们身体生理机理因素出现各种各样的微妙不同。而这些不同与差异的深层信息，恰恰就被宇宙智慧脑系统全部采集到了，那些偏差可能让脏腑机能出现失调，或者让五脏六腑功能失去平衡；或者机体过度疲劳，部分机体受到了严重损害等等，这就需要修复与调理。此时，我们饮食的另一个功能就显现出来了：调理与平衡身体机能，恢复健康以达到最佳状态！

　　"如此，当我们来到万能配餐厅，当美味佳肴出现在我们的面前，虽然同一种菜食同一种饮料，但你要的那一份与我点的那一份，便有了某些微妙不同！如果你的身体出现了某种病变，你的主食与饮料中，可能就含有了治疗那种疾病的有效成分或特效药，你的疾病就会在不知不觉中被彻底治愈！药食同源，每一种特效药只是食品精细化流水线上一种美味的生物质化合物而已。天天顿顿如此精妙地在饮食中不知不觉地微调，我们身体机能就始终处在最佳状态，就难以有任何疾病产生！所以，当今这个世界上是没有医院的，但宇宙智慧脑系统却每天都在关注着我们每一个人身体的深层信息，在悄然中做到了防患于未然，在疾病的苗头还未形成之时，就已经掐断了它形成与发展的所有因素！"

"虽有微恙，但绝不可能有恶疾！因为万能配餐厅的美味饮食，一直在为我们的身体保驾护航！太美妙了！"

"是的，就是这样！"

"不可思议！你说，当今世界有一百多亿人口，但这个世界上却没有一家医院，对不对？"

"对，确实没有一家医院！"

"这太无法令人置信了！那万一出现病人怎么办？"宇剑感慨道。

"没有医院，不等于这个世界就没有能力治病，在太空人那里，你不是见到过欧阳教授为那几个冰冻人治病吗？在这个世界上，治疗疾病的所有客观条件与技术都存在，治疗疾病的药品随时可以生产，只不过是真的难以出现疾病患者罢了！这个世界一旦出现病人，不仅宇宙智慧脑系统早就掌握了他所有疾病信息，而且，为他治疗的药物也会早已备好。除此之外，如果还有需要，不是还有很多像欧阳与春先两位教授这样的科学爱好者吗，还有你与我，还有许多大学堂的医学生，所有这些人，都随时可以参与到病人疾病的治疗中去！"

"对，在太空人那里我看到过！"宇剑深深点了点头。

"你精通中国文化，中国的易学与医学文化提倡：上医治未病。要求在疾病尚未形成之时，就要发现它并治疗它。唯有如此，才能真正保证人类身体的康健！现在，宇宙智慧脑系统已洞悉了人类身体所有深层次的奥妙，它来自微观与宏观信息采集，不知比原来的中医诊断要精微高妙多少倍，它已经有能力把人类身体与脏腑功能，永远调置在最佳功能状态。当然，如果需要，在不损伤身体其他健康机能的情况下，它还可以把人类身体的某些功能调整到最强，或者极度亢奋状态，以便于某些活动的高强度进行！其道理，远超当年的那些体育活动兴奋剂，这一切，是不会有任何风险与半点副作用的！"

"我明白了！"宇剑听了频频点头。

"不过，我还是有些不理解，若是身体出现突发性重大损伤，你总得要处理一下吧，没有医院这怎么能行？"

"重的或轻的外伤，这样的情况也是很难出现的！这还得从我们宇宙智慧脑系统，与这个世界无所不在无所不能的防护与救急系统说起。我们在参加各种活动之时，宇宙智慧脑的救急与防护系统，它们始终在计算着那些运动者们是否在安全系数之内，是否需要防范或者是否来得及救援；如果是恶意的，它会立即控制你的念头；如果可能出现意外，它会在安全救护距离之内已经采取多种救护与防御措施，所以，意外情况将很难发生！但是……"

"但是，如果确确实实发生了意外呢……"

"如果那样，不是还有高智慧无所不能的机器人吗？它们明白所有救治与处理程序！"

"如果出现重大事故，重伤或残废……"

"这，你与秦雪不是已经有亲身体验吗？如果是轻度损毁，可以局部再生，或者全部更生！"

"我相信了！"宇剑频频心头，他心头的疑云与疑虑全部散去了。

机器人大夫，所有治疗药品，所需材料，这一切这个世界早已做到了备而不用而必有！是的，这个世界绝不是一千年前那个时代了！

飘云帆在这座山崮的顶部盘旋了一会儿后，便沿着陡直的山壁缓缓下降。宇剑看到山壁上也挂满了绿色藤类树木与草类，许多地方都裸露着山岩，而一些地方则是面积很大的通风口或者采光口！他又把目光投向山体两侧远处，却发现，远处的天空中出现了那么多密集的飘云帆，它们都向这个巨大的山崮飞来，降落到山体伸出的那一层层一排排密集而巨大廊台之上，花花绿绿多姿多彩，让整面山体显得那般壮观与绚丽！宇剑感觉，那些飘云帆有成千上万之多，新的廊台与平台，不断地从山体中长长地伸出，漫天蔽日的飘云帆依旧成群结队地向这里飞来。

"太震撼了！我第一次见到这么多的飘云帆聚集在一起！"宇剑远眺着那些遮天蔽日的飘云帆感慨道，"这么大的万能配餐厅可以容纳十几万人就餐吧？"

"你看，这些人来了走，走了再来；一批接着一批，一天下来可以接受几百万人用餐，高峰时可达到千万人次以上！"维纳斯指着那些密集飞来的飘云帆说道。

"千万人次以上？这可是一个小城市人口的餐饮量呵！就这样一个山崮可以满足得了？"宇剑有点不敢相信维纳斯的话语。

"完全满足得了！我带你到下面的观光通道里，去参观一圈，你就什么都明白了！"

维纳斯的话音还没有落，飘云帆就向山脚下飞去。在山脚下的平地上向前滑飞了很长一段距离后来到一个很深的山谷，在山谷一侧的山壁上，宇剑看到有一个很大的山洞口，飘云帆向山洞口中飞去。飘云帆上的灯光瞬间打开，照亮了山洞体宽阔的四壁：山洞的四壁如滑润的溶洞体一般湿润，还不时出现向各个方向叉开的分支巨大管道！

"你看，像这样的管道，这个山崮向它的四周伸出去的有无数条，短的有十几公里，长的有几十公里。这些管道把它们附近的那些配餐大树生长出的配餐原料，源源不断向万能配餐厅输送而来。这些原料，在向万能配餐厅源源不断的输送过程中，又被这些藏在地下的生物化精细化管道生产流水线，继续深度生产生长成无数个门类与品系的美妙食物原成品。之后，才是其他工序。"

通道非常宽大，飘云帆在里面风驰电掣地向前飞行着。

宇剑一边听一边频频点头。"我们现在飞行的这条管道只是一条观赏管道！这些管道上下左右一层层交织着，精细化与生物化的成长奥妙就在这里，它们看似不起眼，却是人类科技上千年积淀才形成的完美生物生成流水线！深海鱼、南极虾、北极海参以及各种各样的山珍与飞禽、陆地上千万门系的果蔬，我们这些精细化生物化的成长产品品质，绝对远远高过它们……"

"山珍海味，如果这所有一切都完全取自大然，它能满足这个世界人类的需要吗？"宇剑又回想起他那个一切取之于自然的时代。

"无法满足！"维纳斯摇着头说道，"你想一想，在一千年前你们那个时代，这个世界上能够天天吃山珍海味的人有多少？"

"应该是很少一部分吧？"

"对，这个人口基数肯定不会大于十亿人，但就是这区区十亿人数，当时地球所产的山珍海味供给也仅能勉强维持平衡，这其间还有价格调整因素！你想一想，今天这个世界已经是共产主义社会了，所有人的生活必须一律平等，而且总人口是一百多亿，如果所有人天天都能吃到山珍海味，自然界能有这个承受能力吗？"

"根本不可能做到！"

"对，根本不可能做到！所以，这种万能配餐厅的出现也是势在必然！"

"所以，科学发展是推动这个世界进入共产主义社会的主要动力！如果科学实力达不到，人类在这个世界上的生活也就很难达到一律平等的目标，达不到目标这个社会就不能称之为共产主义社会！"宇剑的内心像被一道阳光豁然照亮。

"说的非常对，所以说，科学实力才是推动这种万能配餐厅出现的必然动力与必需动力！还有一点，也许你能够猜到……"

"什么？"

"就是万能配餐厅创造出的食品，它必须还要具备另一项功能，那就是：它必须保证人类身体上每一个细胞的年轻化与青春化，保证它们纯净化与鲜活化！唯有如此，人类才能真正地永远焕发着青春与美丽！"

"呵，这一点好像我能够想到！昨晚，在信息飞船上遇到那两位老者之时，我就意识到这一点了！"宇剑又想起了昨晚在信息飞船上那两位年轻的老者。

"对，就像昨晚那位老者所说：现在世界是无物不神奇！真正的高科技不只是能看见的高大上，它们每一点每一滴都融化进了我们的日常生活之中。比如人类身体的无病化与青春化，也是条条大路通北京的，不但现在的饮食科学能做到，像睡眠、休息、锻炼，与那些细胞级美容美体塑形馆，也同样能够做到！这个世界除了无物不神奇之外，我还要补充一句，这个世界更是：无处不奥妙！只有等你深深参与了这一切，才能真正体验到这个世界的全部奥妙！"

"是的！"

这时，飘云帆已经来到山洞的出口，在它冲出山洞口的刹那，宇剑立时感受到阳光那股无限的明媚与温暖，而阴冷与潮湿也立时被远远甩在身后。

"三十一千米！"

"什么？"

"这个山洞的长度！"

飘云帆已开始向配餐厅方向返飞，宇剑看到天空中许多飘云帆正向万能配餐厅方向飞去，更有一批飘云帆离开配餐厅飞向归程，红红绿绿花枝招展的飘云帆大军简直就是一道绝美的景观！

"真的感到有些饿了！"宇剑此时已经是饥肠辘辘。

"一会儿就到配餐厅！想一想现在你最想吃些什么美味？"

"第一次来这里就餐，我真的不好讲！"

"那就点几样海鲜吧？"

"好，我正在想海鲜呢！"

"三文鱼片适量，帝王蟹半只，清炖海参两只，鲍鱼四个，饮料一杯，香酒两杯！怎样？"

"可以！"

飘云帆降落到配餐厅半山腰一处宽阔平台上，他们俩刚走下飘云帆，一组两个精美的悬浮式座椅就立时滑翔到他们跟前，他们两个手牵手坐上去之后，悬浮椅就顺着山体内宽阔通道向里迅速滑飞而去。宇剑看到，里面的通道四通八达纵横交错，在通道两侧是一个个高旷的用餐大厅；每个大厅里都是花木扶疏，一排排优雅的花树把大厅分割成许多幽雅安静的小单间，气氛甜蜜而安静，身着花花绿绿衣衫的男男女女与一些儿童们，在里面吃饭交谈着。这里，你看不到灯光，但处处胜似白昼。他俩在七拐八转之后来到一个高旷大厅，在大厅入口一侧的盥漱间简单地盥洗之后，他们来到大厅中央一个花树围成的小单间之中，水晶餐桌整洁明亮。他们俩刚落座，一桌丰盛的饭菜从下面徐徐托举上来！维纳斯为宇剑点的三文鱼片、半只帝王蟹、水晶碗中的两只海参与鲍鱼都摆放在宇剑一侧，还有饮料与两杯金黄色的香酒。

"宇剑，你品尝一下，看是不是你想要的那个味道？"

"对，就是这个味！外酥里嫩，丝滑入口，爽！"

宇剑一边吃一边赞叹道。

他与维纳斯一起津津有味地吃了起来，一顿饭两杯酒，菜量与饮料量都恰到好处，让宇剑吃得好不惬意！

第十五章　沧桑撼千年

　　"维纳斯，我们正在这里等你呢！"

　　当宇剑与维纳斯用完餐之后，乘着悬浮车飞快地来到万能配餐厅出口处时，有两个高挑靓丽的美女，微笑着走过来迎住维纳斯。

　　"维纳斯，我就知道你和航天英雄王宇剑在一起！"其中一个美女对着维纳斯说道，又目光火热地望着宇剑。

　　"你好，航天英雄！我是维纳斯的同学挚友，姚霏雨！"

　　"我是李天丽，也是维纳斯的同学与挚友！"

　　她们俩激动地走上前来与宇剑握手。

　　"你们好！"

　　"姚霏雨，你们俩是不是又发现了宝贝？"

　　"是的，真的发现了宝贝！在北京西山山区，我们发现了一处八九百年前的别墅群。在那里，我们找到了一个很大的藏书库，书库里不仅有书籍，还有一个一直封存的磁储库！"姚霏雨答道。

　　"你们俩整理过没有？"

　　"最近几天，我们俩一直在那里，现在基本整理完毕！那里有你一直在寻找的多种书籍，所以我们俩想约你过去看一下！"李天丽说道。

　　"那我……"维纳斯犹豫了一下。

"没有时间，对吧？航天英雄可以跟我们一起去呵！"姚霏雨说道。

"对，来回也不过几个小时时间！"李天丽说。

"要不，我们一起去吧？"维纳斯问宇剑道。

"到了那里我什么也做不了，还是你们几个一起去吧！"宇剑想了一想后说道。

"是呵维纳斯，那我们就快去快回！"姚霏雨很干脆地说。

"宇剑哥，那你怎么办？回生物馆去？"维纳斯一副恋恋不舍的样子。

"我还是在这里随意浏览一下山河风光吧！"

"好，那我们就快去快回！"维纳斯似乎有些不太情愿。

"宇剑哥，你在这儿安心地游览吧，我们可以随时看到你的一切，你也能随时看到我们所在位置与现场所有的场景！"姚霏雨对宇剑说道。

"宇剑哥，你就尽情去放飞你的心情吧，这个世界到处都很安全！"李天丽向他挥手说道。

"宇剑哥，我快去快回，傍晚之前我就能返回到生物馆！"

维纳斯恋恋地望着宇剑，此时，飘云帆滑到她们跟前，维纳斯她们几个坐上之后，那顶飘云帆就冉冉地向高空飞去。

"再见！"宇剑依依不舍地挥着手。

"宇剑哥，你不要去得太远！我傍晚之前一定回来！"维纳斯向宇剑挥手道，她眼中竟然溢出了两行泪水。

"好的！"

宇剑站在那里一直注视着她们，直到看不见她们的飘云帆之时，宇剑才踏上跟前那顶飘云帆。

宇剑的飘云帆在天空里自在地飞行着，一会儿快一会儿慢，一切随兴而至，根本没有一个固定的目的地。此时，宇剑的心已完全舒展开来。

"如果飘云帆能倒过来飞行多好，那样下面的世界就可以尽收眼底了！"

宇剑刚这么一想，飘云帆立时便倒翻了过来，脚下登时变成一片虚空，他登时被吓出一身冷汗，以为飘云帆发生了什么故障！不过，当他看到倒翻过来的飘云帆，看到臀下的座位也变成吊椅时，他立即明白发生了什么！他伸手摸了一下头上轻便的量子信息帽，不觉开心地笑起来！飘云帆向着远方恣意地飞行而去。

一座巨大城市又闯入他眼帘，到处是高耸入云的高楼！城乡接合部泾渭分明：一边是无际楼群，一边是无限的莽原。与信息飞船上看到的古城市一样，虽然楼群气势磅礴，但却掩盖不住它们的荒凉，下面的街道上几乎是空无一人，许多地方更是野草丰茂！

在这座城市的核心部位，有一圈方方正正的青色城墙，城墙的四角都有角楼，每道城墙的中段都建有巨大的宫殿式城门。在城墙内的街道中央，还有一座很古朴但略显低矮的钟楼！哦，这不是古城西安吗，一座历史悠久的名城！宇剑变得激动起来，他想象不到，古城西安会在历史发展中变得如此落寞，这里已找不到人类生活的迹象，这个城市之格局之设计，已经无法适应现代人之生活需要了！纵目眺望，宇剑心中有一种说不出来的凄楚感受，在偌大的一圈城墙之上，只停着几十顶飘云帆，也不过六七十个人在这里走走停停凭吊古迹！飞出古城之后，宇剑的心才变得轻松起来。

在盘旋了许久之后，飘云帆又随兴地向绿色的原野深处疾飞而去，不一会儿，一片起伏的群山出现在他视野之中，在群山之间平坦的山原之上，宇剑看到一些高大的楼群。这些楼房之间相距较远，而每幢楼房周身都伸满了巨大翅状的宽阔平台，上面停满了花花绿绿的各式飘云帆。这座城市仿佛是建造在奥林匹克城中一样，到处都是运动与休闲场所，每座巨楼的前后左右，都有广阔丛林或巨大广场！天空中有不少飘云帆在飞，地面上有许多游玩的闲适人群。

是的，在人群之中你根本找不到一个耄耋之人，每个人都那么年轻挺拔，都洋溢着青春活力！这令宇剑又想起了在信息飞船上看到的生活在山中别墅里的两位老者，除了身体微微有些发胖、面部表情与眼神祥和，一百一十多岁的人，看起来同三十几岁的小伙子没有什么不同！哦，对了，在人群里他看到有七八个儿童在欢乐地疯跑追逐，一个个如花似玉又那般帅气可爱。宇剑在这座崭新而大气的城中盘旋了一会儿之后，接着便向东飞去，很快又遇到一片连绵山野，越向东飞，群峰也越来越高耸陡峭！不久，一座挺拔高耸到令人胆寒的山峰跃入他的眼帘，狭隘的盘山道上到处是拥挤的爬山者！越看越似曾相识，对，这就是华山主峰。这里的天空中与山谷中，到处都飘浮着如祥云一般的飘云帆！

宇剑突然发现，在如此险峻的山壁上居然还有人在攀岩，那些人像壁虎一样贴附山壁之上，极为缓慢与艰难地移动着，他们只戴了头盔、护膝、护肘、护胸与护背等，此外，再也没有任何防护措施！

他们紧紧贴山岩手脚并用，或用手握吸盘吸附住山壁，极为艰难地在几乎垂直的山壁上向上攀爬，山峰如此之高，下临万丈深渊，稍有不慎就有被摔成齑粉的可能！宇剑被这群人的胆气折服了，从他们身上看到了人类永不服输的远大未来：只要人类不失去敢于挑战自我的信心与胆气，那么，无论生活在多么美好与闲适，人类在漫长的历史进程中，也绝不会轻易输给自然！

宇剑以极为欣赏的目光注视着这些攀岩之人，他们，这些人在攀爬中一厘米一厘米地向上缓慢移动着，有些人几乎是耗尽体力悬挂在那里，半天向上移动不了一寸！

突然，宇剑最不愿看到的一幕发生了，一个攀登者脚下用力突然蹬空，先是悬吊在高空，稍后便沿着山壁向山涧坠去，并接二连三触碰下四个攀岩之人，他们一同向山涧下坠去！

"快救人！"

情急之下，宇剑不觉大声喊出来，他的飘云帆也如一支离弦之箭向那几个下坠的人追去，但他还是晚了一步，几个人都稳稳地落进几个飘云帆之中，宛如昨天他与维纳斯秦雪三人，从天空坠落的一幕重演，望着他们五人安然的样子，宇剑不觉开心地笑起来，同时抒出胸中紧绷的那口气。离他最近的那个人看到宇剑着急与担心的样子，摘下头盔望着宇剑疑惑且友好地笑着。

"有什么可担心的！难道你是足不出户的宅男？哦、哦，你是王宇剑？天呵，我遇到了我们伟大的航天英雄啦！"那人望着宇剑惊愕而兴奋地愣在那里。

"有什么可大惊小怪呵！"

"难道你不是生活在地球之上吗？"

后面几个人也来到这边。

"你们不要喊了，他是王宇剑！我们仰慕的航天大英雄！"

"王宇剑？想不到会在这里遇到你！怪不得呢，你好宇剑！"

几个人在飘云帆里兴奋地站起来，围着宇剑兴高采烈地说话。

"宇剑，我们一直关注着你的信息，你非常棒！"其中一个感慨道。

"你无畏无惧地献身一千年前的航天事业，宇剑，我们发自内心敬佩你！"

"对对，你付出了那么巨大的牺牲！如果不是小行星黑山把你送回来，你这一生可真是辛苦透顶了！王宇剑，我祝福你！"

"你的身体还可以吧？"

"昨晚我看到你了，宇剑兄！你跟维纳斯、小秦雪，还有欧阳春与李春先教授在一起呢！我一直在关注着你呢！"

他们几个友好且兴奋地上下仔细打量着宇剑，生怕某个细节看不清。

"非常好！谢谢你们关心！"

"是的，你身体非常好，活力澎湃！前天下午，你在黄河里畅游了两个多小时，那时，我就知道你身体状况非常不错！为此，当晚我与几个朋友还举杯庆贺了一番！"

"谢谢你！"

"宇剑，如果你喜欢，以后我们一起参加攀岩比赛，这项活动真的很刺激，可能会出现磕磕碰碰现象，但真的不会有什么大的危险！"

"好的！"

"维纳斯和秦雪为什么没有与你在一起？"

"她们俩都有事情！"

"知道吗宇剑，这个世界上追求秦雪的人太多太多，可她却统统都拒绝了！"

"竟然会这样？哈哈！"

"去，是不是你小子也在暗恋着秦雪？"

"别说暗恋，就是真恋，能有我的份吗？"

大家哈哈大笑着！这几个人活泼亲切，身材干练利落，既有丰厚的精神内涵，又充满着澎湃的青春活力，宇剑打内心里喜欢他们。

"你们是在进行攀岩比赛？"

"是的，这是区性比赛，在每两年还要举行一次为时两个月的世界攀岩大赛！那时，这里就会人山人海非常热闹！"

"攀岩赛，你们还能继续吗？"

"能，不过一切都要从头开始了，每滑落一次都是要扣分的，不过今天能遇到你，无论扣多少分我们都高兴！"

"是的，如果不是滑落下去，我们就不会在这里遇见你了！"

"谢谢！我不打扰你们参与攀岩比赛了！你们继续吧！"

"再见！"

——握手后，他们几个人恋恋不舍地望着宇剑，而后向低处飞去，他们要从起始点，重新开始。

宇剑又远远地欣赏了一会儿这攀岩比赛，然后便乘飘云帆向高空升去，跃入万山之巅的更高空，撕"云"裂"帛"般地向着北方山野飞去。关山万里苍山无限，他看到草原和群山像马群一样向后迅速退去，偶尔还可以看到成片的马群、牛群和羊群在下面蠕动奔跑。草原退尽是群山，群山退尽是草原，如宝石一般的湖泊散落在广阔的草原与山岭之间。在大草原中还有一些散落的零星城池，它们像废墟一样点缀着草原的寂寞，总算给万里大草原增加了一分异色！

在无尽的大草原中，又有一大片湖泊出现在他的前面，湖泊北面是一条东西走向的逶迤山岗。在湖北山南的那片茂盛的草地上，宇剑看到，有一大群活泼可爱的儿童在玩耍嬉闹，在他们不远处，还停着四五十顶小飘云帆。孩子们在这里玩得非常开心，有的你追我赶在奔跑追逐，有的聚成一群席地而坐谈得非常快乐，还有几个跑到水边戏水，他们活像一群刚出巢的叽叽喳喳的小鸟！远处山坡上，还有七八个成年人一边说笑一边向这边眺望着，他们身边的那顶飘云帆也大得像一个小型幼儿教室。这肯定是一所学校吧，寓教于玩，这样的学习方式多有趣，一下子把孩子们的学习变得生动活泼起来！宇剑一边望着那里一边想。

宇剑继续向北飞去，在山岭北部的平原上，他在草木葱茏的山林深处，发现了几座倒塌的钢筋水泥结构的楼房，楼房的骨架还在，但门窗早已剥落殆尽。楼房南侧山岭上还有一座建造得非常厚实坚固的瞭望塔。宇剑猜想，这里很可能就是千年前边境线上一个废弃的兵营。

宇剑粗略地浏览一会儿风景，又向着正西方向疾飞。

距离的无限同时空的无限一样令人很无奈，宇剑觉得自己已经跨越了一段很漫长的距离，他已经飞越了多种不同地貌，翻越了七八座山脉与无数的河流与湖泊，无边无际的森林，起伏不平的高原，一个又一个的盆地！临近傍晚时分，他来到一片极为广阔的水域前，他根本看不到它的边际，在这片水域中，到处是巨型的豪华游艇与各式帆船。在这片水域的周遭的沙滩上，是无数花花绿绿各种肤色的男女，他们或躺在沙滩之上享受太阳余温，或在遮阳伞下纵情地谈笑说爱，给这片水域增添了无限生机。宇剑在欣赏这里风光的时候，飘云帆屏幕上显示出了这个湖泊的名字：巴尔喀什湖；还有它的水域面积等，所有关于巴尔喀什湖与周边城市的资料，都一一显示了出来。在巴尔喀什湖的北面是一个巨大的现代城市群，高高低低，有许多带翼的现代巨楼，其间，更有许多他数不过来的大型场馆或体育场所式建筑。飘云帆低飞穿越后，宇剑看到，那一处处是各类文学艺术与科学各门类的大学堂，还有瑜伽青春塑形馆、体操健美塑形馆、细胞活力青春养护馆等等，这些地方人员密集，许多人正在做各种锻炼。那情景，很像他们那个时代的瑜伽训练与体操塑形。还有一些人还躺在他无法说出名称的一些设备之内。总之，这里的一切都是青春光艳活力四射，比之前的比基尼海滩浴景还艳媚千倍！这些青春洋溢的人群，这些休闲而享受的大军，他们的欢乐都是发自心灵深处的。人类在一千年之前就预言，这个时代迟早会到来，人们会过度地追求青春美与人生美，其实，这不正是共产主义社会时代应有的特定生活内涵吗？宇剑望着这个场面时，又想起了他那个时代许多人关于未来世界生活的预测言论。

那些众多厅馆与学堂，更是让他感受到了这个时代人类极强的求知欲与生活欲，让人感受到这个世界生活文化之丰富，人类内心青春之欢愉！宇剑还看到，这些厅馆的所有巨大招牌都是由龙飞凤舞的汉字书写，远远望去不仅美感大气，而且栩栩如生，藏着无尽的灵气。

在飞行中，宇剑打开飘云帆的食物仓，津津有味地吃着那些美味食品，品尝着美味的饮料，长途奔波的疲劳顿感消失。

在这片巨大的湖泊上空盘旋了半圈之后，宇剑便乘飘云帆以极限的速度向东折返而去。在阳光还很灿烂的傍晚时分，他就来到了青海湖的上空。

此时，宇剑忽然想起了长城，在又经过了一千年之后，它不可能还保持着原来那遒劲的姿态吧？这时，天空已经完全暗了下来，飘云帆自行飞行寻找长城而去。

不知过了多长时间，在起伏的山脊之上，在绿草埋没之中，他发现了一条蜿蜒而隆起的分界线，当他靠近时才知道那就是长城。又是一千多年的风沙与沧桑，又是一千多年的酷暑与冰雪，长城已经被风化到筋骨欲断欲隐欲归，显得更加老态龙钟不胜脚力了，但却依然龙形地盘踞在浩渺苍茫的山野之中，在月色银辉之下，显得尤为苍凉与悲戚！

走下飘云帆，宇剑立时感到一股凌厉的风，从北方山野间吹来。他的心猛然一缩了，他立时领略到长城穿越这三千年时光是何等力度了！凌厉的风携带着沙石时断时续地吹来，长城用它赢弱的肌骨抵御着。东倒西歪的城堞内，到处是横七竖八的青砖；路面上坑坑洼洼，处处是茂盛的野草。在风沙吞没下，长城显得如此矮小！在月色银辉之下，它与荒凉的旷野深深地融成一体，望着它，一下子便全身心投入了对历史、对岁月、对民族的巨大惊悸之中，那厚重的感觉猝然浸透了他的肺腑，让他突然想匍匐到它脚下，对它倾诉内心的顶礼膜拜与虔诚；为中华民族在那如此落后年代，竟然用人力在荒山野漠间建造起它而流泪，这是一个柔弱的爱好和平的民族为营造安宁的家园而用累累的白骨筑就的奇迹！在今天，面对这段历史，你的心仍旧会痛苦地流血，它会让你深深地感到，面对无尽的战火，一个柔弱的民族是多么痛苦和无奈，他们只能用累累的白骨筑就一座长城，把战火挡在墙外。

然而，战火依然在长城内外燃烧不熄！

　　而今天，历史已经彻底遗弃了长城，长城内外的战火也已经永久熄灭，但长城却还在努力地醒着，像一个亘古的神灵。长城同所有废墟一样，有一种顽强与深邃之美，因为它依旧在昭示历史昭示沧桑，依旧在昭示人类前进步履的艰难。你看，今天的长城在这万山丛中，在沙石与草木的掩埋之下，它是何等宁静，它有一种久远与深邃的宁静之美，像一位将逝的老人眼眸中所流露出超然的淡泊！映照着现代的喧嚣，长城虽然只是绵长时光中的一片遥长废墟，但它却几乎容纳了整个人类历史古往今来的内涵。它为而不持，长而不宰，非常宁静地躺在深山与荒漠之间，像深呼吸中的微风一样，把美输送到这个世界的所有深层次之中，让这个世界一下子具有了远年的陈香！

　　社会在前进，时光在飞逝，这个世界上的一切都会慢慢衰老，老了，就安详地交给世界一副慈祥之美。没有废墟的世界是不可想象的，没有皱纹的老祖母是可怕的，没有白发的老者是令人遗憾的。没有废墟，大地上就会太拥挤；没有废墟，世界就会缺乏深沉的智慧；没有废墟，这个世界就会变得幼稚可笑！只有废墟与废墟层层重叠后的土地，才会开出最娇艳最馨香的花蕾！

　　宇剑坐在城堞之上，以一个哲学家的头脑忘我遐想着，任思绪漫无边际地飘飞，此刻，他与世界与历史与一切都融会贯通到一起，他的内心是那样通透！这一刻，他的心灵已经超越了古往今来，他感觉到了一种从来未有过的内心宁静，在这宁静之中，他心底的流水与这个世界紧密交汇着，彻底融汇成一体！此时，他与这个世界的距离感彻底消失了，他已摸到这个世界自我的脉搏，也听到了历史铿锵而过的足音。任凉风轻拂他的额头撩起他单薄的衣衫，他木然地坐在那里，如一尊青铜的雕像一般！

　　一阵强烈的疲乏和困倦感袭来，宇剑严重地感到头重脚轻，似乎是闭上眼立马就可以睡着了。就在这时，维纳斯那双闪烁着宝石蓝光泽的眼睛，突然含笑地浮现在他的面前，一缕陶醉的微笑从他嘴角上绽开。他坚毅地向飘云帆走过去，他想他应该回去了，此时，维纳斯也许已经回到生物馆，正在那里等待自己呢！飘云帆内的座椅瞬间变成了一张很柔软的床，宇剑躺下后很快就甜甜地睡着了，而飘云帆却封闭起来，向着生物馆方向风驰电掣般飞去。

第十六章　源头创新：双剑互补人类为辅

一

当宇剑的飘云帆在天空飞行的时候，相向而来的另一个飘云帆，在遇它后迅速向它靠近，然后与它并行而进。飞行了一会儿之后，两个飘云帆在空中瞬间合体而为一个较大的飞行体。

宇剑仍旧躺在那张柔软的床上熟睡，而坐在他身边的维纳斯一直深情地凝视着他，脸上流露出幸福与陶醉的欣喜之情！

此时，宇剑仍在深而甜美的睡梦之中。在梦中，他又回到了茫茫太空，他身体无凭无依，在银辉点点的黑色太空中空灵地飘浮着，不知将飘向何处。忽然，他感到有一股微弱的力在引导他，他顺着那股力飘浮而去，那力变得越来越大，他飘浮的速度也越来越快，最后，他被牵引到一处大海的上空，不知怎么又突然跌落进冰凉的海水里。他在黢黑无比的大海里漂浮着，他感到有一团光亮从大海深处向上照耀着，那光亮渐渐变成一个红点，变成日出，变成一轮正欲摆脱海水喷薄而出的朝日！天空中的云霞越烧越艳，犹如融化的金箔一般沸腾！此时，他内心涌出了一股无法言喻的欢愉之情，他极为陶醉地注视着天上的霞光，身体内有一股火在向外喷涌。天空中一朵满含灵气的霞片，如一位仙女拖着长长裙裾冉冉向他飘来，到了他跟前，宇剑突然发现那仙女竟是维纳斯，正用她宝石蓝迷人的眸子深情地凝望着他，他顿时喜出望外。

"宇剑，你怎么在这里？我已经寻找你很久很久了！"维纳斯风情万种对他说道。

"我也不知道自己为什么在这里！"宇剑凝望着维纳斯，心中的火似乎在呼呼燃烧。

"到飘云帆上来吧！"维纳斯伸手拉住宇剑的手。

"让我自己来！"宇剑蹬着云朵用力一拉，便很轻盈地跃到那片霞光之上。就在宇剑跃上飘云帆的一刹那，他忽然发觉自己是赤身裸体，他顿时羞得满脸通红。

"太青春太健美了！"

维纳斯惊喜地喊道，她望着宇剑身上一条条隆起的肌肉，在霞光映照之下犹如赤金铸就的一般。她用手擦拭着宇剑胸前和脊背上的水珠，欣赏着他一块块凸起的肌肉，眼眸中闪烁着圣洁的光芒，毫无一点拘谨和羞涩。宇剑抬头望着维纳斯，心顿时宁静下来。

"给你，快点穿上！"

维纳斯取过一叠衣服递给宇剑说道，她转身又跳回到空中那霞光深处，在众多云霞之中，宇剑无法找出哪一朵是维纳斯。

"维纳斯！维纳斯！"

宇剑大声喊道，他猛然从飘云帆中坐了起来，满脸都是沮丧与痛苦的表情！

"宇剑，我在这儿！"

一个熟悉又温柔的声音在宇剑身旁响起，宇剑的心在刹那间又充满电流。他抬头看到维纳斯正坐在他身边凝视着他。

"维纳斯，你什么时候回来的？"

宇剑惊喜地喊道，他猛然紧紧握住维纳斯那双柔软而温暖的手，激动地把它放到唇边。他恍然明白了一切，刚才只不过是做了一个梦而已。他的双眼在维纳斯脸上盘旋着，才离开半天多时间，维纳斯仿佛就消瘦了许多。此时，飘云帆已经飞到生物馆南侧的住房旁边。

"整理选择完那些书籍后，我就开始往回返了！"维纳斯的目光在宇剑的脸上睃巡着，仿佛他们已经分开了很长时间。

"你是在哪里遇到的我？你的飘云帆呢？"宇剑问。

"在长城上空，那时你刚睡着一会儿！我的飘云帆已经与你的合二为一了！"夜间，那两个飘云帆合体时的画面又在宇剑面前的虚空成像重放了一遍。

"不可思议，我竟然一点也没有感觉到！"宇剑看完画面后回头凝视着维纳斯，他的目光有一种穿透灵魂的热度。

"在睡眠中，你怎能感觉得到？宇剑，我不应该陪我的同学们去，我做错了！一路上我都忐忑不安，你来到这个世界上才第二天，我应该留下来陪你才对，那些书籍我指点着同学们帮我选择一下也是可以的！"维纳斯满脸都是懊悔的表情。

"不，这没有什么不好的！我自己单独游览了这一大圈之后，我感觉自己的内心仿佛被重新整理了一次，忽然就觉得自己与这个世界的距离感一下子消失了！"说话时，宇剑的目光一直没有离开维纳斯那双情深意切的眼睛。

"反正，我以后再也不会和你分开了！走，我们去吃早餐，之后，我就陪你游遍这个世界你想去的任何地方！"维纳斯拉起宇剑的手坚定地说道。

"好，那我们就一起游遍这个世界！"宇剑一副喜出望外的样子。

这时，黎明的霞光已出现在天空，在生物馆他们住处的门厅口，他们俩手挽手走下飘云帆，像一对甜蜜的恋人走进门廊那条长长的过道。

二

"宇剑，你最想去看这个世界的哪些景色？"

一个小时后，他们俩走出住所，乘上飘云帆向蓝天高处飞去。

"我还不了解这个世界，听你安排吧！"宇剑思考了一下说道。

"那我们就从深海城堡开始，再游览一番浮城，之后我们就去月球城、火星城，以及太阳系内与太阳系外其他一些太空星城，这样可以吗？"

"一切都听你的！"

"好，现在我们就去地下列车经纬站，从那里乘真空道无限增速列车去大海！"

在高空，飘云帆像离弦之箭一般疾飞着，时间不长他们便来到一个又有许多巨大楼群的城市，楼与楼之间的距离很远，而且这里也有无数个大学堂、青春美颜塑形馆与巨大的体育馆堂场所，这里的人流与人群更密集。这不仅让宇剑想起，昨天他在巴尔喀什湖北岸看到的那个城市。

"昨天，我在巴尔喀什湖北面的那个现代城中，也看到了非常之多的门类齐全的大学堂，资料上介绍说，所有就读于大学堂的人，不论他爱好的专业是文学艺术还是其他科学门类，他们终生都在学堂参与各种理论学习与科学研究，并把所有的科研成果与思维考量提供给宇宙智慧脑系统作为参考之用！我不理解的是：这个世界上，谁才是真正的科学研究者与推动者？"宇剑说完，目光炯炯地盯着维纳斯，等待她的回答。

"当然是两个。第一个：人类。第二个：宇宙智慧脑系统总控的智慧探索创新部！他们都是这个世界科学创新的研究者与推动者。如果非要论出以谁主谁辅，是以宇宙智慧脑系统探索开发为主，以人类的科研参与为辅！"维纳斯回答道。

"愿闻其详！"宇剑依旧有些不理解。

"任何研究都是有目的的，人类与宇宙智慧脑系统所主控的科研创新肯定也是如此！"维纳斯整理了一下思路接着说道，"有了目标与课题，那么，研究的各项数据与内容也就摆在了那里，如此，宇宙智慧脑系统利用它的知识与智慧储备，经过演算与排解之后，不解与不明的问题便就明确地摆在了那里。这样，宇宙智慧脑系统就可集中所有客观力量与智慧解决这些问题！同样，而人类的研究呢，也需要经过宇宙智慧脑系统的这些前期演算与排解，之后才能选择课题进行研究。由于兴趣因素，也由于现在整体的科学现状，人类的研究已经很难再形成体系，只能是在某些点位与环节上进行。加上现在知识科技的庞杂与交错，人类个体很难具有海量的知识储存，那么，他们的判断就难免出现偏差甚至局限，他们的能力根本无法与宇宙智慧脑系统相抗衡，所以人类只能做辅助角色！

"再则，在人类进行某些课题研究时，由于宇宙智慧脑系统强大的信息采集能力，它可以及时采撷到人类思考的灵犀，捷足先登完成所有创举；另一方面，人类的情绪、向往、兴趣取向与目标等等信息，也会被它及时采撷而去，这也就使得宇宙智慧脑系统的审美取向更贴近人类，与人类的集体心灵不时形成灵犀与时尚共振！如此，这个世界真正主体的科学研究者，还是宇宙智慧脑系统，人类依旧是辅助角色！"

宇剑听了频频点头。

"人类之为辅将是永远的，而且这个辅的能力也将越来越弱！但是，人类绝不会因此而停止参与科学研究，因为这是人类社会自己发展最为根本的动力，人类在许多能力方面虽然失去了优势，但人类绝不会自动放弃这赖以成长与存在的根本！失去科学文明的传承，人类便会失去立脚根本，那是极其危险的事情！"维纳斯话语带着哲学家的深刻。

"宇宙智慧脑系统，因为它拥有无限多的实验室，它又操控着无数高智能高性能机器人，对于任何课题，它都是一旦想到便立即做到，许多时候都是一个课题刚刚提出，它的研究就立即到了收尾验证之时，这是任何人类天才团体都无法望其项背的！"

"这种状态出现，应该是在所有人的意料之中！"

宇剑感叹道，他同时又有了一种深深的担忧。但他转念细细一想，这忧又担之何必！虽然为辅，但宇宙智慧脑系统却是人类一手造出，子之超我，何忧之有？再说，这种超越何尝不是人类梦寐以求的事情？从另一个方面说，它再强大也是人类的帮手，它再聪明智慧也是在为人类服务！它只不过是在客体上寄存了人类最高智慧而已！想到这里，宇剑不觉内心释然。

"双剑辉映人类为辅！其实这没有什么可担忧的。宇宙智慧脑系统所做的一切，都不过是对人类世界一个完美补充而已，它所采集的一切信息不都是为了摸透人类大众心理所思所愿吗？因而，我觉得这话应当这样说：双星辉映人类为主！人类毕竟是宇宙智慧脑系统的主人！"

"对，所有一切都是人类文化底蕴所积攒，是人类智慧与科技能力大爆炸后的一种客观大拔高大腾飞而已，取物之长补己之短，人类文明自诞生那一天起，不是一直在做着同样内涵的事情吗？双星辉映人类为辅，也不过是对宇宙智慧脑系统的一句溢美之词而已！"维纳斯非常赞同宇剑这个认知。

"再说，科技只是一个方面，人类文化中最核心的部分其实是感觉，譬如诗与画，譬如爱情与友情，譬如美酒与歌声；科技只提供方便，提供关怀提供捷径！而感觉才是人们灵魂深处最美的星云，而且唯有感觉与品味才能让我们人类化腐朽为神奇！"宇剑侃侃而说，他似乎挖到了心头那块玉，摸到哲理的核心。

"宇剑，你真了不起！我就有这种感觉却一直未能成言，你一句话就捣准问题的核心！"维纳斯目光里充满了钦佩之情，"对，人类群居生活，追求的就是感觉、品格与幸福，是心理上的认同，是情怀的美感！科技永远是一种手段，它是中性的，宇宙智慧脑系统虽智，但它永远体会不到人类的幸福感与陶醉感！"

"对，你这话表达的也是我内心所想！"

他们交谈着，像两股溪水汇聚到一起后彻底地融入，他们俩的心也在水乳一般融合着、交流着……

"宇剑，你以后准备去读什么大学堂，还是航天与太空吗？"

"我想换一个生活方式，现在，最想深入的是文学艺术天地，感受那些浪漫与灵犀，挖掘内心厚积的绵绵诗意！"

"现在这些大学堂，与你们那个时代的大学已经有了本质的不同，这些大学不需要论文不发毕业证书，只有终生学习终生研究终生交流，终身的同学与终身的朋友，追求的是人生况味与生命感悟，是切磋与探讨的乐趣！同一类大学都是混同班，不分年龄不分阶段，在全球与太空都可以即时联通，也可以自由组团自己选学，反正，形式多样组织比较松散！"

"哦，在这类大学堂里学习，肯定是快乐非常！"

"是的，非常快乐非常开心！大学堂也不会设置任何条款限制你的自由，来的可来去的可去，在任何地点任何时段参加学习都可以！但如果我们底子薄听不懂或者不感兴趣，那就是你自己的事了！此时只有两种选择：要么加倍用功，要么选择退群！"

"其实，想一想这样松散休闲的学堂，也是非常有趣的！"

"是的，非常有乐趣！一群人因爱好、志趣相同而聚在一起，谈着感兴趣的话题讲着感兴趣的故事，天天开怀纵谈意犹未尽；这些人还可以一起参加各种集会、活动与旅游，可以说是真的乐而忘返，乐而忘家！哎，宇剑，我们俩也可以成为同学呵！"

"好，我就加入你参与的那些大学堂吧，跟你一起学绘画学书法，读那些我一直渴望阅读的大量文学名著，探讨其中精髓，岂不是人生最快乐最幸福之事！"宇剑想象着那种情景陶醉地说道。

"好的，宇剑同学，那我现在就邀请你加入！"维纳斯说话时向宇剑伸出手，宇剑立即紧紧握住她的手，两个人对望着开怀大笑起来，满眼都是幸福与陶醉。

第十七章　地下无限加速真空道列车

　　这座城市的中心部分，有一处较高的巨大建筑物，在数片圆圆的巨大平面荷叶上面，簇拥着一朵巨大的盛开的莲花。在荷叶下面是进入地下的通道。此时，正有许多飘云帆从那里飞出飞进。

　　"这就是地下列车经纬站入口！"

　　维纳斯指着那个建筑物对宇剑说道。飘云帆很快就飞到了那里，宇剑看到那片荷叶莲花顶直径差不多有一百多米，离地面大约有三四十米高，由一圈几十个高高巨型圆柱托举着。进入荷叶下面，是南北两个通向地下的斜斜巨大通道，里面亮如白昼一般。他们的飘云帆进入了南面那个通道。向下飞行了七八十米后，一个东西向延伸的空旷通道出现在他们面前：高有二三十米，宽有四五十米。通道中间卧着一条直径约为五米的半圆形管道，把地面分为南北两半。飘云帆沿着通道向东飘移去，在飘行了一百多米后，一个无比巨大的地下城出现在他们面前：到处都亮如白昼，远处有高塔高楼，许多巨大而低矮的方块房子，网状的交通路线，还有盘旋交错的立交桥。而在近前的广阔平台上，则停满了颜色玄幻的直径三四米、长短五六米到十几米二十几米不等的各色子弹头状圆柱体，它们都倒伏在地面上浅浅的凹槽里，而那些凹槽连接着通道中间的半圆体密封通道。

"这就是真空道列车！"维纳斯指着那些圆柱体说。

宇剑点了点头，却望着远处的地下城问道：

"这座地下城内好像都是一些地下工厂！"

"对，这都是地下工厂，五六百年前就有了；这些工厂现在依然在运转着，生产水平与生产工艺一直在不断提高，不论是精细化与大型化生产，这些地下工厂都在支撑着这个世界的需求运转！在所有地下经纬站附近，都有这类大型化智能化工厂，这样，从原料到成品，更易向于全球各个地区运输！"

"在地面或其他地方，是不是也有这类工厂？"

"当然，这些工厂无所不在，在地面上、月球上、火星上、小行星带与太阳系其他行星的卫星上，到处都有这种高智能自动化工厂，从原料开采到成品生产，这一切一切的生产加起来，才能支撑人类世界这个庞大无垠体系的有效运转！"

"那所有这一切，都是在宇宙智慧脑系统的联通调度下完成的，对吧？"

"当然是这样！"

宇剑感叹着眺望着远处与近前的一切，他想象着这个世界是如何一步步发展到当今这个样子的。

"我们就乘这列列车吧！"

"好的！"

维纳斯指着他们面前一列较短的真空道列车说道。他们俩刚走近列车，列车就蓦然打开一道椭圆形门，并同时伸出一道舷梯。他们踏着舷梯进入列车内部后，宇剑看到车内很宽敞，前半部有两排沙发一样的座椅，后半部则是一个小套间，里面有一张床与两个座椅。车厢两侧是长约三米的舷窗，可以一览无遗地看到外面的景色。

"为什么在外面我们看不到列车两侧舷窗的存在？"宇剑好奇地问。

"这不是舷窗，它们是视觉转换系统！如果列车上没有舷窗，人们坐在里面就会倍感压抑与滞闷，因此，才在列车上设置了这种视觉转换系统，可以让人一览无遗地看到外面的世界！"

宇剑点了点头，他们在最前面的沙发上坐了下来。车门关闭后，列车便轻盈滑动起来，驶入通道中间的圆形封闭轨道之中。宇剑通过视觉转换系统看到，在列车进入封闭轨道后，前面打开的轨道阀门，在列车驶过后立即关闭了；在列车接连通过五六道封闭的轨道阀门后，列车的速度便迅速提升起来！宇剑感到身后有一股强大的力在向前推自己，不知何时，他身上的安全带也已牢牢系好！

"列车已经进入真空加速行驶状态！"维纳斯说道。

"最高时速可达多少？"宇剑有点好奇地问。

"如果真空管道中只有一列列车，只要不怕耗能，让它一直无限加速下去，理论上是可接近光速的，但现实中是不可以这样做的，最高时速只是理论中极微小一部分，在测试运行时，最高时速可达一千多万公里！"

"这个速度对我来说已经是不可想象了！那常规运行速度是多少呢？"

"在运行中，一般是低于四十万公里每小时！"

"如果是在太空，这个速度可以一小时之内从地球到达月球！"宇剑微微点头，"人类为什么要把这些隧道通到海洋中去呢？这个工程量实在是太浩大了！"他对这种做法无法理解。

"其实，陆地与海洋中的这些隧道都是历史累积的产物！"维纳斯望着宇剑那双略有所思的眼睛说道，"公元22世纪，是人类大举开发海底矿藏的时代，因为海底蕴藏的资源比陆地上更多更丰富，特别是陆地上短缺的一些稀有资源。但是，海底资源开发比太空资源开发难度还要大，巨大的海水压强是人类开发海底资源所必须面对与克服的难题，特别是在五千米以下的深海之底。

例如，人类最早大规模开发的海底资源是石油与可燃冰。可燃冰——甲烷水化合物，是一种燃烧后几乎不产生任何废弃物的白色冰状化合物，它的储藏量是石油和煤炭总和的两倍多，在公元22世纪开始之后，它与核聚变核能（重水与氦-3发生作用而产生，氦-3在月球与其他行星上含量有无限之多，可以说是取之不尽用之不竭。重水与氦-3聚变不产生中子，只产生无害的惰性气体氦-4）共同支撑起了这个世界对能源的无限需求！"

"可燃冰的开采我是知道的，是中国首先在南海大规模开发利用的，这个时间是在21世纪中叶左右！"

"对，关于可燃冰，确实是这个时间点！当时，人类为了开发运输各种海底资源，更为了人类的海底探险与旅游，人类才把大海与陆地上的隧道连接起来，这就形成了那个时代的巨大奇观：整个地球被纵横交错的巨大隧道网连接成了一个四通八达的整体交通网！"

这时，视觉转换系统展示的是陆地上的山峦大地景色，仿佛是他们驾驶着敞篷汽车在陆地上奔驰一般。在前面车体上出现了一张大屏幕，屏幕上展示着一张网状地图，在地图线路上有一个红点在不停移动。

"你看，这个小红点就是现在列车的位置，现在已抵达朝鲜半岛！"维纳斯指着屏幕上的小红点说道。

"奇迹，短短几分钟就到了朝鲜半岛！"宇剑感到不可思议，"如果可以无限加速，列车轨道口再指向蓝天，以它这样最快的速度，我们不是可以直接乘这辆真空道列车，飞行到太空中去了吗？"

"当然是可以的！不过，现在有更简单的办法直接送我们进入太空！就是像发射电磁炮一样，采用持续巨磁力飞船发射，在深坑或管道深处，把太空飞船直接发射到太空中去！那个加速力比这种真空道列车要强大很多倍，一艘接着一艘，可以随时把许多飞船高速发射到太空飞行！"

"无论多么伟大的梦想，时间总能把它们一点点变成现实！"宇剑激动地感慨道。

这时，视觉转换系统又切换成了太空世界画面：一颗行星在屏幕上一闪就消失了，另一个深空镜头向前滑来。一些怪异的镜头图像，一些没有生命的小行星。镜头在虚空中追逐着，在七八次跳荡之后，屏幕终于追上了一片白亮且虚蒙蒙的闪动小亮点，它们渐渐地变大，如蝴蝶般在飞，一个个蓬松如鸟巢状。这些鸟巢大约有三十几个，它们之间并不是紧密相连。

此刻，宇剑忽然听到一个优雅的女中音播音道：

"据宇宙深空监测网发现，从距离地球三千五百光年之远的一颗类似于地球的行星上，在三千四百九十九年之前，向地球以光的速度发射过来三十二个鸟巢状的精神自我窝旋体，现在，距地球还有不到一年的飞行穿越时间。在发现之后，宇宙智慧脑系统就对这些窝旋体进行了研究推测，发现这些鸟巢窝旋体与人类的智慧自我极其类同，其发射初始之目的，就是要与地球上的人类形成智慧结合体，以助我们人类向更高层级的智慧开悟！因为他们在认知我们地球人类生命时，我们地球人类才刚刚进入开化之初的原始社会阶段，他们根本没有想到，我们会在七千年的时间内发展到今天之超高水准。为了完成他们的初愿，我们准备在月球上的金正生物馆，为其育化相应数量的男女生物人偶，以备与这些鸟巢状窝旋体灵魂相和合。这是一件极为鼓舞人心的宇宙人类智慧相汇合的大事件，在今天，我们人类的科学能力已到达极限与无法突破之时刻，他们的到来，可能会给我们的科学研究注入极大活力，或者，还能让我们人类脑洞大开再度腾飞！"

"下面，我们再报道一则来自月球站的最新消息。"那位动听的女中音又播音道。屏幕图影依旧是渺渺无尽的太空，镜头在宇宙深处游荡着，群星如同流星一样闪出镜头之外。屏幕上渐渐出现了一个小亮点，那小亮点刹那间就变成了一艘圆盘形巨大的宇宙飞船，飞船在缓缓地自我旋转着。但一转眼飞船也不见了，一颗蓝色的星球又出现在屏幕之上，镜头很快就落到了它的表面上。这是一个和地球极相似的星球，那里也有陆地、高山和海洋，在陆地和群山之间到处是茂密的原始森林，有的高山顶着皑皑白雪形成的巨大冰冠。

"现在，人类在二百年前发射的 TFO 号宇宙飞船，已抵达距地球三十光年处的 JK 号行星，他们在三四天后就要登陆 JK 号行星了。这是人类二百年前的奋斗即将迎来的辉煌成果。在这艘飞船上刚刚解眠的四个人偶，他们的脑体组织，已与刚刚追达他们的精神自我相结合！此刻，也就是在我们播放这则新闻之时，他们的生命力与智慧力，已经得到了全面恢复！在飞船发射五十年之后发射的星球智能开发系统与机器王者拓荒系统，早已在十年前到了 JK 星球，已经在 JK 星球上开发出了千里疆土。估计再过十年，后续抵达的飞船生物育化系统，可以在 JK 星球上建成一个 B 级的生物育化馆。现在，从地球上二十年前发出的五十个的合成精神自我，十年后恰好抵达 JK。如此，JK 行星便成了人类在太阳系之外的另一个根据地，地球人也将很快在 JK 星球上繁衍出我们地球人第一代 JK 行星系子孙！"

"JK 号行星上有生命存在？"宇剑激动地问。

"没有，那里的生命还处在低级的状态，才开始出现动物、鸟类和鱼类，没有特殊的情况，那里是很难出现高级智慧生命的！"维纳斯回答道。

"那些鸟巢状精神自我之灵魂体，在宇宙间穿越几十年或者上千年后，在各种宇宙射线强烈的轰击下，会不会出现残损与减弱现象？再聚合进人脑时出现弱智怎么办？"宇剑担心地问。

"一般情况下当然会受到严重损伤，但这些灵魂精神体在发射前已经进行了信息聚合超强化处理，在长途飞行中虽然还会受到各种损伤，但至少保证了它们在抵达 JK 星球时，仍能够强于它原来水平，所以，它们的智慧力是不会受到任何影响的！"

"太不可思议了！这种方式极大地方便了人类在宇宙间各个遥远星球之间的穿梭，而不受身体形骸的拖累！"宇剑拍手赞叹道。

这时，列车中忽然响起了一种美妙的轻音乐，宇剑感到安全带在猛力地向后扯他，他知道列车开始减速。通过视觉转换系统，他看到眼前的海底隧道是如此地狭窄，仅能容下两排并列的列车轨池，两侧的人行道也剩下了只有两米左右宽度。列车拐入一条弯道，从一个入口进入了一个半球形停车场，宇剑看到半球形停车场直径不会大于一百米，上下多层，停泊的列车加起来也不会超过二百列。列车停稳后，身上的安全带也自动摘去，他们走出真空道列车。

第十八章　海底奇行

一

"我们去下面一层乘船！"

下车后，维纳斯与宇剑返回到停车场入口处，右边靠墙处是一排透明的电梯室，他们进入其中一个电梯室向下降去。电梯刚降过地板层，宇剑就看到下面又出现了一个半球形世界，他立即被这里的场面震撼住了！

宇剑看到：在下边这个半球体中心部分是一个直径四十米左右的圆形水池，在水池边停了一圈各色憨态可掬大小不一的水下封闭式小型游艇。在水池周边是一圈宽度二十米左右的岸滩，也零散地停满了各式游艇。中心水池在明亮光线的照耀下，散发着蓝莹莹的光芒，圆圆的如同一只巨大的美人眸子。宇剑恍然明白，上面的半球形停车场与下面的这个入海口，其实是一个完整的巨大球体。

"这是入海厅！"他们走出电梯来到环形岸上时，维纳斯指着大厅对宇剑说道。

"这里距海平面有多深？"宇剑好奇地问。

"距海平面 999.9 米深！"一个女中音在空中说道。

"999.9 米深，这么大一个停车场，不可思议！我们现在几乎是在一艘深海潜艇里了！"宇剑一边感叹，一边目光搜寻着那个声音的来源，但他瞬间就明白过来那不过是播音员在播音而已。

"区区小事而已！到了万米之下你就会知道，那些深海城堡要比这个停车场，不知要大多少倍呢！"

"深海城堡？万米之下？人们要在那么深的海底建这些城堡干什么用？"宇剑一时无法理解。

"其实，这些海底城堡，一开始都是一些开发海底资源的自动化工厂，它们都是一些海底可移动的庞然大物，它们一边开发海洋资源，一边修复好被破坏的海洋地貌，特别是那些海底植被修复起来非常困难！后来，经过了人类几百年的科技积累，所有技术也逐渐完美起来。再后来，随着人类停止对海底资源的开发，这些海底工厂也逐渐被人们改造成了海底游览与居住的城堡！"

"这世界上有多少海底城堡？"

"大大小小，也有十几万座之多吧！"

"这么多！"

宇剑又一次被深深震撼了！往事越千年，在挥手之间，在他睁眼与闭眼之间，这个世界已经走过了那么远的路，干了那么多他们那个时代想也不敢想的伟业；而那些伟业，在闭眼与睁眼之间也早已成了过眼烟云，他的心能不被深深震慑吗？此刻，他跟在维纳斯身后向前走着。

"宇剑，我们就乘坐这个大白鲨吧！"

"好的！"

宇剑一下子又回到现实中来，他看到一条巨大而肥胖的一段银色鱼腹体立在他们面前，高约二米，长四五米，宽二米左右。在他惊愕之时，在鱼腹中部蓦然打开一个宽大的扁圆通道。他跟随着维纳斯踏着台阶进入大白鲨内部。嚯，想不到这大白鲨内部既宽阔又舒适，简直就是一个小客厅：既有桌子椅子，又有沙发与睡床。整个鱼体都是澄明透亮，外面一切尽在眼底。也许，这与真空道列车上视觉转换一样，不过是一种视觉转换系统而已！他俩刚坐下，白鲨就向中心那片蔚蓝色的水域划过去。

白鲨进入海池后缓缓向下沉去，宇剑看到水下有一道旋叶阀门缓缓地打开，白鲨立即向下穿过，随后那道阀门立即旋闭起来，上面的光线随之被切断，他们一下子陷入黑暗之中，咫尺之外什么也看不到！顷刻之后，一股光亮瞬间照亮了一切，外面的世界又重回眼底了。

"这是大白鲨发出的光亮？"

"对，这些海底交通游览器具都有很强的发光能力，能够照亮周遭很大一片海域，可以一览无余地看到很大一片海底壮美风光！"

白鲨如是反复穿越了五道阀门之后，才彻底进入大海之中。他们左右前后的视野一下子变得广阔起来，海底所有一切都明晃晃地呈现在他们面前。白鲨在向前移动着，他们进入了一片深海山谷，两侧是壁立陡峭的山峰，山石突凸奇形怪状，海草茂盛，鱼群五光十色，过了好大一会儿，他们才从山谷中游出。

"在深海，我们如何按照旅游线路图游览并定位自己的位置呢？"宇剑问道。

"现在，这个世界早已是中微子通信时代，所有游艇都是通过中微子信息传导与宇宙信息智慧脑系统紧紧连通在一起的。无论海洋多深距离多远，还是隔着千万座大山与几百颗星球，中微子通信指令在任何时候任何情况下，都是畅通无阻直线抵达，我们这游艇在万米深海更是区区小事啦！"维纳斯自信满满地说道。

"中微子通信我是知道一些，但在我们那个时代还有许多难点问题尚未攻克，中微子指令通信，只是在个别重点领域得到了应用！"宇剑非常明白中微子通信能力的强大。

这时，在白鲨前面的虚拟屏幕突然闪出一大片网状的旅游线路图，并有一个小亮点在线路之上移动着。

"你看前面屏幕，这就是整个太平洋海底景点分布与路线图，这个移动的小亮点，就是我们现在所处的位置！现在，人们对任何一片海域里的一切，都能做到无所不知与预知，如水纹、海流、鱼群、地下矿藏、海域地貌与所有海情等。说得再准确一点，如果给每一种海洋动物都起一个名字，那么，它们每时每刻所处的位置，我们的宇宙智慧脑系统对它们都能了如指掌，海洋里任何一个微小变化都不会逃过它的眼睛！"

"就现在这个世界的科技水平，这一点我很认同！如果有一万五千米的深海，这些游艇可以承受海水如此巨大的压力？"

"没问题的，这些游艇可承受五万米深度以下的海水压强，它们在地球上任何一个海域海底游览，其安全都能得到可靠保障！因为地球最深的海沟，也不过一万五千米左右深度！"

"这些海底游艇，如果万一在海底发生能量短缺怎么办？"

"这些游艇的能量储存量一般都很强大，如果需要它还可以即行即补，这个补能与充能都是在宇宙智慧脑系统控制与监测中完成的。如果在深海发生了某种极为危急状态，这些游览器可以把海水巨大的压强力转化成一定的能量储备，以争取时间等待救援！还有，就是在这深海之底，还有许多储能站以备充能之用，所以，关于游艇充能问题，我们这些旅行者从来不予考虑，只管开心游览就好！"

宇剑点点头，他看到前面大屏幕上出现一片又一片的海底地貌图，到处是纵横沟壑和低矮山峰，一会儿，大屏幕又切换成了旅游线路图，在密密麻麻的路线图上出现许许多多闪光的小亮点。

"你看游览图上这些小亮点，它们都是海底风景区：这里有巍峨的山峰，宽阔而壮丽的海沟，海底淡水喷泉，火山，沉船区，海底城堡与各种海底植物圈、奇石林、珊瑚群等等。总之，在大海中是无奇不有，你若不亲自到海底世界来游览一番，纵然你有天才的想象力，也无法想象出海底世界的壮美！"

"在大海底，有没有发现什么巨大海怪？"宇剑忽然想起了人们关于海怪的种种传说。

"哪有什么海怪？也许是人们少见多怪吧。人们在深海中只是发现了一些从前没有见到的鱼类而已，有大有小，它们一般都生活在特定深度固定海域之内！"维纳斯微笑着答道。

"那海底智慧动物呢？"

"这个就更没有了！环境决定进化，环境铸就一切，在深海中存在高等智慧这个假想，是非常荒谬的，除非是外来的！因为，它们所有发展进化前景都被困死，深海之底根本不具备进化的先天条件！"

此刻，白鲨已下沉到海底，沿着崎岖不平的海床前行着，这里海床光秃，只有很少一些奇异的海草，还有许多五颜六色的小鱼和晶莹透亮的闪光体或者什么水母体，那光景美丽异常。白鲨快速前进着，它在黑暗而沉寂的海底中撕出一大片光亮的区域，让这个沉寂了几十亿年的神秘世界裸露在他们眼前，但在他们经过之后，黑暗又迅速地闭合起来，仿佛隐藏着什么重大机密一般！他们遇到了好几座如小山一样巨大的残骸，那都是一些不知道什么年代的沉船，覆盖着厚厚的海泥植被，你根本无法看到它的真颜！

宇剑看了一眼前面的仪表，发现水深竟然是 9988 米，他感到非常地惊骇，对于他那个时代来说，这深度简直是个天文数字，普通游客是根本无法看到这么深的海底景色！

"你经常来海底游览？"

"也算是吧，许多地方我都不止游览过一次，在各个季节都来过。而且有一次，我和文学院与绘画院的同学们一起，用了近两个月时间，沿着绵延于大西洋、太平洋、印度洋和北冰洋的近五万公里长的海底山脉及其周遭景点区域，周游了一遭！如果这条巨大的山脉能够突兀到陆地来，你想象不出它是何等壮美，它的壮丽与奇景，会压倒地球上的所有山峰！但令人遗憾的是，你永远无法看到它的全貌，只能一部分一部分地去抚摸去欣赏它，无法体验到它整体的壁立千仞处的惊险与神奇！"

"我也听说过这道山脉，如果以后有时间，我也想去游览一番！"宇剑一脸艳羡的表情。

"我知道你酷爱名川大山，但为了航天事业，你所有业余时间都用在开拓号飞船仪器使用培训与操作演练上去了！现在，在你想去的时候，我陪你再重游一次，那时，我就会相当于半个导游！"维纳斯欢快地说道。

"你看，那些金鱼！"

宇剑喊道，他看到一大片金鱼银鱼红鱼，从前面铺天盖地地游了过来，大有一种围攻他们的气势！这些金鱼个头是如此之大，一条条长约四五米，腹径二三米之宽，眼睛像小喇叭一样大大地凸着，样子既可爱又有点狰狞！宇剑望着它们满脸骇然。

"它们是一群小学生，正在海底参观游学呢！"

看到宇剑骇然之样态，维纳斯不觉开心地笑起来。

"噢，和我们的白鲨一样？哦，我明白了！"

宇剑不觉也开心地笑起来。他看到金鱼群与他们的白鲨擦身而过，向他们来的方向铺天盖地地飞快游去。这个金鱼群队伍非常之庞大，大约有上百个之多。在金鱼群之后还尾随着一个巨大的千吨级潜艇大小般的怪物，它两侧的十几个舷窗发出几十道圆柱光亮，把整个海底照得如同白昼一般。

"后面这个潜艇，是不是保护这些孩子们的？"

"也算是吧，不过这是他们的海底教室！"

"海底教室？"

"是的，老师们或者虚拟老师们，就是在这个教室里为这些孩子们授课，而孩子们，可以在教室里也可以在金鱼艇内听课！一边游览一边学习大海与鱼类的知识，这极大地提高了孩子们的学习兴趣，也成倍提高了他们的学习质量！"

"如果在陆地上面，这些孩子会乘着飘云帆漫天遍野地飞舞，从一个地方到另一个地方？"宇剑又想起了在草原上看到的那些五颜六色的飘云帆和天真烂漫的孩童。

"是的，你见到过他们？"

"对，在草原上和现代城中，我都遇到过他们！"

"现在小学生们都是漫天飞舞的，他们极少停留在一个地方。他们时而在山中，时而又在大海里，从绿色大草原到皑皑白雪覆盖的南北极，还有无尽太空，对他们来说，这是一个没有禁区的世界，只有知识的汪洋大海！这种学习方式既生动明了又鲜活可爱，能够让小学生们在学习中让知识快速扎根！"

白鲨飞速地向前飞驰着，在前面遥远的海水深处，一团光亮越来越近，很快他们就靠近了那片光亮区，一个个巨大的圆球与一幢幢巍峨的圆形高塔，渐渐地从光亮的水花中浮现了出来，那样的美丽，极像是童话世界里的感觉。宇剑看到那些建筑物并不是太密集，很分散地分布在广阔的海底平面上。白鲨临近这些建筑物时，才感到它们是那样雄伟与高大！这些建筑物极有特色，它们都是一些圆球状、圆柱状、圆锥状等形体组成的一些复合体。这些建筑物的高和直径都几十米与百米左右，气势雄伟壮观！宇剑还发现这些建筑物的出入口都有一个共同特点：像大象鼻子一样，伸出长长的圆筒。

这时，又有一大群像他们一样的银鲨与一个潜艇教室出现在一个巨大城堡之下，银鲨们正在排队进入一个由五个圆球体拼成的梅花状城堡之内。

"人们在这样的城堡内生活，会不会感到很压抑？"

宇剑注目着那个城堡与银鲨们好大一会儿后说道。他看到这些城堡都是全封闭的，人们居住在里面无法看到外面的景色，更没有可以自由流动的风，里面肯定会像铁罐一样寂寞。

"里面都是全景式的视觉转换系统，就像真空道列车和我们现在的大白鲨一样，你在里面可以一览无余地欣赏到外面世界的全部景色，如同没有墙壁一般！当然，你也可以把视觉转换系统变成一个个小窗口，有的人就喜欢那样，觉得有安全感！住在这样的城堡里，你也可以随便出来散步与漂游，因为现在的潜水服设计极为先进，不仅可以抵挡住两三万米深海的强大压强，还可以让人类的所有关节处自由随意活动，你绝对不会感到你的行动受到任何制约。同时，它还可变成海底轻便交通工具，可任你在大海中随心所欲地穿行！"维纳斯说道。

"望着这些城堡，我内心总有一点压抑感！"

"不会的，进去感受一下后，你就一切都知道了！这里的一切也都是与时俱进，许多最先进的科学技术，也都被引进到这些城堡的改造之中。哦，我们就去那个城堡看一看吧！"

维纳斯指着前方不远处一个巨大的城堡说。那是一个非常壮观的城堡，一个高大的圆柱体高擎着一个硕大圆球体，在圆柱体的底部四周，又有五个巨大的圆球体呈梅花状深钳在一起。在其中一个圆球体外，伸出一个长长管道：它的入口。

二

大白鲨来到那个长长的入口处，第一道阀门立即旋开，白鲨进入后便立旋闭起来，如是过了五道阀门之后，他们已进入了一片广阔的水域，明亮的光线从上面垂射下来。白鲨快速升到水面之上，宇剑看到他们是在一片圆圆的水域之中，远处周边的岸上是一圈挺拔的椰树及其他海洋类树木，向上看是蓝天白云。如果不是刚刚从管道里进来，宇剑还怀疑他们已经来到陆地之上。在椰林之下的沙滩上，插着数顶红色遮阳伞，在遮阳伞之下铺着白色的卧垫，旁边还有水晶茶桌，桌上摆着香槟酒与其他饮料，看到这久别久违的一切，宇剑心头立时溢出一股足足的醉意与诗意！这样的景色，他很久很久没有见到了！

银鲨停靠在沙滩边的登岸台之下，宇剑与维纳斯走出白鲨登上登岸台。清凉的风与暖融融的阳光立即向他们扑来，宇剑在海底航行时的那股压抑感与紧张感，也一下子全部消散了！他放眼四望，沙滩与椰林的背后是高远的蓝天与起伏的山峦，哪里还能找到城堡高耸的四壁！

"想不到里面的风光会如此壮美！"宇剑欣赏着周围景色，不觉赞叹道。

"小小世界，有无限之外延！这就是人们对海底城堡的描述！"

"这里，平时有人居住吗？"

"有，一年四季这里都会有人居住，都是来这里体验海底生活感受的，但人流时多时少，总是不太稳定！"

"从前神话中的那些龙宫，也不会有如此风光吧！"

"对，那些想象中的龙王，哪里会有这么大的本事？"维纳斯说完不觉开心地大笑起来。

"走，我们再去其他空间看一看！"

维纳斯拉起宇剑的手向前走去，他们绕过沙滩穿过椰林，经过一片宽阔的绿草地之后，便来到了另一个空间区。这里有一排排挺拔的桦树林，有一个足球场与排球场地，其他地方则小桥流水、环廊衔接、海石嶙峋、曲径通幽；在接下的空间里依次层峦叠嶂、戈壁糙石、温泉浅浴、书榭脆藕、墨香庭院……加上视觉系统的风光延伸之美，这里面景色之丰富，令宇剑叹为观止。

最后，他们俩来到高耸的圆柱体之内，视觉转换系统也暂时切断了一会儿。这圆柱体的直径至少有三百米，他们俩站立在大厅之内，显得是如此渺小！在大厅中央，是一处巨大的温泉群，喷珠扬玉声与弥漫的水汽，让人感觉如身处仙境一般。突然，圆柱体四周的墙壁不存在了，四壁高高耸立的海水泛着浪花，向他们直压下来，他们好像兀自站立在海底之中！宇剑着实吓了一跳，但很快就明白过来，这不过是视觉系统又一次转换而已。宇剑正在感受海水那迫人气绝的压力之时，大海景色突然间全部消失，他突然站到兀立的群山之巅，他和维纳斯手挽手孤立地站在绝顶之上，下临万丈深渊，头顶无限星辉。宇剑立时感到一阵强烈的晕旋与颤栗，他胆气发寒呼吸紧促，似乎有风从他身边吹来！他与维纳斯的手挽得更紧了，而且沁出一层细细的汗珠！

"宇剑！"维纳斯似乎感觉出了宇剑状态的变化。

"维纳斯！"宇剑握着维纳斯的手又加了一分力气。

忽然风停了，大地稳固了，孤峰与星辉也瞬间变回成大厅四壁，温泉群的喷涌声又传到了宇剑的耳朵里。宇剑打了一个寒颤后，又瞬间回到现实中来。

回味着刚才起伏跌宕之变化，宇剑再一次被人类的伟大创举震慑了！激情的潮水把他整个人淹没，令他连感叹的话语也没有了。是的，在这样的城堡之内生活，人们怎么会有压抑之感存在呢？对，这里本来就是美好的休闲去处，人们都是来这里散心与消遣的，否则，还有谁会来这里？对，只有当全宇宙景象，能在这里被招之即来挥之即去，在这里把整个宇宙与地球景色无限地延伸与联通起来，那么，即便在这万米以下的海洋之底，在你的心底怎能会产生任何隔绝感呢？

"最上面是什么场所？"宇剑指着圆柱体上方的球体问道。

"是住宿、科技体验馆、美体养颜馆，与各种娱乐活动场所。走，我们上去参观一下！"维纳斯答道。

"好吧！"

半个小时后，维纳斯和宇剑乘着他们的白鲨，从城堡入口飞驰而出。

"现在已经是下午五点多了，我们该到海面上去了！"

维纳斯的话音刚落，宇剑就看到深度仪表上的数字在飞速减少着，白鲨以四十五度的仰角向上冲去。下面城堡的光亮被迅速地淹没着，渐渐便成了一个模糊亮点。而头顶上的光亮却快速逼来，宇剑仿佛感受到了那光亮穿透白鲨的力度，他感到心头上有一股澎湃热力在升腾，那股热力正在穿越他身体的所有血脉！

第十九章　海面览景

　　白鲨冲出海面之时，阳光立即拥抱起它！

　　随着它跌回海面的那一声嘭啪巨响，宇剑立时感觉如同抖落一身冰枷般轻松！也许由于离开陆地太久，也许因为已不见大海风光 N 年，在白鲨冲上水面的那一刻，宇剑立刻感到自己的心飞翔了起来，他是如此地喜悦，心比溅向空中的浪花还开心。

　　大白鲨两侧的十个舷窗已全部打开，海风吹打着宇剑的脸庞，他嗅到了海风那浓浓的腥咸之味，他所有肺胞都鼓胀起来承接海风那无法言喻的淋漓之美！

　　"如果白鲨是一艘快艇就好了！"宇剑不无遗憾地说道。

　　"你看，它不是一艘快艇吗？"

　　维纳斯话音未落，白鲨便哗然一声变成了一艘飞驰的快艇，依然无限速地飞行着。海风猛力扫来，差一点把宇剑从座位上掀下来，他的衣服哗哗直响打得他皮肤生疼。空气从他的鼻翼旁滑过，他无法把它们吸入鼻孔，他有一种透不过气来的压迫感！维纳斯也屏住呼吸紧盯前方，双手紧握座椅努力把持着自己的稳定，她长发飞扬衣服飘起，比一团燃烧的焰火还要美丽！

　　突然，快艇猛力来了个九十度急转弯，宇剑被一股强大的力掀向空中，飞溅的水花把他全身笼罩起来；他刚落回到座位之上尚未坐稳，快艇又突然来了个九十度反向急转弯，重新返回它原来的航道上。

"感觉如何？"维纳斯擦着脸上的海水问宇剑。

"神经几乎要绷断了！"宇剑说道，他犹如能听到怦怦心跳之声。

"同飘云帆一样，绝对是有惊无险的！"

维纳斯开心大笑着，此刻宇剑又想起了秦雪前天驾驶飘云帆的惊险场面。

快艇极速向南飞进着，大海被拦腰划出一道美丽切痕！不知何时，酡色的霞光已挂到天边，夕阳妩媚地凝视着海水里的自己，成片的海鸟在霞光满天飞动。宇剑凝视着夕阳，欣赏着这幅对折在海天之际的画面，天与海，是如此和谐地融合在一起，那美那神韵，彼此在一个节拍下融汇着，我与你、你与我，再难分彼此！

"真美！"宇剑轻轻感叹着。

"上与下，天与海，动感无比的画面！"维纳斯如同呓语般轻声说道，她同时握住宇剑的手。

"落日、霞光、海鸟，我们俩是这幅画面里最美的一句诗！"宇剑也用力握紧了维纳斯的手。

"天空贴着大海，两幅正在亲吻的图画……"

维纳斯说了半句就停住了，她把头轻轻依偎到宇剑的肩膀之上。

"对，多像正在热恋中发光发热的面孔！"

宇剑的声音几乎听不到，他感到维纳斯轻轻颤栗了一下。

"对，处处是沸腾的火光！宇剑哥，我还想这样叫你！"维纳斯喃喃地说。

宇剑用力拥住了她的肩膀，他的眼睛此刻突然湿润了起来，两颗不知什么滋味的泪水滚落了下来。

"叫吧，维纳斯！"

"宇剑哥！"

"维纳斯！"

维纳斯反身紧紧拥抱起宇剑，天地在那一刻晕旋起来……

"鲨鱼！"

宇剑突然骇然喊道，在他右前方的海域中，他突然看到有几十条巨大的鲨鱼从海面上腾空跃起，刹那又落入海水之中，溅起几十道冲天水柱。

"这是一片传统的鲨鱼养殖区！"维纳斯说道。

"鲨鱼养殖区？人们为什么要养殖鲨鱼？"

宇剑颇感惊奇，他不知道现在人类养殖鲨鱼还有何种现实意义？如果在他那个时代，这是完全可以理解的。鲨鱼不仅有很大的工业价值和营养价值，而且由于它还有许多特异之处，比如，它的视力比人强七倍，能够感觉到埋在沙子中的比目鱼的心跳，它对各类癌症和传染病也有极强的抵抗力，所以，它还有很大的生物和科学意义。但现在这一切似乎一点也不重要了。

"因为鲨鱼曾经是一个濒临灭绝的物种，为了维持生物链和海洋生物的平衡，人类才开始大量养殖鲨鱼。但现在它的工业价值和食用价值的意义已经不存在了，因为鲨鱼身上所有的生物价值与营养价值，万能配餐厅都能比它更好更快地制造出来，并且能比鲨鱼本身的品质高出很多倍，一切都是鲨鱼本身所望尘莫及的！"维纳斯含情脉脉地望着宇剑说道。

"可海洋不是湖泊，人类如何能把鲨鱼限定在一个固定的区域之内呢？"

"在从前，这的确是一个让人伤透脑筋的问题，人们曾经计划建造海底电网围起一片广阔的水域，把鲨鱼控制在一定的区域之内，但可行性都不高！之后，人们使用过声呐音域控制法、光谱与味觉控制法等，但都不是太理想；最后便采用了量子信息与中微子信息中枢指令控制法，这种做法就像铸铜墙铁壁一般，把它们紧紧圈定在一个特定区域之内，它们再也无力越出雷池一步！"

"中枢指令控制，这的确是一个好办法！"宇剑一下想起了他在丛林中看到的那些小动物们，"今天，人类是如何控制海洋生物链与生态平衡的？"他又问道。

"平衡存在多种模式，因为一切都是动态的，存在既是进化也是演变。现在，宇宙智慧脑系统在对海洋各类因素追本溯源的演算与推断后，真正理解与摸透了海洋，以至于可以从一滴海水中看到整个海洋的未来！"

"今天，在我们的航行中，我看到了许多过去我从未见过的许多鱼类品种，是不是人类利用基因生物学创造出的很多崭新的鱼类品种？"

"当然，人类在过去这几百年中的确创造了很多种新奇鱼类品种，丰富了大海中的鱼类品系！现在的基因造物学是非常神奇的，几乎是万能的，如果允许的话，人们可以把古代神话《山海经》中所记载的氐人国中的鱼尾人身鱼、人头鱼、娥皇发英鱼、陵鱼、雷神鱼、薄鱼、何罗鱼等等怪鱼，可以一一制造出来！不过现在生物造物绝不是随随便便的事情，一定要经过宇宙智慧脑系统的生态演练推断后，方可实施！如果不严格管理，人类说不定什么时候就会制造出一种海洋生态灾难！所以，严格管理是绝对必要的！"

"了不起，今天的人类太伟大了！"宇剑由衷地感叹道。

"不对，你这种表述有失偏颇！今天所有的文明与科技都是由历史发展的积累而来，没有历史的积累，人类就难以向上突破，就难于成就今天所有的伟业！所以，今天人类的成功，应当归功于人类文明所有积淀，一旦有了足够的知识积淀，创新与成功就不过是时间问题！"

宇剑深深赞成维纳斯的观点，他品味着思索着，并暗下决心：一定要迅速地补充自己对这一千多年发展与历史的认知，更多地掌握这一千多年来世界历史积累的新文化与新知识。在维纳斯眼里，他应该是一个顶天立地的男子汉，他是一个时代的代表，他不能因为自己让他那个时代失去风度与魅力。

此时夜色已合拢起来，快艇上方也不知在何时升起了一层厚厚的透明罩，外面的风再也拍打不到他们的身体了。宇剑抬头欣赏着满天繁星，他又看到了许许多多发亮的大星块，又让他想起了昨晚他在长城上空看到的那些奇形怪状的巨星。

"那些星块，是不是都是一些巨大的太空城？"

"不都是太空城，更多的是一些太空阳光反射器与太阳能微波传输站！"

宇剑对于太阳能微波传输站并不陌生，太阳能微波传输站在他那个时代已经开始构思建设。那时，任何一个国家倾尽其国力也难以建立起一个中型太空太阳能采集城与微波转换传输站，耗费的材料是用天文数字计算的，从地球向太空运送这些太空阳光反射器的构建材料，所需资金更是一个不可想象的天文数字！所以在当时，这些太阳反射器与太空城只能是一个个停留在图纸上的设想！地球轨道上的太阳能是无限的，太阳半天的辐射能量值就可以超过地球上所有能源燃烧后的产热总值。这些太阳能收集站与微波传输站一旦建成，就可以源源不断地把太阳能转换成微波传输回地球，以化解地球上能源短缺之危机。

"为什么建造了这么多太空阳光反射城？"宇剑对于这个还是不太理解。

"这些太空阳光反射城，人们不仅是在利用它们来调节地球表面上的温度、风向、云层、某些区域辐射度，并协调地球气候补偿性变化，但更为重要的是人类要利用这些阳光反射城对抗地球上漫长的新冰河时期！"

"新冰河时期，它真的来了？"

宇剑极为震惊，在一千多年前科学家们就推算出，一个新的冰河时期将出现在地球之上，人类文明即将面临极为严峻的考验。应对新冰河时期，这对于人类来说是一个极为艰难的事情，人类必须想办法大幅提高阳光对地球的辐射量，让寒冬时节的冰雪面积不再越积越大，否则，人类将被迫退缩到赤道下一条非常狭窄的区域内生存，这个时期将持续达十万年之久。

"是的，历史上那些科学推断十分准确。这次新的冰河时期在公元2300年左右就开始光临地球了，那时的气候一度变得极为寒冷，如果人类不采取这些措施，地球上的今天早已是冰雪万里的世界了，绝大部分的城市都已被几千公里的冰雪所覆盖。人类有幸，太空技术的发展超过了这一时期到来的速度，共产主义社会的到来又恰逢其时，这是一个必须要举整个地球之力对抗的浩劫！为了对抗这次灾难，人类不仅动用了地球资源、月球资源、火星资源，更多的是动用了小行星带开发的资源，利用这些资源建造了大量的巨大阳光反射器与大型太阳能采集微波传输站，极大地节约了地球资源与运输成本！"维纳斯激动地讲道。

"人类确实有幸！"

宇剑感叹着，他又被极度地震撼了！他完全理解新冰河时期带来的灾难性后果，他知道冰川期的到来，是地球绕太阳运行轨道发生变化而引起的，地球同太阳的距离并不是在任意点上都是1.5亿公里，地球的运行极为复杂，它的轨道呈椭圆形，而且这条轨道每隔十万年都要发生一次变化，大约相当于一次新的冰河时期。它会从几乎呈圆形——距离太阳从1.47亿公里到1.52亿公里，到呈椭圆形，其间同太阳的距离会相差1800万公里。这个距离的变化就足以使地球上的气候发生巨大的变化，这就是引起冰河时期到来的根本原因。如果不调整地球的运行轨道，让它的轨道继续保持1.5亿公里为半径的圆形，那就不可能阻止新冰河时期的到来。

然而这个能够调整地球轨道变化的力量是不可想象的，它足以在瞬间毁灭地球上的所有生物，也包括我们人类自己！试想，一个能够引起宇宙冬的小行星撞击，对地球运行轨道几乎产生不了什么影响，而成千上万个这样的小行星撞击才能改变地球的轨道，而它所造成的后果也是人类不敢想象的，而且无法预知这种做法的后果是否可控。所以，在这种情况下，人类必须要千方百计地增加阳光的照射量，以提高地球表面上的温度以阻止冰河世界的形成。如果不去增加地球上阳光的辐射量和提高地球对阳光的吸收率，冬天落在地球上的雪，在明年夏天就不会全部被融化，到了冬天它们便会变成致密的冰，这样，雪结成冰，冰上再落雪，年复一年便会形成巨大的冰川。到那时，整个温带将会被厚厚的冰层所覆盖，人类奋斗了几千年的文明也必将毁于一旦！

"太空中有多少个阳光反射器与微波采集传输站？"

"当时建造的都是中等型号的，大约各有几千个之多吧！"

快艇向前疾飞着，这时宇剑看到前方遥远处出现了一片璀璨的光亮，照透了半个天际。

"前方是一座大海浮城，我们今晚就住那里！"

"浮城？"

"对，就是一座一直在运行之中的浮城，有人也称之为浮岛！"

说话之间，快艇已经来到了浮城高高的城脚下，忽悠之间一声哗然轰响，快艇陡然之间就变成了一顶大大的飘云帆，载着他们俩，像一只飞鸟一般轻轻落到浮城之上。

第二十章　浮城春光

相　思

你像一阵薰风
深入我肺腑
你像雪山顶上澄澈溪水
融入我血流深处

我怎能不去想你
你的身影从一千万个角度
　　　重叠于我心头
那如火如荼的相思呵
像信风引爆的仲春沃土

一

　　飘云帆在浮城上空飘行着，宇剑看到这里一切井然有序：一座座庞大的翼楼，在市区内分布得远近疏密有致，其中间有喷泉、广场、树林、假山、体育馆与建筑精美的学堂，地面与天空中，到处都是祥云般的飘云帆，三三两两的俊男靓女，或在林中悠闲漫步，或立于灯光之下快乐倾谈。让人感到小城气氛是那样甜美！纵目远眺，小城边线规整如矩，给人感觉宛然一座海中岛屿。

"浮城长年漂浮在海上，或东或西，逐气候与风景而动，是青春季年轻人最爆燃最沉湎的地方，或北极南极或赤道，四季切换选择在我，许多人超迷恋这个地方，来了就不愿离开！"飘云帆在天空中缓慢地飞行着，维纳斯对宇剑讲道。

"还有，这些浮城布局与所有建筑物如同神奇魔方，它能够在结构、布局和建筑风格上随意改变，可以使一些建筑物在一夜之间全部消失，又可以使一些建筑物在一夜之间神奇地出现，风格不同又美轮美奂，其造型风格与内部蕴涵之巧，也都是在宇宙智慧脑系统操控之下完成的！这里有各种娱乐场所，你想象不到的任何娱乐都可能存在，它们比吸食罂粟感觉更加超燃，但又安全无害，只不过是刺激了你一些神经与心灵感觉而已，让你乐不欲返！这里，还有超强创新力的心灵超市，一切都会让人疯狂到欲罢而不能！"

说话之间，他们已来到一幢高楼之下的一处小型配餐厅，这里停着许多飘云帆与小汽车一样的陆地飞行器。走进配餐厅后，他们在一只飞行蝶引导下来到一处被扶疏花木隔开的小单间，一桌他们俩想象多时的丰盛饭菜，立时被摆上桌面，他们坐下后就津津有味地吃起来。

"浮城上的夜生活极为丰富，我带你去各处走走！"维纳斯饮尽最后小半杯幻海夜紫后，站起来对宇剑说道。

"好！"宇剑一副兴高采烈的样子。

他们乘电梯来到这幢大楼的十一层，在走廊刚走至一个大厅近前，一股优美如天籁的旋律，瞬间便攫住宇剑的心灵，他的心随即跟随音乐飞扬起来！那音乐似乎曾是他内心深处的一股溪水，是他忘却而冷落的一股泉流，此刻，突然被那股音乐勾拽而出，那既陌生又熟悉的情感，突然纠集而喷发，发一切未察觉而深藏之音纶。霎时间，宇剑便被音乐裹挟得如痴如醉，心灵那深层的灵犀瞬间摇曳而出，仿佛他所有内心情感矿藏都被点燃！

"这音乐，怎么会如此有魔力！"宇剑的整个精神矿层已经燃烧起来。

"走，我们去做个参与者！"

看到宇剑这样子，维纳斯拉着宇剑便推门而入。宇剑看到，这是一个椭圆形大厅，演奏都在椭圆中心点的最低处，它的外围是一圈高过一圈的参与者座席，座席上坐满了黑压压如痴如醉的人群。在中心台上，有几十个像舞蹈者一样激情飞扬的演奏者，他们手里根本没有乐器，但他们却在操纵着整个音乐的飞扬旋律！宇剑在这个世界第一次见到这么多的人聚集在一起，他非常激动，他跟随维纳斯走进音乐大厅，在靠近门的地方伫立着。

音乐一直在继续着，宇剑的心很快就进入一个流水汹涌而又空旷的世界里，处处是碧水洪流，处处是飞溅的浪花！他感到自己在波涛汹涌的大海里颠簸着，他无力左右自己。随着波涛的起伏跌宕，时而被抛上高高的潮头，时而被按入深深的谷底，他觉得他的脚下和四周都是海水，他已经感受到了大海那神奇莫测的力量，也感受到了海水那份沁骨的寒凉。宇剑突然感到，他的心是如此地贴近自然贴近大海，这是从来没有过的感受。大海是如此地强劲、深邃和浩瀚，风吹拂着海水，巨浪拥抱着狂风，海在远方颤动着，海啸也许在顷刻之间就会到来，令你时刻处在惊心动魄的感觉之中。你紧绷着心，仿佛在与这个世界对抗着；你想力挽狂澜，而这个世界又时刻想征服你。你时而与自然相融，相融得无法分解；时而又出现分裂，对抗到一种无法想象的水平，每时都有弦断弓折的危险，但一切却在一个高峰处瞬间化解，化解得处处春水飞扬！这首乐曲在阴柔之中总有一种悲壮抗争的阳刚之美，让人一下子就强烈地感受到，那存在于生活表象之下的澎湃暗流。宇剑闭上眼睛享受着，心在跟随着音乐起伏跳荡，音乐之水仿佛就在他的脚下，在他的头顶上，在他的背后和胸前，一点也不像是在远处的舞台上发出来。而空气中那激荡的音符，也随着他的呼吸涌进他的五脏六腑！

音乐中的大海在经过狂怒和恣意的咆哮后，开始变得驯服和平静，又开始温柔美丽地涌动起来。他看到舞台上的演奏者们，亦如从冬天进入初春的花草，慢慢地从沉睡中舒展开来，又徐徐地加入这自然而宏大的演奏之中。在一阵轻盈而舒曼的挥洒之后，音乐又开始变得高亢起来，如同在呼唤埋在深海之底的那股躁动力量，呼唤那股属于久远和永恒的存在。宇剑看到当那些演奏者们以各种姿态雕塑般静立在舞台上之时，音乐犹自在汹涌、挥洒与奔流！

"没有戴量子信息帽，他们是如何在操控音乐？"当音乐停顿下来时，宇剑问维纳斯。

"你看，他们站立的表演台实际上是一个量子信息捕意池，秘密就在那里！"维纳斯指着中心圆台答道。

"现在，还有以传统乐器演奏的乐队吗？"

"当然有呵，那都是由一些音乐爱好者组成，但现在传统的乐器品种也比原来丰富了很多！"

宇剑理解，时代发展总能赋予传统事物许多意想不到的崭新内涵。

在那些演奏者们灵动舞姿引导下，又一首乐曲缓缓拉开序幕，那么缥缈与轻灵，宇剑突然感觉自己又被抛置进太空之中，在无依无靠的璀璨星座之间，感到忧伤、无奈与绝望，他们像孤岛，在太空虚无缥缈地飘浮着，向前向后、向上向下，不紧不慢又紧又慢，他们找不到任何可以依托的力量，他们与一群群流星擦肩而过，一种宏伟与壮丽的呼唤，呼唤声撞动群星，他们被群星弹开，与星光一起晃动、摇曳……

二

"我们再换一个地方！"

那首乐曲刚刚演奏完，维纳斯就拉起宇剑向外走。

他们乘电梯来到更高一层楼中。

"这里是自由音乐舞厅，我们进去感受一下！"

他们来到一处较大的房厅门前，维纳斯指着里面对宇剑说道。他们推门进入，宇剑看到这里到处是沉醉翩舞的俊男靓女，他们一个个天生丽质，发型奇异而多变，衣衫飞扬而生辉！这里舞与乐是共鸣交感式的，没有特定的旋律与舞步，每个人都在节律中寻找着自我的感觉与理解！有人在独舞，而更多的人是双舞与多舞，这些人的舞姿如阳春白雪高雅大气，青春心液如花汁般飞溅！

"我们去跳一曲！"

维纳斯拉着宇剑滑入人群深处，维纳斯飘飘欲飞婀娜多姿，宇剑亦步亦趋，他们在对音乐的理解中寻找着节拍，舞步时而若行云流水，时而又始终无法达成一致节拍。

"跳这种舞，你要先找准音乐的旋律与快慢，然后再踏准旋舞的幅度，渐渐地就会越跳越流畅奔放！"维纳斯说道。

宇剑拉紧维纳斯的手，在维纳斯的带动下渐渐融入音乐旋律，找出了音乐与舞步的共振感，他跳的舞步越来越轻盈，越跳越有感觉，一会儿便进入了烈火烧身的陶醉状态！一曲过后又继一曲，宇剑感到全身每一个细胞都被调动了起来，有一种说不出来的惬意之态。

在一首舞曲结束之后，又响起一曲很缓慢的曲子，舞曲既缠绵又悲伤，宇剑的舞步无论如何也融不到节拍之中。

"我怎么老是找不准节拍！"宇剑有一点泄气。

"那我们就再上一层楼，去试一试劲舞！"

他们刚刚抵达更高一层，就被一股极具震撼力的音乐吸引了过去。维纳斯推开舞厅之门，宇剑的目光立时撞上一片比火山岩浆滚涌更遒劲的场面，这里所有人都在随着一种颠覆生命力的音乐疯狂而舞，仿佛每个人都陷入生命的激情燃烧之中！他们疯狂肆意心焰翻卷，每个人都处在生命昂奋与忘我陶醉之中，以极端快乐挥扬昂扬人生。他们那近似于撕裂生命的震撼与淋漓，那种快乐只有正在尽情享受生命的人才能做到！扑面而来的强劲音乐声，如同号角和打击乐一样富有冲击力，音乐席卷着舞点，舞点席卷着音乐，每个人都无法控制场面与内心的席卷，他们在极度地挥扬着人生荷尔蒙！

面对这群疯狂舞动的人，宇剑在心中一扫对现代人斯文儒弱和谨慎酸腐的想象，他看到了一群活力无穷与风华正茂的人！他们燃烧生命燃烧寂寞燃烧无聊燃烧枯燥，他们是黎明漫过朝日的霞光，他们是傍晚拥抱夕阳的烈火！现在，这群人砸碎了禁锢人类灵魂几千年的绳索和面具，把生命的激情与烈火在这里尽情地抖擞出，如同撕裂大地喷发而出的岩浆，如同高山岩顶挥洒的溪流，如一丛刺破枯树而生的奇葩，如冲出冰层的一尾尾锦鳞，如干涸河床突然咆哮而来的洪水，生命那不可遏制的活力，在这里，被每一个舞者都挥扬到极致！

"看到了吗？这里是一丛丛嫩蕊、是一座座正在喷涌的火山，在这里没有拘谨没有古板。进入这里，你就要抖开心灵最深处的那些沉积岩，就要抖出被你心灵尘封的灵犀与花蕊，像炼狱一样，你要在这里，把自己炼成一朵最纯净的火焰！"

维纳斯极具诗意极度燃情地说道。此时，大火已在她身心内外剧烈蔓延，她的灵魂在向外冒出纯正火苗！

宇剑也被眼前这个世界征服了，他心灵之底正有一股海啸在缓缓奔来。

"我们去跳！"

维纳斯拉着宇剑飞速冲入人群，他们的激情正在爆发，他们要点燃心灵中那些正在渴望的东西，他们在人群中挥洒自如。这是一种一旦点燃激情无须再学的舞步，你全身肌肉在音乐强劲的节拍中猛烈抖动着，你血管中的激流旋起浪花，你的心正在撕裂一个个囚禁你的枷锁，轰然而至的春风席卷着你心田，你无法克制这近乎于疯狂的律动，仿佛远方有号角呼唤你。宇剑和维纳斯在这种节律中很投入很陶醉地飞舞着，他们用激情崩碎心灵自我约定的枷锁，追逐着心灵一轮又一轮祥和的晴空，他们抖出烈火抖出激情抖出了生命昂扬的新绿，他们的面色越来越红艳，全身的骨节也在音乐中欢快地咯咯脆响！

他们跳呵旋转呵，一丛丛新蕊从他们心田中狂喜怒放，他们就是要跳出自我那份最真挚的感觉，把心头和肺叶中那层污垢让激流冲去，冲出一份美丽、大气与鲜活！一曲方尽一曲又起，他们一发不可收拾，一刻也不愿停下他们旋转的舞步，像穿上魔性的红舞鞋一般。

"我们去喝一杯！"

一首乐曲刚刚停下来，维纳斯就拉着宇剑向橱柜旁走过去。此时，宇剑也感到有一种焦渴，他的嗓子在冒烟，嘴唇有点干涩。维纳斯倒了两大杯名为兜尽春色的美酒，递给了宇剑一杯，他们缓缓饮尽，一股炽烈的情感又从他们心头升起。

"我们再跳一曲吧！"

说罢，他们又融入了疯狂舞动的人海。灯光中闪烁着朦胧，虚幻中弥漫着陶醉，天和地重又回到混沌中去了。宇剑和维纳斯被一股强烈的激情之火焚烧着，他们已无力使自己平静下来，他们都被对方的美和潇洒深深地陶醉着，四目对视的电光一次次闪入他们的灵腑，他们的情感激流在深度融合着！爱，令他们忘记了一切，只觉得天与地，在同他们一起旋转。跳罢一曲又一曲，他们始终不觉得疲劳，始终处在一种陶醉的亢奋之中。

人潮渐渐地变得稀疏起来，音乐也开始变得缠绵轻柔起来，那样地舒缓与温柔。宇剑和维纳斯的激情高潮也渐渐到了落潮的时刻，他们的舞步也变得轻缓起来。他们轻轻相拥互相感受着对方如兰的鼻息，对方的体热也一浪浪传输过来，令他们如饮醇醪不愿醒来！

"再喝一杯香荷初浴吧！"

维纳斯说完向吧橱走过去，她端回两杯清丽如焰的美酒。一杯美酒入口，如同饮了甘饴的山泉一般，他们顿时清爽了许多，方才的焦灼也一扫而空。

三

"我们回房间去吧！"

"房间？"

"是的，来之前我就预订了，在十层的两个房间！"维纳斯笑吟吟地说道。

他们很快就来到十层，这个楼道同样也很宽阔，在楼道两侧的墙壁上刻满了不同风格的人物荧光雕像，栩栩如生。他们来到1096号与1068号两个房间，一南一北两间相对着。维纳斯推开了南面的1096号房门对宇剑说：

"宇剑，你住这间吧！"

"好的！"

宇剑进入房间之后，而维纳斯依旧立在门口，眸光中春光无限。

"宇剑哥，我浴洗之后，来你这里坐一会儿好吗？"

宇剑听到维纳斯的"宇剑哥"三字，心里陡然热血上涌浮想联翩起来，他停在门口缓缓回过身来望着维纳斯，其实，他内心已经是片刻也无法离开维纳斯了。维纳斯深情地望了宇剑一眼，便扭身进入了她的 1068 号房间。

宇剑木然地进入房间，他感觉维纳斯依旧站立在他面前。她那美丽的脸庞，闪烁着蓝色光芒的深情眸子，飘逸的金发与修长白皙的玉手，她秀气的鼻子，如花瓣般的红唇，玉石般的贝齿，还有她的身影，美丽而丰满的身躯，每一个笑靥，他都挥之不去！

他激动不已想入非非，无心欣赏屋内的一切，他找到浴池，然后非常仔细地浴洗，这中间，他也一直没有中断遐想，因为一旦离开了维纳斯，他仿佛就成了无根之莲！浴洗完后，他无心地弄干头发，找到取衣口，选择一套宽松合体又飘逸着清新气味的衣服穿上，然后他就静静地坐在沙发之上，欣赏着远处的海天夜景。

此时，他的房间门开了，维纳斯身穿一身极轻盈的白丝天衣飘然而入，房间内顿时亮满美丽的极光。维纳斯走到房间中央，她轻盈旋转起身体，轻纱飘飞，她裸露的肌肤闪烁出炫目的美感；她金发飘逸，脸盘如一轮光芒柔和的圆月，她粉颈修长而丰腴，她胸部丰满和挺拔！她像天使一般震撼地站立在那里，展示着上帝最为鲜活的杰作！

而此刻，宇剑所面对的那面墙壁，也立时变成星光璀璨的虚空，在星光之间一行行小字闪烁着荧辉渐渐推进到他们面前，宇剑看着那一段段发光的诗句……

"宇剑哥，你还记得这些诗句吗？"

维纳斯走到宇剑身边握住他的双手，目示着虚空说道。

A. 那时，我多想

那时，我多想化作山坡上那片青石

留住你温柔体香
托住你娟美身躯
感受你双手爱的流淌

那时，我多想化作轻飔般的薰风
轻轻地走到你身旁
缠绕在你耳畔聆听你心的悸动
我更会游入你的鼻孔，倾听你肺腑中诗行

那时，我多想化作天边那朵白云
唤起你热切渴望，留住你深情眸光
我还想化作那池清凉的溪水
濯洗你轻涉的玉足，偷摄你亮丽脸庞

最后呵，我还想化作你归去的那条小路
静静躺在那野花盛开的青石旁
托着你娟娟步履
把你的丽影一阶一阶收贮心上

B. 致你

你说一切都过去了
挥一挥手就断了
可你的眼角
为什么总能点燃起火

你那常春藤一样的眼神
你那幽怨如月下清泉的眼神
为何总要惹我神伤

你说挥一挥手就断了
还有切不断的丝吗

你的影子在我心里
总是碎了又聚
那么清晰

C. 书卷里的伊人

那是一个太阳唱歌
大地吟诗
百花在嫩绿的肩上撒娇贪笑
漫吐行人一身馨香
小河拥着田野狂欢的日子

我走出枯燥书堆
滚入阳光享受春天
蓦然回首
我书卷里相思的伊人
却亭亭玉立出现在我的眼前

于是
一万种意象
在我脑海里翻腾
我走不出
她美丽的岸

她胭脂红的血沐浴过《诗经》的诗句
她肺腑中搅满了唐诗宋词的绚烂

大洋季风又给她充满崭新立意
她的呼吸是紫罗兰的香味
我在她的美中流连

……

他们俩喃喃地动情地朗读着。

"宇剑哥,你《书卷里的伊人》是不是就是我?你却让我在这里《等你》了一千年!那时,我知道你是没有意中人的,是不是宇剑哥?这些诗,是你跨越时空邮寄给我的,对不对?"维纳斯缠绵地说,她握住宇剑的手是那样灼烫。

"是的,维纳斯!那时,虽然我常常爱心萌动,但为了航天事业,我早已把那颗爱情之心屏蔽起来,一切都深深埋在心底!是的,维纳斯,我隐隐约约感受到会有一个人在遥远的时空之中等我,想不到我等待的《书卷里的伊人》就是你,你却在一千年之后的岸上等我!维纳斯,我在育化池水边第一次见到你时,我立时就被你震撼了,你仿佛是从我内心走出来的一般!那一刻我就知道了,你是属于我的!维纳斯,你说,我这个感觉对不对?"

"对!宇剑哥,你也仿佛是从我心中走出来的一样!宇剑哥!"

"维纳斯!"

宇剑全身战栗着,他猛然拥抱起维纳斯!两股相爱的急流碰到一起来,一股强大的幸福感让他们俩不自觉地晕眩起来,竟不自觉地喃喃地亲吻起来。

此时,无边的幸福感涌向他们身体的每一个角落,这个世界上,其他一切都不复存在了,唯有浓烈喷发的幸福感,唯有深陷爱情的陶醉感在饕餮。这一刻,爱情在灵魂深处熔铸着涌流着交织着!维纳斯深情抚摸着宇剑的脸颊,这是一张充满了阳刚之美、能够给她带来信心与力量的青春刚毅之脸,他的目光平和而又睿智，他的襟怀宽广而又厚实，她曾有多少次想抚摸这张脸的冲动。此刻，她终于如痴如醉地实现了，幸福使她通身战栗！她的手又滑向宇剑的身躯，在他的胸脯、肩膀与后背上，一遍遍抚摸着，仿佛触摸到她内心的陆地，维纳斯的血液在燃烧着！宇剑在幸福的陶醉中战栗着，他颤抖着抚摸着维纳斯的面颊、肩膀、手臂，维纳斯每一寸肌肤的美都令他爱得发狂，他用吻饕餮着这个令他发疯的女神，他不愿自己从深醉中醒来……

第二十一章　心灵超市

一

第二天宇剑醒来时，维纳斯还在他身边酣酣地甜睡着。

宇剑趴在她身边陶醉地欣赏着她，凝视着她的面颊、鼻翼、红唇、下巴、眉毛与发丝，伸手理着她蓬乱的发丝，吻她如凝脂般的玉手，而维纳斯仿佛一直在熟睡中，但脸上一丝不易发觉的笑意与幸福却在悄然溢开！宇剑没有发觉，他的心一直在流蜜，他恋恋不舍如痴如醉地欣赏她的稀世之美！

宇剑站起来走到沙发边，依旧直直地欣赏着维纳斯，此刻他心内翻腾，一首诗突然落地！

雪花是我预订的

雪花是我预订的

它们由天上那些跑丢的星光春成

梅花也是我预订的

它们是我在春天边缘徘徊时

一些灵感的苏醒

在春天的池水边
我还预订了一树桃花
那是我心中一些最美的诗句
我怕它们被蝴蝶一并带走

此外，我还预订了一支短笛
四两杏花，一坛老酒
山坡上那块光滑的青石板
我也预订了两个钟头

如果你仍嫌不够
那我们就一起走走
可是，你却指着唇羞羞地问我：
我的花瓣如何灭火

　　宇剑得意地喃喃轻诵着，但他的诗句却全部显示在维纳斯对面的墙壁上，维纳斯眯着眼也全部读到了，她不觉动情地感叹道：
　　"真美！"
　　并忽地坐起来，直直地望着宇剑！
　　"你醒了？"宇剑惊喜走到她身边来。
　　"嗯！宇剑哥，你这首诗美归美，但你却遗落了最重要的！"维纳斯神秘地说道。
　　"遗落了最重要的？你说，我遗落了什么？"宇剑茫然不解。
　　"你再想一想！"
　　"想不出！"宇剑故意摆出为难的样子。
　　"你还预订了小行星黑山，和美神——维纳斯呵，对不对？"维纳斯开心地笑着说道。

"对、对，我还预订了黑山与维纳斯！"

宇剑不觉开心大笑起来。

"还有这里，这对花瓣如何灭火？"

维纳斯淘气地指着自己的双唇，此刻，她已是满脸红云四溅，那情态比一树桃花更惹人怜爱！宇剑把持不住，便一步跨过去紧紧拥抱起维纳斯，整个房间又弥漫开爱情的浪漫。

此时，外面已是阳光高照，天空中已有许多艳丽异常的飘云帆在缓缓飞行，地面上人群也开始变得熙熙攘攘，整个浮城就像海洋上的花瓣一般飘逸着浪漫馨香，人们又开始在享受生活与生命之美！

"维纳斯，我们结婚吧！"

缠绵过后，宇剑深情地对维纳斯说道，他的目光中冒着热烈的瞳瞳之火。

"我们不是已经结婚了吗？"维纳斯一脸迷惑。

"不不，我说的是结婚不是结合！"

"结合不就是结婚吗？"

"我说是那种通过民政部门领取结婚证后的结婚，不只是现在这个样子！"

"可是，我们去哪里领取结婚证书呵，现在社会已经多少年没有这个东西啦！"

"没有结婚证书，那社会如何承认我们的婚姻？那婚姻岂不成了毫无约束的松散结合了吗？"宇剑一时感到困惑异常，他无法理解这种没有婚姻证书的结婚。

"没有办法！相爱本身就是一种婚约，如果双方不相爱了，那有婚约又有什么用？还不是再去离婚？所以，婚约应当是两个人的心灵约定，除此之外，任何形式的契约都是毫无意义的！"

"是的，我理解相爱才是婚姻真正的内涵！可是，现在社会也应当有民政与法律方面的框架约束吧？要不，社会秩序不会出现混乱吗？"

"不会的，现在一个人征信与履历，永远是备案可查的时代！婚姻婚变与家庭的所有内容都是，你是不能违反道义的，否则，你就会成为这个世界上最受讨厌的人，所有的人都会远离你！直到你变得更加善良为止！"

"如你所说，那一千年前我们那个时代的婚姻证书，也毫无意义？"

"不，你们那个时代与现在完全不一样，那时这个世界还处于经济社会，那时具有法律约束作用的婚姻证书，是绝对有必要的！你想，那时夫妻之间还有许多应尽的与必需的社会义务，除抚养子女与赡养老人之外，夫妻之间还存在着金钱、财富、家庭遗产与道德规范等一系列复杂问题，双方一旦感情破裂需要离异之时，这一切都必须依靠法律程序来解决！而在今天这个世界上，所有这些问题都不存在了，没有财产问题，没有子女抚养与老人赡养问题在，他们所有人都是社会上的独立存在，只有亲情与感情问题，一切都是依靠人们的道义心来约束自己！你说在这种情况下，是不是任何法律形式的婚约都是毫无意义的？"

"是的，这些我可以理解！但是，关于抚养儿女这一问题，难道襁褓中的婴儿也是可以独立的？"

"你还没有了解与见到这个社会的现实，这一切，在今天都发生了极为深刻的变化！在今天这个社会上，许多恋人或情人结合后，他们根本不去考虑生养孩子这个问题，他们都在纵览知识的海洋与这个世界上的风景，只有他们年纪稍大了的时候才考虑这些！但更多的人不是亲自去生养，而是把双方经过查验的精子与卵子交付于生物工程形成受精卵后，利用生物子宫进行培育，在诞生后也不是由母亲亲自喂养，也是利用生物工程乳汁喂养，他们从小就受到了生物工程无微不至的关怀照顾，这些孩子要比在家庭中成长起来的孩子，在发育与教育上做得更加全面与完美！"

"不可思议！这个世界已经发展到了如此进步的程度！"宇剑一脸骇然之相，"方才你说：经过查验的精子与卵子。难道这一点也是必需的？还有，生物子宫培育？"

"对，这是一个有关人类高质量成长与延续的问题，利用生物子宫培育也是这样一种考量。这些，你以后都会慢慢了解到的！"

"还有，人类的情感变化有时自己也是难以掌控的，有时更是不以人的意志为转移，所以，我们那个时代尽管有各种各样的法律条文约束，可离异率居高不下，一直难以解决！"

"现在的离异率也是居高不下，这是人类情感与精神范畴的问题！人类的喜新厌旧是一个难以根治的心灵痼疾，这是一个毫无办法的问题！"

"毫无办法？现代社会竟然也会这样！"

"爱情与感情，是一个人内心情感的复杂折射，一时难以说清！对爱情的产生，你持怎样一种观点？"维纳斯目光炯炯地盯着宇剑反问道。

宇剑认真地思考了一会儿说道：

"我认为没有美与内在的思想共鸣，就莫谈爱情二字，爱是一种无法抵挡的吸引力，是一种情感燃烧的饥渴，是内涵最为执着与热切的追求！"

"我非常赞成你这个观点！"

维纳斯深深点了点头，继续仰脸注视着宇剑。

"爱情是人类情感在碰到另一个个体时，在深层次上的一次情感集中爆发，是一个人对内在追求的外在弥合与映照，更是一次对自我心灵的透视与再熔铸！天长日久固然可以建立感情，但真正的爱情不是在谈恋爱中磨出来的，它是心灵内部饥渴的自我曝光；就像闪光灯下的突然闪现，一见钟情的爱才是最真实的，它是心灵猝不及防的裸露，是来不及设防的心灵碰撞与融合！就像雷霆万钧的闪电猛然劈开云层，那种撕裂才是自我最透彻的展示，那种吸力才是旷古难遇的交会，在撕裂同时完成最美的熔铸，这样的爱情也是旷世难逢的！这种爱情就像水乳交融一般，在每一个结合部都妙手天成没有任何人工雕琢痕迹！一千多年前，我像一位沙漠上的跋涉者，在漫长与无奈的跋涉中，没有出现过一次让我欢呼雀跃的心灵潮汐，所以，我就把自己的心屏蔽在诗歌之中！可是，哪里想到在我沉睡了一千多年之后，当我在育化池边突然遇到你，我像雷霆轰顶一般被震撼了：你冉冉地向我走过来，你就是那个从我内心中走出的、我日思夜想的女神，一遇之间我便五内俱焚！那一刻，我突然明白我遇到了我久久渴望的爱情、另一半；那一刻我才知道，我在心底已经构筑了你一千年！那一刻，在电闪雷鸣中，在山洪暴发的狂风骤雨中，在我心灵的万里疆域之上，水与火、风与水、风风火火水乳交融一泻千里，刹那间，就完成了我内心千万年无法完成的大融合！维纳斯，你是我的真爱！在见到你那一刻起，我才真正知道，这一千年我为何而等！"

说到这里，宇剑紧紧握住维纳斯的双手，他双眸中又溢出雷火电光的火焰。

"宇剑，你完全说出了我见到你那一刻所有的感觉！虽然，我从各种资料里知你甚久，但是，在你启眸站在我眼前那一刻，我整个心灵大厦都被你震撼晃动了，你那一眸烛透的灵犀，才真正开启了我心底江山万里的大融合！我们俩真的是一见钟情！谢谢小黑山，它能把你送来！"维纳斯眼中闪烁出激动的泪花，她猛然扑进了宇剑怀里！

"是的，我们的爱情是旷古难遇的一见钟情！"宇剑深情地吻着维纳斯的额头，他的脸上流溢出无限幸福的光泽。

他们紧紧拥抱着，感受着那种天旋地转之美，此时，他们已无法感受到地球上还有时光存在。

他们俩听任幸福的溪水，浸泡着！

二

在吃了美味可意的早餐之后，维纳斯找到两个既精致又漂亮的遮颜眼镜，给宇剑戴上一副之后，自己戴上另一副。

"戴上这个，走到外面就不会有人打搅我们了！"维纳斯微笑地审视着宇剑戴上眼镜的新样态，"好看，好像气质有了一点不同！走，我们去心灵超市！"

维纳斯拉起宇剑向房间外走去。

"心灵超市？"宇剑觉得这名字颇为新奇，"肯定与普通超市有巨大不同吧？"

"对，心灵超市就是让人们心灵超燃的地方。在那里人们会掏出心灵中所有激情与创意，无论你有什么门类的爱好，在那里你总能找到共鸣点，总能让你心花怒放，总能让你心灵满载而归，所以人们才称这个地方为心灵超市。"

"如此说来，这种超市不就成了心灵创新创意馆了？"

"对，你可以这样理解。反正在这个地方，你的心灵世界会得到巨大的丰富与延伸，这里是你了解社会与人心的最好地方！"

宇剑想象着那些他不得而知的精彩，他与维纳斯手挽手走出房间走出大楼，来到大海浮城的街面上。此时是上午十点钟光景，阳光明媚的街道上行人欢笑人流熙熙，他所看到的每一个人都是那样青春与靓丽，他们飞扬大气的内涵与气质，绝不会输于自己那个时代的任何一个杰出模特。宇剑感到这个世界是真的变了，这种大气与贵气，渐渐让他心头生出一种深刻的敬畏感，他在心理上已经深刻感受到自己那个时代的严重落后。此刻，他又想起了维纳斯方才给他说的那句：经过查验的精子与卵子。是的，现在这个世界上的人，在形成之初就已被检索，他们每一个人的基因链都是完美无缺的，并且是杰出的！你说，生活在这个世界上的人能不精彩吗？这第一笔精彩就几乎决定了他们这一生的精湛！宇剑深知，此刻，他正在走近的，是另一番深刻且震撼无比的灵魂洗礼，他正在靠近这个世界核心的灵魂！心灵超市，肯定就是这个世界最精彩部分的灵魂裸露。

宇剑抬头眺望，他看到，在浮城中心部高高矗立着一座闪烁着魔幻色彩且直耸云天的方正高楼，它周围那些稀疏的高楼、景观与建筑物都不及它三分之一的高度，让人感到这幢高楼简直就是这座浮城的主题灵魂，这幢楼离他们现在位置大约有一两千米距离。

"你看，那座高楼就是我们要去的心灵超市！"

维纳斯指着那座高楼对宇剑说道，他们坐上他们近前一顶空置飘云帆，向那里飘飞了过去。

来到那幢大楼跟前，宇剑才真正感受到这座楼的巨大，它底部边长不会小于二百米，高更是在三百多米以上，它整个周身都是不断变化的魔幻色彩！他无法理解人们为什么要在浮城上建这样一座巨型高楼，但这座楼与浮城相比它又是那般渺小，向四周眺望很远处才看到它规整的边际，如此巨大一座浮城岂不在千万吨级或万万吨级之重？如此巨大的工程量在他那个时代是无法想象的！更何况这座浮城还要在海上一直航行，它巨大的动力宇剑更不敢想象！

来到大楼跟前，宇剑与维纳斯走下飘云帆，进入心灵超市的第一层，这里面又被分割成了许多疏离的大型房厅。

"那是一间电影制作厅，我们过去看一下！"

维纳斯指着他们前方的一个分割厅说道。他们来到那里，宇剑看到大厅前面整个一面墙都是巨大屏幕，似乎正在播放一部电影，但那画面时快时慢，仿佛是卡了片一般。在对着这面墙的不远处，有二三十个头戴量子信息帽的人坐在那里，注视着电影屏幕不断操作着什么。在不远处周围还有一些来来往往的人，正在注目观看。

"你看，他们这些人正在拍摄一部电影或电视剧！"

"拍摄？可是这里既没有演员也没有摄制组，他们怎么拍摄，就靠这几顶量子信息帽？"

"对，就靠这几顶量子信息帽、信息库与自我大脑的意识流，拍摄任何大型电影与电视剧都足够了！在信息库里，他们预先备好所有演员与所需要的信息景场，然后，他们这些人就在这里利用他们大脑想象出所在场景、动作，再加进所有台词，一部粗制的电影或电视剧产生出来了！你看，现在播放的就是他们边制作边播放的粗片！"维纳斯指着前面的大屏幕说，"在粗片出来之后，他们这些创作人员再在粗片基础上，进行台词精致化准确化校对与其他精致化修改，譬如人物是否传神，场景是否还有缺陷，阵仗是否合理，情节是否酣畅淋漓等等！"

"整个过程一个演员也不出场？"宇剑感到不可思议。

"不用，只要有这个演员的所有动态表情库就可以了，之后，所有这一切都由这些创作者们去调动发挥了，这比任何真人现场参与下的拍摄都更加完美！"

"如果找不到合适的影星图库怎么办？"

"他们就会自我设计修复，直到他们满意为止！"

"那样，这个世界上就真的不需要什么明星与演员了？"

"这个世界上的任何人都可以是明星与演员！这需要搜集与储存，现实生活中人们的各类动作、眼神与表情，需要生活中这份生动、真实与丰满，需要锤炼出剧本中精彩与经典的对话，只有如此，影片才能产生出强烈的共鸣感与认同感！"

接下来维纳斯与宇剑又观看了其他几个电影厅，他们创作的电影题材各不相同，有的刚刚拍摄，有的已经臻于完美。

随后，他们俩又来到二层与三层的基础科技参与厅。宇剑看到这里像是一个个科学研究院所一般，在这一层他看到了各种机械结构设计，各种诸如汽车、桥梁、飞船、太空城、飘云帆等他看出名堂与看不出名堂的各类设计，还有许多实验室，那里摆满了许多他以后也很难一下子弄明白的设施与试验器具。这里参与的人之多之热烈，让他真正感受到了这个世界前进的活力与动力。

"与其说是爱好与动力，不如说他们只是在参与，他们由此而理解与学会了各门学科的知识与智慧，理解了这个世界的真正内涵，让这些知识与智慧在人类的大脑中储存与传承着，让人类对文明的感觉也越来越真实深刻！除了那些流行元素，人类自我的许多创新，真正能在这个世界上得到应用的已经是少之又少。但在那些流行元素方面，宇宙智慧脑系统在创造与发明之时，大量地借鉴了人类内心深处的灵犀，因为生活中人们产生的灵感与火花，不知不觉之间都被宇宙智慧脑系统如花朵般采撷而去了！"

"是的，我理解这一点，这个世界发展到今天，其各种文化积累都已经相当深厚了，任何人没有几十年的努力，都很难把自己的知识积累推到这个世界发展的最前沿，它也只能为宇宙智慧脑系统提供一点灵犀与素材而已！"宇剑虽然理解维纳斯的话语内涵，但他还是被眼前这些参与者的热情震撼了。

之后，他们俩又到了四五六七层的高科技前沿厅，那里依旧有非常多的人在参与着，但是这所有一切宇剑一直无法明白内里！

"还是看些浅显与直白的吧，这些太深奥的东西，我实在看不出个所以然来！"宇剑摇头感叹道。

"好，反正以后来日方长！那我们就简单随便地看一下吧！"

说罢，维纳斯就带着宇剑来到心灵超市的十五层，然后又到了十六、十七、十八、十九等层，让宇剑看到了人们关于创意、审美、流行元素、娱乐文化、装饰艺术、发艺流行、服装色变等。这些地方让宇剑深度领略人们在社会生活中的一切思维选项，一切审美趋向，一切流行元素，一切爱好取舍，让宇剑的思想在这里与这个社会发生深刻碰撞与发酵，让他理解这个世界所有灵犀灵感的发源，让他触摸到今天人类精神变化的云层、思想与情感诉求，让他理解这个世界发展的民意支撑，让他碰触这个世界的灵魂框架。总之，让他在此刻无限地贴近这个世界！

随后，他们又来到二十、二十一、二十二层的绘画艺术、文学创作、历史沙龙、宇宙模型、人类形体塑形沙龙、流行元素拆解与变迁探究沙龙等厅室，让宇剑一脚踏入这个社会现实文化的洪流深处，感受到这个社会深刻、炫目与裂变的进行式！

之后，他们来到二十五层。一踏入二十五层，宇剑立即惊愕住了，原来这里到处是花朵一般可爱的幼儿与小仙童，他们在各种各样的玩具堆里，玩得那样开心与专注，那样痴迷与投入，或拆解组装，或尝试新奇功能，有的已完成创造正得意试验。还有个别成群儿童，在群策群力组装试验的新型玩具，特别巨大。在屏幕上还显示着各种玩具的结构与组装图纸，并不时有画面指导员在进行指点说明。总之，这些孩子们在这里个个玩得开心无比！还有许多儿童通过屏幕，玩宇剑无法看懂的游戏与智力竞赛活动，他们用程序控制与引导，遇到难点时就会有许多儿童群策群力。从这里孩子们的快乐玩耍，再联想到各类流动学校，宇剑对人类未来便有了更加充足的信心。是的，人类没有因为宇宙智慧脑系统的高智能化存在，而自动放弃对未来对知识的渴求与掌握，更没有放弃动手做事的实践与创新能力，这才是他看到的当今世界最伟大的一面！

从二十五层到三十层，宇剑一路见识到这个世界的儿童、青少年与青年时代最为精彩的一面，他才真正感受到这个世界屹立不倒的底气，人们在这里把对未来的功底已经做得非常非常扎实了！

"你知道，人类在这些地方开发、玩乐、创造、创新，而无所不在的宇宙智慧脑系统，却在这里采集人类所有灵犀所有火花，它们以此为根据补充和丰富这个世界的精彩，不停地填充这个世界的丰富内涵！"维纳斯望着宇剑那双渴望知识与智慧的眼睛说道。

"不劳而获的宇宙智慧脑，原来它是在这里偷窃人类的智慧、激情与火花，所以它才有能力引导人类感性的潮流！"宇剑开心地说道。

"不劳而获？对，宇宙智慧脑系统一直在'剽窃'人类的灵感！"维纳斯听了宇剑的话不觉开心大笑起来。

"我没说错吧？"宇剑有点羞涩起来。

"没错？事实不就是这样吗？宇宙智慧脑系统就是再聪明再伟大，它也是一个'冷血动物'，如果脱离了人类的各种细腻丰富情感的变化，它怎么会有能力引导人类感性世界的潮流？"

"是的，离开了人类的精神内涵，宇宙智慧脑系统所做的便成了无米之炊！"

他们一边说着一边来到更高的三十一层。刚入大厅，宇剑就感觉自己仿佛又来到一个比欧阳春与李春先教授那晚更大的信息飞船上：这里，所有墙壁与视空中，都是那晚他看到的那些密集的徜徉人群，一个个比模特更加英俊仙气，他们一个个晃动在你面前，每一个人都伸手可及，一切是如此精彩纷呈，到处都是震撼心灵天籁一般的音乐声！这一次宇剑被眼前的场景彻底震撼了！这个气魄不知要比他在信息飞船上感受到的大了几倍，反正那种排山倒海的气场令宇剑一时无法适应！

这些俊男靓女挤压得宇剑透不过气来，他们一个个是如此光鲜艳丽，每一个都完美到你无法找到任何一个缺陷与瑕疵，美与艳在怒放着！宇剑他们那个时代哪里会有如此多的人间绝色？这里的完美让人惊叹！那些衣着与色彩更是他前所未见，那些样式更是奇之又奇，但对于每一个人，他们显得又是如此得体，个个仙袂飘飘！一浪一浪的音乐一波一波的人海，飘过来又浮过去，穿梭其间，宇剑忽然觉得自己是那般渺小！刹那间，他就仿佛被打回原形，退回到他一千零二十几年前的世界里，他觉得自己是那样土里土气，那样原始与落后，他刚刚升起的那份自尊心，刹那又丢到爪哇国里去了！

维纳斯拉着他的手在人群里穿梭着，在人群里挤来挤去，真实的人群一个个那样友善，擦身而过时，他们都报以甜甜的微笑，或互相友好地点点头。那些人的气质与风度，与维纳斯那般相近，一个个玉树琼花般高雅而艳丽！宇剑一会儿看着维纳斯一会儿又看着那些人，对比着他们的相同与不同！一开始维纳斯不知，后来则报以甜美的微笑。

宇剑看到这些人像自己那晚挑选衣服一样，虚空中不时出现与某个相同的面颜，但衣服样式与色泽却在一直变化，直到他们自己满意为止。

"宇剑哥，我们也蹭些色彩去吧！"

维纳斯声音刚落，虚空中顿时出现了许多个戴遮形镜的维纳斯，她们成群结队地在人群里穿着各色不同的服装穿梭着，她们的身材与面颜是那样的美丽，顿时有许多人停下来，欣赏着维纳斯的模特步与各种妙姿！一会儿，只剩下了五个、三个、两个，最后只有一个，维纳斯边走边欣赏着虚空里那个美妙的自己！

"宇剑哥，你看我选到的这身衣着如何？"那个真身维纳斯在宇剑耳边小声问。

"我感觉非常好！"

宇剑惊喜地望着那个维纳斯说道。此刻，维纳斯的美已经让他骨酥心醉了，他在内心一直感慨自己是何等福气，为什么自己就能拥有了如此绝美的维纳斯？他这个福气不知会让多少人嫉妒！还有，维纳斯这一番展示不知又让多少人产生了单相思之苦！唯有他，这个一千年之前的旧人，却真的抱得美人归！此刻，他又联想到自己身上发生的这所有故事，还有今晨维纳斯说的那句：他在一千年前就预订了她，这个古往今来神话里唯一的美神与唯一的爱神——维纳斯。他竟不知不觉内心就乐开了花！是呵，他怎么就一下子拥有了这旷世奇福与旷古艳福呢？竟然能在一千年之后，遇到维纳斯这样的一位万年难遇的红颜知己！

宇剑的心在燃烧着！当他同维纳斯一起走出心灵超市，坐上飘云帆在浮城上空浏览的时候，他的心情仍然沉浸在无法抑制的激动里！这一次，他从心灵超市蹭来的激情，真的让维纳斯一把火给点着了，他望着维纳斯欣赏着维纳斯，整个下午，他都没有从爱情的大醉中走出！直到傍晚，他在浮城田畴深处看到一个个圆锥状的闪光体，频频射向天空之时，他才从爱情的晕眩中暂时走出来一会儿。

"那些频频的闪电是什么？"

"那是正在向太空发射的太空飞船呵！"

"飞船？一会儿就发射了十七八个？太不思议了吧！"

"没有什么不可思议！现在发射这些太空飞船，其实已经与一千年前你们那个时代的公交车没有什么区别了，是一件非常非常家常便饭的事情！"

"太不可能了吧？发射一个太空飞船与一辆公交车成本会一样吗？"

"不，现在成本已经小到了可以忽略不计！现在飞船是用超强电磁坑发射的，就像从前发射电磁炮一样把飞船推入太空轨道！所用电能都是来自太空的太阳能或者核聚变反应，你说，这与零消耗有什么不同？"

"不可思议！"

宇剑感叹着，他望着远处田畴，此时那里已经出现过五六十次圆锥状闪电了。

这一天，宇剑玩得是如此开心与震撼！傍晚时分，他们俩又到浮城的环海大堤上御海临风，欣赏着大海那壮观的落日与成群结队的美丽海鸟；然后，再仰望美丽的星空；最后，他们才沐浴着咸咸的海风，回到他们爱情的暖巢之中。

第二十二章　浮城飞船公交迎发站

一

第三天清晨，宇剑醒来时天空又大亮了。

此时，他又想起昨天在田畴深处看到的那些锥形闪电，于是，他来到窗前向那里眺望。一会儿，他看到那里不时频频闪光，一团又一团，数朵数朵的光亮，向天空直直飞升而去！他才知道那地方不是一个发射井，而是一个发射群井，差不多在十几分钟内竟然有一百多艘飞船进入到太空之中！

"是的，真如维纳斯所说，现在已经是太空公交时代了！"宇剑感慨着继续望着那里，一会儿又有十几朵飞船群从那里升空，"对呵，这个世界一百多亿人口，每天就是百万数次的飞船发射量也难以满足人类到太空的出行需求！"

现在的月球、火星、金星等行星，也不知变得怎么样了，是不是到处都建有大型封闭的城池？或者那里已经可以让人类直接生存！一千年时光，在他感觉只是睁眼与闭眼之间，可是，这却是人类一代又一代飞速发展的一千年。在这一千年里，地球已变成了他不敢相认的陌生样子，太空变化之大又岂是他敢以相认的？

"宇剑哥，你在想什么？"维纳斯不知何时醒来，她走到宇剑身边依偎到他怀里。

"我在想太空、月球与火星，在想它们现在到底是什么样子！方才不大一会儿时间里，我就看到有那么多的锥形飞船频频升空！飞船真的变成太空公交班车了！"

"是的，每天至少有几十万的升空与回归量，高峰时节是要超过百万数量级的！"

"现在，月球变化之大，是不是我也不敢相认了？"宇剑回头凝视着维纳斯问道。

"到了那里，进入一个又一个封闭的月球城后，你会真的不敢相信那是在月球之上！"维纳斯得意而又骄矜地说。

"一个又一个月球城？现在有很多月球城？"

宇剑惊愕，他知道在月球上建城非常艰难。不像地球，月球表面没有空气荒凉无比，昼夜温差巨大，还经常受到各种宇宙射线与陨石的轰击。在月球之上建造的城池必须是封闭的，空间高度还不能太小，因为一个人的重量在月球上只有在地球上的六分之一，在火星上是地球上的38.57%，如果城池天顶太低人们就会感到非常压抑，大蹦大跳之时就会碰触到天花板。况且，城池天顶还要透光透亮，还要能耐受巨大而强劲的小陨星冲击，这些材料需求量更是大到天文数字。火星大气含氧量只有0.13%，氮含量占2.7%，其余大部分都是二氧化碳，而且空气密度只有地球的百分之一，地表平均温度是零下六十摄氏度，地球上的树木与植物在那里也无法成活！还有什么金星木星土星等，其上面条件也都极其恶劣，所以，这些行星与太空城的开发与建设，其难度是非常之大的。一千年在人类社会中是漫长的，可在浩浩太空，一千年真的只是弹指一挥间！

"当然有很多月球城与火星城，而太空城更是多得不计其数！特别是在这些月球城里，你会看到地球上所有的景色，它们都很大，一般都在几十平方公里与上百平方公里之间！而最大月球城丹桂市，其面积就有二百多平方公里！"

"二百多平方公里？"

"对！在这些城市里不仅有群山、河流、湖泊、森林与草地，而且还有地球上各种各样的动物、鸟类与虫类，生活在那里不知要比这浮城幸福多少倍呢！"

"真的是这样？"宇剑有点无法置信。

"真的是这样！"维纳斯非常认真地点了点头。

"短短区区一千多年时间，月球就变成另一番模样，我真的有些难以置信！"

"宇剑哥，今天我们何不就到月球上去呢？"

"今天就去？飞船不需要预订？"

"不需要，我们现在立即就可以去浮城飞船公交迎发站乘船出发！"

"好吧，吃完早餐我们就去！"宇剑又开始激动起来。

维纳斯回过身去注视着墙壁，那墙壁瞬时就变成了一个巨大的屏幕，一个个巨大的楼宇宾馆出现在画面之上，且不停变化着，画面上一些空置的房间门号不断闪现出来，在闪现房间门号同时房间内部一切与外在视觉风景也瞬间展示在画面之上。宇剑看到有：清风宾馆、红月宾馆、冰雪世界、银山洞天、月遂故居、风暴天心等字样在画面中不断闪现着，那些大楼与地球上的巨大翼楼有很大的不同。维纳斯不断地摇头又点头。最后一个高旷而华丽的巨大房间停止在画面之上，花木重重装饰唯美大气。房间号为316。

"我们已预订月球上丹桂市红月宾馆的316号房间！到达月球后，我们先从天遂一号城开始，沿途要经过四五个月球城，到达红月宾馆时，地球时间大约是明天凌晨三四点钟了！"维纳斯幸福地望着宇剑说道。

"要经过月球上四五个城市？"

"对，一路下来，你就领略尽了这些月球城的所有精华风采！"

"好！"宇剑内心开始想象那些月球城的样子。

"我们洗浴一下，然后去吃早餐！"

维纳斯拉着宇剑向洗漱间走过去。

二

大约十点钟光景，维纳斯同宇剑乘飘云帆来到浮城飞船公交迎发站。宇剑从高空看到，这迎发站是一个占地面积很大的圆形场地，在圆形场地之上由外而内一圈圈矗满无数个高大粗壮的圆筒体，在最中心的筒柱体又高又粗，之外的五圈排列的圆筒体从里到外一层比一层矮一层比一层细。最中心那个圆筒体要比最外层的高五六倍之多，直径也要大十几倍之多。远远望着那景象极为壮观！

"你看，这个浮城飞船迎发站有一百多个发射筒，最中心那个筒发射的飞船级量最大，饱和乘载量是一百五十人；从里到外，这些发射筒发射级量逐次降低，最外层只能发射十人量飞船！"在高空，维纳斯指着飞船迎发台对宇剑讲道。

飘云帆直接飞入在迎发站南侧一百多米远的地下环形道入口，向下直降了五十多米后，来到一个极为宽阔的地下停车场，那里不仅遍地停满了飘云帆，还停满高在五六米至十几米之间、直径大小不一的各类锥体型或子弹头型飞船。

飘云帆停在一台直径四米左右的银灰色飞船旁边，他们走下后刚来到飞船下，那飞船悠然一转就对着他们打开了登机的舷梯，他们俩踏着舷梯进入飞船内部。飞船室内中心处有两个软卧座正在打开，他们坐下后软椅便缓缓地变为平倒后再陷入地面深处，宇剑感到他四周与身下变得更加柔软起来。他感到飞船滑动起来，视觉转换系统也瞬间关闭。此时，一股非常柔美舒缓的音乐声响起。

"两位乘客，你们好！欢迎你们乘坐银河号十人量微型飞船飞向月球！请注意，飞船正在进入微 A5 磁道 45 号发射井，一分钟之后飞船起飞。十六分钟后抵达月球的天隧一号迎发站！好的，十秒钟后飞船起飞！好的，现在飞船开始发射！"

宇剑突然感到一股异常强大的力向下猛压自己，他骤然陷入软座深处，那一刻他的呼吸也突然变得艰难起来！但美妙的音乐声一直在他耳边回响着。

一会儿，身体的下压之力渐渐变小起来；又过了一小会儿便感到自己的重量也越来越轻！不到一分钟之后，宇剑竟然飘浮到空中，他感到自己身体已经没有了一点点重量。

"我们进入太空了！"

宇剑睁开眼欢呼道，他看到维纳斯也飘浮在空中。此时，飞船上的那两个软椅突然伸出它们柔软的手臂把他们俩又重拉回到座椅之上并圈固着，他们俩面对面幸福地对望着。

"十五分钟就可到达月球，在这么短距离中飞船竟然能达到 160 万公里的时速，太不可思议了！"宇剑知道地球到月球的距离为 383180 公里。

"这是强磁力加速飞船，不但飞船起飞与发射是强磁推动，而且在月球与地球之间每八万公里之间就有一个巨大中空的加速强磁力环！飞船在地球与巨大磁环之间或磁环与磁环之间的一吸一推或一推一拽之间，速度就会得到快速提升！"

"可是，那些磁环在这一推一拽之间，位置不就发生变动了吗？"

"是的，会发生变化！但在飞船过后它就会自我调整回到原位置，以便为下一艘飞船再次加力助速！"

"你看，现在我们已经过了一道强力磁环！"

"哪里？"

"方才一晃而过的那道强光就是！"

"哦，这么快，眨眼之间飞船已飞行了八万公里！"宇剑不觉感慨道。

"这样的强磁助力环，在地球与火星、金星等之间，或者火星与金星等之间，数量就更多！你想每天有那么多的飞船穿过，穿过后这些巨大的太空强磁环就会主动调节它们之间相隔之距离，在这一往一归或一归一去之间，如果拉远距离俯瞰这个变化，它们好像在不停地跳着太空舞，极其壮美！"维纳斯富有诗意地描述道。

"确实是一道壮美景观呵！"

宇剑想象着那些变化，这时飞船上突然出现的大屏幕也在展示着那种壮美。巨大的磁环闪闪发光，一段一段地收缩与拉远，那样子既像是在跳舞，又像是一个巨大无比的银虫在蠕动！

"壮美，真是壮美无比！"宇剑一下被这道奇景震撼住了。

"宇剑哥，你看一下这幅图景，你还记得吗？"维纳斯指着大屏幕说道。

此刻，大屏幕上立即出现了整个太阳的图景，太阳由近而远渐渐把它推到深空之中，在太阳赤道周圈与它的南北极部，不时有一浪一浪的极速光流喷出，喷得那么遥远，而南北极上的光流喷的速度要比赤道上风速快了一倍之多！在太阳赤道上太阳风吹拂得非常遥远，而在太阳南北极上的粒子流快风则吹拂得更遥远，此时在图像的风道里开始出现了许多密密麻麻的看不清晰的小蜜蜂！图像再次被极度拉近之后，那竟然是一些拖曳式太阳风帆船！那些帆船或像巨伞拖柄一般飞行，或像一个个甲虫吸附在树叶背后被吹拂前行，一个个造型奇特而光艳，它们成群结队漫天飘舞像一支支浩荡的流星飞行大队，简直就是大宇宙中一道美丽奇观！大屏幕上的画面从太阳南北极与它的赤道之间，不停跳荡变化着！

"这些太空帆船，正在利用太阳粒子风的吹拂动力！"宇剑大为惊异。

"对，这些都是利用太阳粒子风远飞的帆船！"维纳斯望着那些飞船说道。

"去时容易归来难，这些人太不惧风险了吧！"

"也许，这就是人们的天性吧，天性就是愿意冒险与尝试！还有一批人，在其他恒星上也在重复这种玩法！"维纳斯感慨道。

宇剑知道，在太阳赤道区域有一股时速为八十万公里的太阳连续不断喷发出来的原子粒子流，它喷出的距离要近一些，人们称之为太阳慢风；而太阳南北极喷出的原子粒子流则是一股快风，时速为一百六十万公里，这股风直吹到三百亿公里之外，比太阳系最遥远的行星轨道还远几十倍。想象不到人们会因此风而创造出这种太阳风帆船游戏，玩归玩，这可是一个极为遥远又孤独的游戏！其中感觉，宇剑不理解也不得而知，毕竟太遥远时生活也有诸多不便，除非太阳风帆船大到像一个生活丰富多姿多彩的太空城。

"其实，太阳系里与太阳系外，都是一个风险极高的地方！"宇剑心有所惊地感慨道，此时，黑山的影子又浮现在他眼前。

"是的，的确如此！但现在这太空危险系数要比一千年之前安全了许多！毕竟人类在太阳系内已经清理了一千多年，大量的太空飞石与全部的人造太空垃圾，也都已经化废为宝！还有，那些太空城的建造绝大多数都是取材于太空，特别是小行星带与横空而过的彗星群，正是因为它们的'无私'赞助，人类的太空建设才能如虎添翼！"维纳斯兴高采烈地说。

对于维纳斯所说，宇剑是非常了解的。在五十亿年前，在太阳与行星刚刚形成的时候，遗留下了大量太空物质，这些物质渐渐形成了更多的小行星。在火星轨道与木星轨道之间有数十万个由这样的物质形成的小世界，被称之为小行星带。它们中间大的如谷神星和灶神星，直径分别为九百三十二公里和五百二十八公里，而几米大小的石头却有数百万块。它们大部分都不会给地球造成危害，但也有几百个物体相当靠近地球，它们以每小时二十万公里的速度飞行着。还有更小的流星，每天就有七千五百万颗落入大气层中，它们大的有几米，小的只有米粒那样大小。还有人类自我制造的那些太空垃圾，所有这一切都对人类的太空飞行器构成了巨大威胁！

第二十三章　小行星带、火星等与人类宏伟构想

一

"宇剑哥，你看你还认识这个小行星带吗？"

维纳斯的话音未落，飞船上的大屏幕一下子把小行星带的图像拉到了眼前。宇剑看到成群结队的小行星被拉到眼前，它们在太空中按照同一个方向缓慢运行着（这里不是展示小行星的运行速度），有大有小，它们占据了那么宽阔的一大片区域。小行星带的图像被越拉越近，宇剑忽然看到有几座未完工的巨大太空城在其间飘浮着，有许多飞行器拖着一个个器件向它们不停飞来，那些器件一件件不停顿地被连接或组装到太空城之上。一个个巨大的太空城虽然尚未完工，但它们光彩熠熠看起来是那般壮美！

镜头又滑向一颗巨大的黑褐色小行星，宇剑看到在小行星上面覆满了一个又一个巨大的黑蝙蝠！镜头快速向那些蝙蝠靠去，直到靠近时宇剑才看清，那些蝙蝠原来是一个个巨大的太空自动化工厂！许多成品件，被一个个飞行器从这些个自动化工厂内部拖出后，向着远处的太空城飞去。

"这颗小行星就是小行星带中最大的那一颗星，宇剑哥，你还记得它的名字吗？"

"它就是谷神星？"

"对！"

"直径九百三十二公里？"

"对！"

"你再看一下这颗小行星！"

维纳斯的话音刚落，谷神星立即从画面中闪出，又一颗巨大的小行星出现在画面之上，也是黑褐色，同样，它的表面也布满了黑蝙蝠——自动化工厂。宇剑认真地看着画面中的小行星，他点了点头，又摇了摇头。

"它的直径是五百二十八公里！"维纳斯微笑着说道，她非常明白宇剑点头与摇头的意思。

"呵，五百二十八公里！我明白了，这是灶神星！"宇剑朗声答道。

此时，画面镜头直接推到小行星表面的自动化工厂跟前，恰好一个飞行器拖着一长串连接在一起的器件从自动化工厂内部飞出，在太空中，它像一列飞行的列车一般冲着遥远处的太空城飞去。

"这些自动化工厂真的太先进了！从开采到冶炼，从金属到一个个成品，它必须是一条完美的流水线！"宇剑赞叹道。

"不，不只是这些，还有修复！在'榨取'完这些小行星们的利用价值之后，还要保持这些小行星的完整性与整体性，不能让它呈现漫天飞舞的飞扬状态，不能让一颗大行星变成无数颗灰尘状的小行星！你看！"

维纳斯的手指刚指向屏幕，屏幕上就显示出一艘巨大的太空拖网船，拖着满满的一网碎石小行星向灶神星飞来，并缓缓落到灶神星上，又缓缓滑入其中一个巨大的自动化工厂。

"你看，像这样的太空拖网飞船，在小行星带有很多，它们的网口从几百米到上千米不等，它们在小行星带每捕获一满船碎石之后，就会直接运抵像谷神星与灶神星一样的大一些的小行星上去，在自动化工厂提炼加工后，就把剩余无用的碎渣直接填固到小行星之上！像这样的太空拖船在我们地球的外太空、在月球与火星之上，还有很多，它们不仅是资源收集者，更重要的还是太空安全的守护者！"

维纳斯的话刚说完，宇剑就面露喜色地急切说道：

"这一次我真正明白你刚才说的那句话语了：现在这太空危险系数要比一千年之前安全了许多！毕竟人类在太阳系内已经清理了近一千多年，大量的太空飞石与全部的人造太空垃圾，也都已经化废为宝！"

说完，两个同时开心欢笑起来。

"宇剑哥，你再看一下这颗星球！"维纳斯指着大屏幕上拉近的一颗行星说道。

宇剑看到这是一颗淡蓝色行星，上面也有海洋、湖泊与高山，还有多座封闭式太空城的区域！它也有两极：南极区为高山区，北极处则地势比较平缓。

"这个行星地貌与火星很像，但颜色不对，它是蔚蓝色，火星是橘红色！"宇剑犹豫不决地说道，"它不会是人类在太空中才发现的一颗行星吧？"

维纳斯盯住宇剑的双眼微笑着一字一句地缓慢说道：

"这颗行星的各项参数是：直径为地球的一半，质量是地球的11%，体积是15%，表面积相当于地球陆地面积，公转周期为六百八十七个地球日，每个季节是一百七十二天，每个昼夜时长为二十四小时三十九分三十五秒……"

听到这里，宇剑不觉会心地与维纳斯一起朗声叙说起来：

"还有，白天温度可达二十八摄氏度，夜间可降到零下一百三十二摄氏度，它上面的峡谷比地球上最大的峡谷深得多，它最高山峰——奥林匹斯山是珠穆朗玛峰的三倍高……"

说到这里，两人不觉一同开始大笑起来！

"我真的无法相信，区区一千年火星的颜色竟然也变成了蔚蓝色！"宇剑停住笑声后说。

"其实难就难在第一步，一旦跨出第一步，只要一步一步地接着走，所有问题就会变得越来越简单！"维纳斯收住笑声对宇剑讲道，"火星上有无穷无尽的硅元素，人类利用核裂变技术把硅子裂变为氮原子（硅子量：28.086。氮原子量：14.007），使火星空气氮含量大幅提高；再把火星表面上的二氧化碳分解成氧气与碳原子，经过几百年时间的火星大气层改造，火星表面已经发生了巨大变化，虽然人类还无法直接在火星表面上生活，但许多植物与树木开始可以成活；在火星陆地上，人们建起了很多座封闭的火星城；在部分河流与海洋中，开始养殖各类地球海底植物与鱼类！火星与月球条件相比，更适宜人类长期居住！现在，人类可以在火星上自给自足地生活，那里的物质生活基本已经做到与地球完全一样！火星是一个极其令人向往的地方，人们在那里不仅可以去领略大峡谷风光，更可以去攀登奥林匹斯山峰……"

"在火星上爬山会乐趣无穷，因为人在火星上的重量还不到地球上的一半，是地球重量的 0.44444……"宇剑兴奋地抢过话题。

"所以，才会有那么多的人浩浩荡荡去火星上爬山，去领略大峡谷的风光！"

"你去过没有？"宇剑内心已经是十分向往。

"当然，已经攀过两次奥林匹斯山了！"维纳斯自豪地说。

"那秦雪呢？她去过火星没有？"

"还没有，我们俩原来预定今年 10 月去火星爬奥林匹斯山的！"

"好，如果你们原定的计划不变，那我们就一起去！"

"一定的！我们不是说好了吗？不分开！"

"不分开！"

二

这时，大屏幕上展示的是一个个封闭的巨大火星城，以及城外公路上那一辆辆奔驰着的小汽车与大型客车，还有正在奥林匹斯山上享受攀登高山之乐的人群！

奥林匹斯山脉的山峰是如此陡峭，可那些攀爬的人们似乎一点也不吃力，他们的身体在高山之上显得那般轻盈！那些已经攀爬到山巅上的人，在跳跃着欢呼着，他们花花绿绿的美丽衣装，给这些光秃的山峰增添了艳丽的色彩与无限的生机。

"怎么会有如此多的人在攀登奥林匹斯山！"

宇剑感慨道。他看到不只是山顶上、半山腰、山脚下，在连接这条山脉的数条公路上，到处都是来来往往的车辆。在半山腰与山脚下，还修建了许多大型宾馆与停车场，到处都是密密麻麻的兴高采烈的人群。

"是的，因为在火星上爬山是危而不险的，所以人们都喜欢去奥林匹斯山上体验攀登高山与险峰的痛快感觉！"

此时，屏幕上传送的是人们在攀登奥林匹斯山峰时，在每一处惊险场地的实时登山画面，它把奥林匹斯山上所有惊险之处的场景一一搬移过来，宇剑被一个又一个惊险的场景深深震撼了……

过了一会儿，屏幕上的场景又闪跳到这条山脉遥远的偏僻之处，宇剑看到那里的地面上又出现了很多像谷神星与灶神星上的自动化工厂，且有许多载满太空件的大型太空飞船，正从附近的发射场向太空接连发射而去，这些发射场是那般繁忙。

"到处都是繁忙的自动化工厂，到处都是向太空运送物件的巨大飞船！我不理解，人类真的需要建造这么多的太空城？"

宇剑内心有些迷茫，因为他深知那些太空城是不适宜人类长期居住的，长期居住会严重影响人类的身体健康，短时间居住则不会有太大影响。

维纳斯笑而不答，她只是挥手向大屏幕指了一下。

"你再看一下土星的第六颗——卫六泰坦！"

"卫六泰坦？"

宇剑知道土星的这颗卫星，它比月球要大很多，直径是五千一百五十公里。它是太阳系中极有可能出现生命的第二个地球，它的大气层主要是氮气，只是表面温度极低，根本不适宜人类生存，但资源极为丰富。

大屏幕上这颗星球向前越推越近，宇剑能真切地看到地表之上那一个又一个占地面积极大的自动化工厂，以及冲天而来的一艘艘货运大型飞船，它们都载着满满的货物飞入太空深处。

紧接着，画面上又眼花缭乱地闪出了土卫三、土卫四、土卫五以及木星上那一系列卫星，它们上面的自动化工厂都在拼命地忙碌着，更有无数的货运飞船在向太空深处运送着它们开采与制成的所有成品。

面对这些画面，宇剑感到万分地不可思议：太阳系内怎么会有这么多自动化工厂？这些自动化工厂的所有产品难道只是为了建造区区几个太空城？建造区区几个太空城不可能在整个太阳系都大动干戈吧？除此之外，难道人类还有什么别的划时代的巨大构想？

"这么多的自动化工厂都在忙碌，人类是不是有什么划时代的巨大构想？"宇剑好奇又急切地问道。

"你猜对啦，人类正在实施一个宏大无比的构想！那就是在地球轨道上建造一个同步运行的直径为五千公里的第二个地球！"

"直径为五千公里的第二个地球？比月球三千四百七十六公里的直径还要大一千五百公里！人类这计划，是不是有点太疯狂？"

宇剑有点不敢相信自己的耳朵。

"不是太疯狂！这是千年或万年大计，也许这个巨大工程耗时几千年才能完成，当然完成它需要分几步走，不可能一步到位！"

"哦！人们为什么会有如此疯狂的计划！"

"在太阳系所有行星中，之所以只有地球上有生命存在，这绝不是偶然，这是因为地球运行在一个黄金轨道上，它距太阳既不是太近也不是太远，在这个距离光照与温度恰好符合生命存在与生长的黄金地段，所以在所有行星中，只有地球上才会出现蓬勃的生命！"

"可是，尽管是黄金地段，建造这样一个第二地球，也是不可思议的事情！"

"当然有些不可思议！这不，不是整个太阳系都行动起来了吗？"

"第二个地球采取什么样的形态？是不是也是球形？"

"一开始时是两个方案：球形或桶形，最后定型为球形！但人们需要居住在球体内壁上，这样可以利用它自我旋转产生的离心力形成人类的体重！"

"但桶形也有它的形态优势！"

这时大屏幕上的视频又转换到第二地球的建造现场，宇剑看到，第二地球已经形成了一个巨大的锅底式圆盘，在太空中银光闪耀，看起来是那般巨大，估计已建成有几百平方公里的样子！太空中有成百上千艘巨大的货运飞船，正从地球轨道外侧的火星方向向这里飞来，像漫天遍野的鸟群一样向着那个闪闪发光的圆盘聚去。抵达的飞船停泊在锅底的边沿，那些成品件被自动有序地飞快地组装到锅底边沿之上，整个锅底在缓慢地成长着！那场面是极度地震撼！

"这第二地球的轨道是同第一地球的轨道重合在一起的？"宇剑好奇地问道。

"没有重合在一起！它的轨道在地球与火星之间，距离地球大约有五百万公里吧，这个距离是随时可以调整的！"维纳斯神气地答道。

宇剑注视着大屏幕，他在为人类这个伟大而又疯狂的壮举而激动！望着壮观的建设画面，他想象着遥远的未来，想象着当这个第二地球完全建成时，人们在里面生活时可能出现的各种场面，他不觉又为人类这个既疯狂又伟大的举动而骄傲自豪起来！

"几亿年或几十亿年之后，如果地球在太阳系遇到什么不可抗力事件，需要人类再一次拯救地球之时，人类就可以直接驾驶着这个第二地球，飞行到某个需要或者适宜位置的宇宙深空就可以了！"

想到这里，宇剑竟不觉开心地笑了起来。

三

"宇剑哥，眼前还有一个最大的惊喜，你想不想知道？"

"当然想知道呵！是什么惊喜，快说？"

"第二地球是一个遥远的但可以看到的梦，而有一个梦想人类已经完成，它就在我们的眼前，而且现在就可以选择入住了！"

"太空城？"

"对，人类有史以来建造的第一大太空城，你看——"

立时，飞船上大屏幕的视频画面，又从宇宙深空拉近一个桶形的银光闪闪的太空城，画面越拉越近！直到画面非常近之时，宇剑看到有许多太空飞船，成群成片地向桶形的内部飞入，在这个巨大太空城面前，这些飞船显得是那般渺小……

"这个太空城有多大？"

"这个太空城城体的直径是五百公里，而长度是一千公里！"

"这么巨大！"宇剑又一次被深深震撼了，"如此巨大，光建造时间也得需要上百年之久吧？"

"是的，建造它，足足用了三百多年时间！就像你刚才看到的第二地球的建设场面，这个太空城的建造，也动用了很多行星与其卫星上的大量资源！这座太空城非常先进，它可以容纳几千万人生活居住，一切可以自给自足，生活在上面非常舒适！再说，它的轨道是不固定的，可以在太阳系内与太阳系外快速度运行。总之，如果生活在这座太空城内，去观赏大宇宙的景色，不失为一种最佳选择！"维纳斯说话时，目光中流露着深深的向往之情。

"可以报名到那里去长期生活居住吗？"看到维纳斯的表情，宇剑不禁问道。

"已经晚了，二十年前，报名参与的人员数量就已经爆满！"维纳斯有些失望地答道。

大屏幕上的画面又深入到太空城的内部，宇剑看到太空城内壁的大平原上，已经是林海浩瀚，在林中不时能看到一些高楼，林中还能看到一些游玩的人群……

"那些能报上名的人，不可能永远居住在里面吧？"

"是的，这个是有规定的，任何人在这座太空城里的居住时间，都不能超过半年，到时间后必须离开，给后来者腾出空间！"

"如此来说，我们也有机会？"

"现在排队参与的人数已经达到十几个亿，我们就是现在报名，也要等到十年以后才能入住！"

"哦！"宇剑有点失望地叹息了一声。

"不过，若是只是去观光旅游，那我们可以随时动身去那里！"

"真的？"

"真的！"

宇剑的心再一次惊喜起来。

此刻，飞船上的音乐忽然悠扬地响起。

"飞船到达月球了！"维纳斯说道。

第二十四章　穿越月球上的北极市与中国城

蝶

从天地中心飞来

这游视春天的钦差

无论景观如何

你已得了春天的头彩

一

在音乐声中，飞船悠然倒置过来，船顶背对着月球。

"飞船要减速入井了！"维纳斯说道。

宇剑明白，虽然月球的脱离速只有二点四里，所需发射能量只有地球的三十分之一左右，但飞船起飞毕竟也需要一定的发射能量，但会比地球上小很多。

宇剑与维纳斯刚躺倒在软椅之上，软椅各处就用力均匀地托住了他们身体各部位。宇剑感觉自己突然增加了许多重量，大约一分钟时间不到，在轻轻地震荡了一下之后，他感觉体重便停留在一个很轻盈水平之上。他们俩站起来，透过飞船明亮无碍的四壁，可以看到飞船正从发射井底部的隧道向外滑移，不一会儿便来到一个巨大停车场中，那里停满了各色大小不一的飞船与很多辆笨重的越野吉普车。停车场是一个一眼望不到边际的世界，它上面高处是透明的顶棚，倾泻下来的阳光把停车场照得光辉而明亮。

"这里离我们预定的丹桂市有多远？"走下飞船后，宇剑问维纳斯道。

"有一千多公里的路程，中间要穿越五六个月球城，大约十几个小时之后我们才能到达那里！"维纳斯一边说一边向着远处的吉普车方向走去。

"丹桂市没有发射井？"

"当然有呵！每个月球城中都有这样的发射井群，之所以降落在这里，我是想让你看一看月球最早的开发基地——天隧一号的壮丽风光！"

"天隧一号，你是说月球上那条最古老的巨大隧道？"

"是的，在月球形成之初它的地壳运动非常活跃，在月表上形成了许多个喷涌火山岩浆的巨大火山，而喷涌完火山岩浆后，这些火山就在月表地下留下了一个个巨大的地下岩洞！这些火山岩洞已经存在三十多亿年了，它们被熔煅得极为坚固！这些岩洞的宽和高一般都有五百米左右，长也有几十公里之多，斜斜地伸入了月球内部！你看，在我们这个发射井东侧，就是月球西北区风暴洋处发现的那条火山岩洞，人们称它为天隧一号！"

"是的，是有这么一条隧道！不过我们那时月球卫星勘测发现，这条隧道的北部已坍塌了很大一部分！"宇剑激动地答道。

"对，它的北半部坍塌了很长一部分！但现在这条隧道已今非昔比了，我们现在就去那里！"

"好，去见天遂一号！"宇剑已是喜形于色。

他们已经来到那些吉普车旁，宇剑看到这些吉普车像从前的军用防弹吉普车一样粗笨豪放。维纳斯走近其中一辆绿色吉普车，打开车门跨上去，宇剑走到另一侧上了吉普车。

汽车从广场上绕了一圈，绕过那一大片无际的汽车群向东行驶而去，不一会儿便进入了一条灯光明亮的宽阔隧道。几分钟后汽车驶出隧道，进入了一个高与宽差不多都有几百米的南北走向的巨大无比的空旷世界里，头顶上一条比阳光还明亮的灯光之河，把里面照耀得同地球上的白天一样明亮！在公路的前方是一条盘旋的立交桥，一条高架公路顺着这个巨大空间的走向向北延伸而去，一条则向南延伸而去。

"这就是天隧一号，月球早期的火山岩洞！"维纳斯指着这个空旷的世界说道。

"想不到人类已经把它改造得如此壮美！"

宇剑看到，在高架路的下面，向两侧延伸的是一片绿色的海洋。

"知道吗宇剑哥，这些月球的火山岩洞是对人类开发月球最伟大的馈赠！"

"在这些火山岩洞底部，是不是发现了无穷无尽的价值连城的宝藏？"

"是的，简直是丰富得无法想象！不单是金银、美玉、钻石与玛瑙，这些东西无穷无尽，里面还有无穷无尽的金属矿藏！这些金属矿藏的存在，为人类改造这条隧洞与修建一个又一个巨大的月球城提供了巨大保障！"

"对，还有月表上那些太空陨石，也肯定是人类修建月球城取之不尽用之不完的巨大资源！"

"是的，在这条隧道北方，还有一片无际的连绵群山，那里的资源储存量也是极为巨大的！"

吉普车在长廊中心立交桥上拐弯向南侧方向驶去。高架路两侧的原野非常开阔，到处生机盎然，有各种各样的高大或婆娑的树木，有花有草，每一段区域风格都不相同。有很多区域是一望无际的草坪，在那里的林木之下，不时会看到三三两两说说笑笑的人群穿梭其间。这就是天隧一号，一条巨大无比的火山岩洞隧道，它的高与宽都在五百米左右。维纳斯驾驶着吉普车在高架公路上向南奔驰着。在天隧东西两侧的石壁上，还建有许多高大气派的建筑物与内嵌式建筑，它们向月球的内部延伸而去。

"你看，这就是天隧一号，第一批来到月球的开拓者们就是居住在这里的，他们把这条巨大的火山洞拦截成一段段的，把地面和墙壁上的裂隙全部填死，然后再充满同地球空气配比大致相同的空气。从月球极地与彗星截运大批太空之水来这里，开始在这里种植树木和花草，并建造大批高智能自动化工厂。在隧道岩壁上开凿出大型豪华旅馆、商场与饭店，这样人们便迈出改造与开发月球的第一步。绿色世界渐渐填满一段又一段隧道，用不了多少年，月球上的所有隧道就全部被地球上的绿色植物统治了。最后，人们又把隧道中的所有隔断全部拆除，让每一条月球隧道都连成一体。这就形成了今天你看到的这个样子！"维纳斯驾驶着汽车对宇剑说道。

宇剑点了点头，人们登上月球之初的情景又仿佛出现在了他的眼前，他想象着那些智能化工厂日夜劳作的情景，每一段隧道都像巨大的建筑工地。是的，人类在月球上最好是住在深深的洞穴之中，月球表面是一个冷暖严重失调的世界，人们是不堪忍受那温度的剧烈变化的。晚上，月球赤道上空的气温会降到零下一百七十五摄氏度，而白天的气温却高达一百三十摄氏度，温差达三百摄氏度之多。在月球的表面没有空气也没有磁场的保护，会经常受到各类宇宙射线与小陨石的猛烈轰击，还有许多不知何时出现的巨大陨石。人类是无法直接生活在月球的表面上的，最好有一层坚硬的厚厚的保护层，挡住陨石和宇宙射线，并保存好空气、抵御寒冷和炎热。有了这些巨大的火山岩洞，所有问题一下全部解决了，剩下的唯有漫长的建设与开发。

宇剑看到在高架公路两侧，还建有许多棒球场、高尔夫球场、足球场、排球场、篮球场、网球场、沙滩排球场等，但这些场地与地球上相比都大得离奇，而且每个球场上都有人在活动，那些人跳跃奔跑起来都显得格外夸张，一个个仿佛都有了某些神功似的！宇剑看到他们夸张的样子忍不住发笑，这都是因为人们的体重突然变轻了许多！在绿色丛林之中，不时还间有许多游泳池、溪水、小河与蓝莹莹的湖泊，在水边更是挤满了无数身穿各色泳装的俊男靓女，他们在快乐地玩耍着！宇剑看到来这里的人比地球上那些海滨浴场还要多！在这里，所有一切让人感受与看到的是如此轻盈飘逸；在这里，丛林中那一对对有情人也显得格外浪漫；在这里，天空中还有一些飘云帆在缓缓飞行！汽车在飞速地向前行驶着，宇剑看到在天隧两侧的石壁上，不时有巨大的山洞隧道向内延伸而去，看来这天隧之中别有洞天！那里的人行道上更是行人熙熙！

"月球是青春者的乐园，那些新婚夫妇都愿来这里度过人生中这段最美好的时光，这里会给他们带来无穷无尽的乐趣，这一点，是其他任何一个星球都无法相比的！"

维纳斯指着远处那一对对风华正茂卿卿我我的情侣们说道。望着他们，宇剑心中不觉洋溢出一股无法言喻的甜蜜，此刻，他和维纳斯不正是在享受人生中这一段最美好时光吗！是呵，尽管他们正在奔波，然而，丹桂市的红月宾馆正在向他们招手，那里的浪漫、甜蜜与幸福正在等待着他们俩！

此时，前面路段上出现了一座盘旋式立交桥。

"我们就要告别天隧一号进入月表了！"

"马上进入月表？"

"对，前面就是天隧一号的出口！"

"哦！"

维纳斯说话时，她驾驶着吉普车在高架桥上拐向右侧的公路。在公路前方三百多米处，吉普车驶入宽阔的隧道。刚进隧道不大一会儿，前方就出现了一道紧闭的透明玻璃闸门。在吉普车驶过后它又立即关闭，如此，吉普车在很短距离内连续穿越了五六个这样的玻璃闸门后，便进入了畅通无阻状态。但路面开始倾斜向上，呈现出一种爬坡状态。维纳斯立即关闭了吉普车所有车窗，打开了车内增压补氧机。没有多大一会儿，吉普车便冲出隧道驶上了月球荒凉的表面。

二

简直是壮丽无比的荒凉，它是如此震慑人心，在笔直的公路两侧到处都是大小不一的圆坑和突兀的环形山，形成了凹凸不平错落不一的月表地貌。在这里纵目远眺，你绝对找不到一点生命的迹象，没有空气没有水，天空中找不到一片云彩，唯有镶嵌在宇宙深空的群星注视着你。在这里，无论你走出多远，都永远是荒凉与单调，它与天隧一号中的景色形成了极大反差！

"行进在这样的公路上，谁能想到天隧一号还蕴藏着有那样壮美的景色！"

望着眼前这荒凉世界，宇剑无限感慨地说道。此时，月表的景色只能激发人痛苦、绝望、恐惧和哀伤等灰色情感，让人产生一种日暮途穷之压抑。

"除非把月球表面全部变成密闭的大棚世界，否则，人们永远也改变不了月表的荒凉！"维纳斯说道，"假若不是月球两极存在的大量固体水和彗星携带的大量太空冰，人类当时开发月球将会变得更加艰难！"

汽车迅速地向前奔驰着，在这个没有空气阻力与重力很轻的月表上，汽车速度快得不可想象，虽然颠簸剧烈，但因体重只剩下六分之一，那摇来晃去的感觉令人感到非常惬意。他们沿途看到不少迎面开过来的车，那车同他们的车一样都是一副憨态可掬的样子。大约一个多小时后，在他们的正前方出现了一个高高的平顶矮山墩，如同一条看不着边际的城墙横亘在前方。不一会儿，一条张着大嘴的地下隧道就出现在公路的前方，在隧道左边耸立着一个巨大石碑，上面写着"北极城"三个红漆大字，汽车向隧道中飞驰而去。

"这里怎么会是北极城？这里离月球的北极应该还很远吧？"宇剑感到有点迷惑。

"对，很远！但这里却像地球北极一样寒冷，到处都是冰天雪地，所以人们才称它为北极城。"维纳斯说道。

在隧道中汽车穿越了五六个严实的透明门后便进入了北极市，一个名符其实的千里冰雪世界立时呈现在他们面前！这里的土地没有一块不被冰雪覆盖，在雪野中，还不时可以看到耸立的小冰山、小雪山、小雪人、小雪熊与冰雕群，两侧原野里还有一些被雾凇严严包裹起来的巨树；路边与城墙边，那些高大建筑物很多也是冰雕杰作，还有一座座冰桥，远处还有高耸的巨人冰雕像等等！在雪野深处，有很多人戴着头盔墨镜身着厚厚冬服在飞速滑雪，一个个不时摔倒或抛向空中，然后爬起来重新开始，极像动画片里的慢镜头，好玩极了！

"不可思议！人类竟能在月球上创造出这样一个壮美城池，这太不可思议了！"宇剑不停感叹着。

"建造这样一个月球城其实并不难，只要有了自动化施工设备与充足水源，挖壕筑墙截水为冰，一切交给那些自动化设备慢慢做就是了，只要有了天隧一号这个一，还怕生不出月球繁华这个二？"维纳斯轻描淡写地说道。

"是的，道理我懂，可这毕竟是一个巨大城池呵！"

"这只是一个时间问题，月球城建造一般都需要上百年时间，工程量巨大到是天文数字！"

"这哪里像是月球，我真的感到像是在地球北极的某个城市中呢！"

"对，这与千里冰雪世界真的没有什么区别！"

"我们下去看一下吧！"

"可以！"

维纳斯把车停了下来，宇剑轻飘飘地走下车，寒冷立即攫住他，他全身的骨节立即变得不听使唤起来，寒冷像钢铁一样挤压着他，寒冷空气如冰块一般难以吸进鼻孔。

"雪花怎么这么大？"

宇剑捧起路边上的雪花，这些雪花大得有点吓人了！比地球上的大了差不多十倍，花纹和棱角看得十分真切。

"因为这里的大气压太小，水的重量又轻了许多，所以雪花就变成这样了！"维纳斯说话时也捧起了一把大大的雪花，只这一小会儿，她的手、脸与嘴唇都冻得发紫了，还不停瑟瑟发抖。

"我们上车吧！"

看到维纳斯这样子宇剑立时心疼起来，此时他也有点坚持不住了。

"这里的温度是零下四十八摄氏度，而车内是零上二十六摄氏度！"维纳斯一边上车一边说。

北极城很大，大约二十分钟后，他们才从城市另一侧的隧道口驶出，再一次进入月表壮丽的荒凉之中。在一阵长时间的疾驰之后，在他们前面遥远的天边又出现了一个连绵的巨大城池。

"前面的这座城是月球上最早出现的一座古城，于公元 2057 年开始修建，它有一个令你动心的名字！"

"什么名字？"

"中国城！"

"中国城？"

宇剑双耳一震，一股热血顿时涌遍他全身，强烈的民族自豪感与幸福感从他心底冲腾而起，泪水顿时就模糊了他的双眼，他的胸腔剧烈地起伏着，他端坐在车内紧盯着前方。宇剑是在公元2035年乘开拓号飞船进入太空的，那时中国已经成为世界第一经济强国，各类科学技术在全世界都处于领先地位。中国，在经济取得巨大进步后，就把主要力量转入到无限的太空开发中去。中华文明主张平等博爱，主张天下为公，这与人类社会终极发展目标是一致的。中国人从来就目光远大，从不追求狭隘与自私的个人利益！

宇剑至今清楚地记得，在公元2035年，在他还没有进入太空时，中国就已经开始研究可以开发月球建设月球的自动化工厂与各种可以太空作业的大型机械设备。宇剑绝对没有想到今天月球上的中国城，已如此雄伟地出现在他的面前，他焉能不激动！

"中国真的做到了！我为自己是中国人而倍感自豪！"宇剑喃喃而语，泪水已经流满他的双颊。

"中国城有多大面积？"他又问道。

"现在，中国城有四五十平方公里之大！其实，中国城一开始筹建之时还不到一平方公里，到公元2200年时又扩展到十几平方公里；又经过一百年之后，到公元2300年时，它才具有今天这个规模！"维纳斯一边说一仔细观察着宇剑的表情，她十分理解宇剑此时的心情。

中国城的入城隧道是建在地面之上的，在隧道的入口处上方也有三个红漆大字：中国城。宇剑觉得这三个字是如此烫眼，此时，他的泪水顿时夺眶而出，他哽咽着，但他的目光始终没有离开"中国城"三个字！直到汽车驶入中国城内部，他的心才渐渐平静下来。

　　宇剑看到城内是一片广袤无尽的绿色原野，在望不到边际的绿色平原之中，不时能看到耸立着的低矮山峦、明镜般的湖泊与滔滔的河流，立时为这里的山野增添了许多浓浓诗意。在绿色山水中间还建有许多公寓式宾馆与体育活动场所，还有许多人在那里活动或者游玩，在他们前进的公路上一直是车水马龙的汽车洪流。

　　"看到这里的一切，你有什么感触？"维纳斯问宇剑道。

　　"仿佛又回到了地球上，见到了久违的家园，有一种故友重逢的感觉！"宇剑脱口而出说道，"不过，美中不足的是，这里的建筑群落之间距离太松散，田园诗意的感觉很浓，城市的感觉却好像淡了许多！"

　　"是的，你说得很对，现在的建筑群落崇尚的就是如何融入自然，高楼林立虽美，但却极大地缺少了休闲感，所以楼高虽好但不要林立，其中要间以更多的休闲空间才好！"维纳斯说道。

　　汽车在宽阔的公路上向前飞快行驶着，过了不大的一会儿，在前面的公路上出现了一座很长很壮观的大桥。在桥的两侧是一片一望无际的湖泊，在湖水中还有一些绿色小山和小岛，山与岛上都建有亭台楼阁。远处湖面上，有人在乘着小船垂钓，还有几只快艇在高速地行驶，它们激起的冲天水雾久久不能落回水面，场面极为壮观。

　　"好一个月球小西湖！"宇剑惊喜赞叹道。

　　"对，这就是月球小西湖！可你怎么知道它叫小西湖？"维纳斯颇感诧异。

　　"它真叫小西湖？我只是脱口说说而已！"

　　"可你竟然一下说准它的名字，厉害！"

　　"你不知道，这就是中国文化的通灵之处！凡中国人大都会有一个西湖情结，纵横几万里上下五千年，西湖与中国历史与中国文化深深地融合在一起。可以说，西湖就是中国文化与中国历史兴衰荣辱的见证者，能够把西湖这个名字搬上月球，中国城才会与中国历史有了千丝万缕的联系，中国城也才会是彻头彻尾的中国城！"

"哦，我大约有些明白了！原来人们说：上有天堂，下有苏杭。你知道现在人们怎么称呼这里吗？"

"怎么称呼？"

"人们称：地上杭州，月上西湖；情侣丹桂，蜜月之舟！"

"前两句好理解，这后两句：情侣丹桂，蜜月之舟。是啥意思？"

"这个……我也说不清，你以后自己去体会吧！"

维纳斯突然满脸羞涩起来，宇剑迷惘着不解谜底。但此刻满面飞红的维纳斯是那般娇艳，她情意绵绵的眼中已是火光潋滟，样子是那般幸福与陶醉。宇剑不觉抓住她放在方向盘下的那只手，那般灼烫，他又把维纳斯的手举到唇边动情地吻着，他的心在融化着。

"傻瓜！"

维纳斯风情万种地看了宇剑一眼。

"我就是傻瓜！幸福的傻瓜！"宇剑低声说道，他把维纳斯那只手握得更紧了。

"在被你预订了一千年之后我才知道，我才是真正的傻瓜呢！"

维纳斯撒娇地说，宇剑听了不觉哈哈大笑起来。

"宇剑，你快看，那里！养马场！"

维纳斯指着公路左边一处广阔的牧场对宇剑喊道。宇剑看到那是一片望不到边际的草地，在草地中到处都是悠闲吃草与站立的各色骏马，大约有几百匹之多；在草场中心也有不少俊男靓女在散步，有的好像是在挑选骏马。

"月球上还有养马场？"宇剑惊叹道。

"何止养马场，还有许多赛马场呢！"维纳斯神气地说，"如果你骑术精湛，在赛马场或者草原上，你纵马远奔或穿越各种障碍物，你会感到乐趣无限！可是，如果是在月球上赛马，你的感觉会更惊险刺激，因为你的身体突然变得很轻，马的奔跑会把你颠得很高，你时刻会有一种被抛下来的感觉！特别是马在快速奔跑中翻越障碍物时你必须紧抓马鬃，那时你会在马背上飘浮起来，马不是在驮你而是在牵着你在空中飘飞！"

"会是这样？"

"一会儿你就能看到！"

"还能看到？这里有赛马场？"

"对，前面就有一个赛马场，我们在那里停留一会儿！"

"好的！"宇剑兴奋而又激动。

汽车又向前奔驰了四五公里后，宇剑突然看到公路两侧到处都停满了越野吉普车，吉普车顶上站满了眺望的人，还有路边的高地与一些建筑物上，到处都是黑压压的人群，他们都在向公路右边的田野里眺望着。

"这里正在进行跑马比赛，这种跑马赛在月球上几乎天天都有，人们对此更是乐此不疲！"

维纳斯很难才找到一处停车位，她把车停好，又从车上找出两个黑屏遮眼镜，递给宇剑一副。他们戴上下车，维纳斯抓住车门上一个把手轻轻一纵身就跃到吉普车顶之上。宇剑学着维纳斯的样子也一跃而上，他感觉自己体重几乎等同一枚鹅毛，轻到有点不可思议。

嚯，远处的月球跑马障碍赛正在进行着，几十个骑手正骑着几十匹赛马奔驰着！戴上黑屏眼镜后，一切似乎都跟发生在眼前一般！那些马匹忽然变得比童话里的还神奇，那么高的障碍物、那么宽的小河，还有那高高的小山丘，那骑手竟能带马而过！猛力跨越之时，那些骑手真的是横在空中飞，他们仿佛绸带一般无法降落下来！一批人马过后又跑过来一批，也许里面有许多新骑手，宇剑能清晰地看到他们面部恐惧的表情，但随着赛马深入进行，那些人逐渐品尝到了其中乐趣，表情不再恐惧，动作也变得灵活起来，而且满脸都是惊险中的喜悦。宇剑看到这些骑手都是些俊男靓女，个个都那般倜傥俊气；也许其中有许多情侣，他们一个个做着互相赞赏与鼓励的动作与表情。宇剑与维纳斯沉浸在这赛马之乐中久久不愿离去。

"你参加过赛马比赛吗？"

"参加过N次，我同秦雪就来过两次了！"

"这也需要预约？"

"是的！想参加的人太多，月球上只有不到二十个这样的跑马场！"

"我也想体验一下月球上这种障碍赛的感受！"

"好，到了丹桂宾馆后我们立即预约！不过这种活动会让你成瘾的，参加一次后你就想再参加N次，慢，你不要说你不会成瘾呵！"

"不，我想说我愿意陪你成瘾！"

两人快乐地笑起来。

听到他们俩开怀大笑，不少人向他们这边看，其中一人惊喜地尖叫道：

"航天英雄王宇剑与我们的宇宙美神维纳斯，他们俩都在这里！"

"王宇剑！维纳斯！"

"王宇剑！维纳斯！"

忽然人们狂潮般地狂喊起来，人群也哗然向这边涌了过来。

宇剑与维纳斯不得不摘下眼镜，一遍又一遍地向着人群挥手。这个场面的出现，是宇剑与维纳斯始料不及的！

"我爱你，航天英雄！我爱你，美神维纳斯！"

宇剑看到那些正在赛马的人们也停止下来，他们骑着马匹随着人群，潮水般向这边涌了过来；黑压压的人群，把他们俩紧紧地围困在人海之中！

……

人们像海涛一般涌过来，向他们俩挥手致意，与他们俩握手或拥抱，好久好久，人群才在喊着"祝你们蜜月幸福"中渐渐散去。宇剑与维纳斯在跨入吉普车之后，好久好久没能从那种激动情绪里走出。他们俩真的不知道这个世界还有这么多人在喜欢他们，在爱着他们俩，他们俩被这一切深深打动了！因为这是他们俩的蜜月之旅，所以，人海是那么不情愿地挥手渐渐退去的。

在车里坐了好大一会儿后，维纳斯才驱车前进。

在汽车跨越了几条河流之后，他们来到了一片非常繁华的闹市区，这里极为繁华和热闹，人流很密集。也许这就是中国城建城之初的那片古老市区，这里鳞次栉比的建筑群很古老很传统，虽然这些商店与商场都已失去了意义，但还都保持着它们原有的老样子，所有货架上都依旧陈列着那些已经变成展品的货物。宇剑和维纳斯在这里停留了下来，他们俩戴上遮形眼镜在这些商店中留恋驻足，回味着已经走得很远很远的历史。宇剑热血沸腾，他终于补足了心灵里曾经荒废的那一课，他的心也终于从那个宇宙深空落回到坚实大地之上！最后，他们在一家月球万能配餐厅吃了一顿丰盛的午餐，便驱车离开中国城，向下一个月球城——大海市疾驰而去。

月球上的大海市是月球上真正的大海，海的面积占了全城面积的80%以上，而且海水的成分与地球上的海水也大致相同，并且也有人为地制造波涛与潮汐变化。在大海的周围是一圈很宽阔平整的沙滩，在沙滩的外侧还有一圈茂密的热带丛林和高耸的椰树。在大海烟雾迷蒙的中央还有几座隐约可见的绿色孤峰，像仙山一样耸立着。这是一个艳丽到令人目眩的世界，在沙滩上躺满了各种肤色的美丽女郎和青年男子，他们是如此浪漫与休闲。在大海中到处是疾飞的快艇和冲浪的小伙子。整个世界在这里沸腾了，这里似乎一下变成了全世界的热点，所有的人流都向这里涌来了！抬头向上，这里的天空和地球上感觉没有一点不同，也有一轮太阳放射着耀眼的光芒，天空中还飘着冉冉的云朵。他们在环城公路上徜徉了一圈之后，便驾车离开了大海市。之后，他们走马观花一般又欣赏了赤道市、长春市、原始森林市、戈壁沙漠市和地球生态园市后，便迅速地向他们的终点站——丹桂市，风驰电掣般地驶去！

第二十五章　抵达月球爱巢红月宾馆

　　虽然，月表原野上到处到是刺眼的高温阳光，漫长的月球白昼也长达十四个地球日之久，但在此刻，与地球同节律的黄昏已在丹桂市降临了！维纳斯和宇剑在进入丹桂市后，他们全身的劳顿也立时就被这里的夜色融化了。

　　"这座城市真美！"

　　宇剑看到这是一个绿意盎然的城市，公路大多是起伏的盘山路。由于车窗打开，宇剑嗅到空气中一种淡淡的桂花香味。

　　"你还记得月球上雷伯尼兹和罗尔夫这两座山脉吗？"

　　"当然记得！它们是月球上最高的山脉，最高者可与地球上的珠峰一较高下！"

　　"知道吗宇剑哥，丹桂市是距离这两座山脉最近的城市，既有公路也有地下隧道与之相通。现在，在这两座山上还建有许多小型的封闭宾馆，住进这些高山宾馆，在那里欣赏大宇宙星空之壮美会别有一番不同感受！过几天，我们俩就去爬这两座山峰好吗？"

　　"好！不过，穿上太空装，我们俩会不会变成一对笨拙的大熊猫？那时再去爬山，会不会感觉很累？"

　　"不会的，现在的太空装都是轻便的，不再是从前那种笨拙的样子！不过，我们即使穿上笨重的旧式太空装，也不会有太大的劳累感，因为，所有这一切重量加起来，也不会超过我们在地球上的一半体重，那时，在陡峭的山脊之上，我们仍旧能够健步如飞！"

"对呵，这一点我怎么就忘记了呢？"

"知道吗宇剑哥，在月球上爬山那是一件最浪漫的事情！无论爬多高多陡的山，你都不会感到太费力气，就是跌倒了摔进深山谷底，身穿太空服也不会造成什么严重伤害！在这里登山，我们能体验到淋漓尽致的痛快感觉，那种一鼓作气与登泰山而小天下的豪气感，更能淋漓尽致地体会到！"

"维纳斯，经你一说我都跃跃欲试了，现在，我恨不得此刻就去登临此山！"

"来日方长，何必急于一时？丹桂市里的种种妙处你还未体验到呢！"

"你快说一说，这丹桂市到底好在哪儿？"

"好，这丹桂市不仅是月球上方圆二百里最大的城市，有月球上最大的湖泊与最大的环城河，有这个时代最为先进的各种娱乐与游乐设施，而且它还是人类在太空的交通枢纽，无论你去火星、木星、金星、土星抑或是其他太空城，这里都是最关键的交通枢纽，方便到了极致。可以说，它的魅力在太阳系中是无与伦比的！"维纳斯神气同时还带着点傲气地说道。

"这就是你让我们选择来丹桂市的原因？"

"不，还有许多种种不可明说的原因，那是需要保密的！"维纳斯一副神秘的样子。

"那么，这座城市名曰丹桂市，是不是因为这里有许多桂树？"宇剑此时又闻到了那浓浓的桂花香。

"你已嗅到，的确是这样！这里市区最多的树就是桂花树，并且达上千个品种之多，而且那株被称作桂花王的桂树，它的树干是朱红色的，非常地鲜艳，所以人们才称这座城为丹桂市！"

"称它为丹桂市，它是不是与中国古代神话中月宫桂树有某种联系？该不会是一种巧合吧？"宇剑追问道。

"当然不是巧合！丹桂市建城已有八百多年历史，建城之初的设计师是一位华人，他就是根据中国古代神话传说，才在市中心区的山坡上种植了那株最古老的桂花王树！这株桂花王树就在我们要去的红月宾馆东侧，现在已有五六人合抱之粗，十五六丈之高，巨大的树冠遮掩了大半个山坡，它的枝条已经伸到红月宾馆的楼顶之上。这株桂花王树，现在已经成了丹桂市的象征，它的花朵不是金黄而是赤红！"

"为什么这月球城，大多与中国有关？"

"因为中国是这些月球城最先倡导与最大投入者。何止是这几个月球城，在金星、木星、土星以及其他行星及其卫星上，到处都是浓浓的中国情与中国风。这不仅是在昭示中国当时科技力量的强大，更多的是缘于中华文明的魅力！"维纳斯说到这里格外动情，双眸中闪烁着迷醉的火花。

"在火星上也有中国城？"

"是的，五星红旗已在那里飘扬了九百年之久！"

汽车在驶过了一片无际的平畴后，又向远处的一个平缓的山坡上驶去。在那座山坡之上的远处，耸立着一幢面南而立的气势巍峨的巨大楼房，它有二十几层之高，它通体闪烁着梦幻般的色彩，给人以绵绵的遐想。在楼房的东面有株树干为紫红色的参天大树，它的树冠高高地越过楼顶遮掩了大半个天空。

"你看那幢大楼，它就是红月宾馆！看到那株桂花王树了吗？"维纳斯的声音里充满了无限悸动。

"看到了！"

宇剑因兴奋呼吸已变得急促，他的心在咚咚狂跳着！他想不到红月宾馆是如此壮观与豪气，那柔美风格给人以浪漫遐想，它那么独具特色。哦，红月宾馆，一个多么神圣而又浪漫的地方，这将是他与维纳斯最温暖的梦巢与蜜月之地！像是被风吹了一下，像是被浓浓的桂花香碰触了一下，宇剑感觉到有一团熊熊火焰在向他烧来，他不知何时已握住维纳斯那滚烫的手！那幢大楼越来越近，他已经看清楚"红月宾馆"那四个金辉大字，旁边那株大树也似乎在向他们俩致欢迎词语！

"宇剑哥，你们的开拓号宇宙飞船，不可能只遇到一次像小黑山这样的危险吧？"

"当然，曾经遇到过很多次危险，而且许多次都极为惊心动魄，但我们每一次都安然地化解了所有风险，唯有小黑山这一次，我们却未能提前察觉，更未能安全躲过！"

"是的，这一次在命里你是无法躲过也不应该躲过！要是你能躲过，还能有我们今天的相遇与相爱吗？"

"能遇到你，能看到今天这个世界与社会的盛景，其实，现在我在内心已经不再痛恨那颗小行星——黑山了！遗憾的是许飞光与刘箭矢他们两人，如果他们也能和我在一起，也能看到今天这个世界，那一切就更加圆满了！"在宇剑眼底深处掠过一层深深的黯然。

"好了宇剑哥，你就不要再挂念他们俩啦，告诉你吧，在以后某个时日，你是极有可能与他们俩重新相见的！"维纳斯盯着宇剑黯然的眼神，既傲气又神气地说道。

"你说的是真的？"

宇剑立时激动起来，他目不转睛惊奇地望着维纳斯，但还是有点将信将疑。

"当然是真的，你知道浮光掠影这个词吧？"

"知道呵！"宇剑深深点了点头。

"当小行星——黑山，与你们的开拓号飞船极速碰撞的那一刹那，你与部分飞船残片被摔入了小黑山的深洞之中，而许飞光与刘箭矢同飞船的另一部分，在山洞口却发生了更为惨烈的碰撞，在飞船与他们躯体化为灰烬的同时，他们两人的精神自我（灵魂），也刹那从他们的颅脑里迸溅而出！就在他们的灵魂迸溅而出的那一刹那，小黑山的洞口石壁，也在那一刹那之间迅速按下快门，把他们俩的精神自我（灵魂）之影，完全投影完全真实地收录到黑山的石壁之内了！"

"你是说，他们俩的精神自我，像流水的浮光掠影一样，也被小黑山的石壁捕捉到了？"宇剑脸上与目光中，顿时流露出了无限的惊喜，这是无论如何他也意想不到的。

"是的！"

"这么说，他们俩也极有可能重生？"

"是的！"

"但欧阳教授为什么不告诉我？"

"因为成功非常之难，因为他们留下的是影子而非内容，这要缘影而琢，从影子上解读出它表像之下的内容与细节。只有在解读出八九成的细节与内容之后，再搜集他们人生与学习的所有资料，之后再与他们的精神自我一遍又一遍地参映、渗透、叠合、熔铸，这样才能保证他们的重生成功。否则，即便他们能够重生，也无法回到自我，他们的人生将比梦境更加虚幻！"

"成功的把握有多大？"

"欧阳春与李春先两位教授正在努力研究，还有许许多多高智商的人也参与其中，这是一门新鲜学科，按现在掌握的资料与当前科学水平，成功的把握还不到三成！"

"能够有三成把握这就非常不错了，随着研究的不断深入，成功的概率肯定会渐渐达到四成五成，六成七成，之后就是八成与九成了！是的，是的，我看到他们的希望了！"宇剑激动得不停地手舞足蹈。此刻，他仿佛看到许飞光与刘箭矢，已经笑盈盈地站在了他的面前！他不觉激动地猛然搂抱住维纳斯，与她激烈地亲吻起来。维纳斯非常温柔地回吻着他，她眼中流出无比的陶醉与深深的幸福。

"欧阳教授他们研究这事多长时间了？"激动过后，宇剑问道。

"大约三四个月时间了！"

"为什么他不想把这事告诉我？"他非常不理解。

"我问过欧阳教授，他说他怕你期待过深，万一不成功会令你极度失望的，所以决定暂行对你保密，即便你追问，也要对你再三搪塞。如果万一成功了，给你的肯定是惊喜，那样效果会更好！"

"欧阳教授过虑了！既然已经有三成希望了，哪有不成功的道理？时间长一点慢一点不要紧，我们可以等待呵！你知道吗维纳斯，他们俩若不能重生，这会是我心头永远也抹不掉的伤疤，我无法在内心深处真正快乐起来！因为我总觉得自己欠他们的太多了，我的生存太理亏！现在好了，我终于看到希望了！谢谢你能告诉我，维纳斯！"

"其实，我是了解你内心的，我知道不告诉你，你是无法解开这个心结的！"

"是的维纳斯！"

他们俩的手又紧紧地握在了一起。

他们很快就来到了那棵巨大丹桂树遮掩的巨大高楼之下，在大楼前面不远处，汽车戛然停下，他们俩下车后，幸福地挽着手向大楼跟前走去。但大楼前面却有一个约四米高的宽阔平台，如果跨不上平台，他们就无法进入到大楼之内。

"我们怎么才能进入大楼？"宇剑搜寻着高台之下，他根本找不到任何可攀援之物。

"毫无办法，我们只能试着跳上去！"维纳斯凝望着宇剑微笑着说道。

"能够跳上去吗？"宇剑不敢相信自己有这样的能力。

"别忘了这是在月球之上！来，我们试一下！"

维纳斯拉住宇剑的手向后退了十几步，然后，他们俩一起向前奋力跑去。

"来，用力跳！"

维纳斯喊着，他们俩同时用力猛然向上跳去！

宇剑万万没有想到，此时他已身轻如燕，只这么轻轻一跃，他们俩便稳稳地跳上那座高台之上。

这一跃，维纳斯与宇剑便一下子跃入了他们甜美的蜜月之中，跃入了他们爱情无尽的旖旎春光之中！这一跃，爱情这杯琼浆，便让他们醉得不愿醒来！

半个月之后，秦雪带着她的同学乔琪语、玛莉与乔娜在埃比克为她选定的如意君郎，也来到了月球。他们与维纳斯、宇剑四人，不仅多次参加了月球骑马障碍赛，更是游遍了所有月球城，更翻越了月球所有山峰，他们的快乐与幸福是那般的热火朝天。之后他们又去了火星，在火星住了不到两个月，他们就又去了土星，观看那壮美无比的土星环。

再之后，他们四人又一起去乘太阳快风帆船与慢风帆船，到浩渺无尽的宇宙太空冲浪。当宇剑进入那些巨大得像一个小小太空城一般的太阳风帆船之内时，他被眼前看到的一切深度震撼了！这些太阳风帆船，其豪华、先进、生活舒适程度与理念之先进，用宇剑的话说：绝不是他这样一个一千年之前的智商所能想象出来的！

五年之后，许飞光与刘箭矢的更生，也终于艰难完成，更是做到了百分之百的一次成功，他们俩更生的成功品质，一点也不亚于对宇剑的那次更生！

三位经历了生死劫难的开拓号宇宙飞船队友，再一次幸福地走到一起，他们的生命热情是那般高涨，对生活对人生充满了极度的激情与信心！他们群策群力，不仅把他们二十多年的太空历险生涯故事，写成一部惊心动魄的传奇之书，而且还写了许多部关于一千年前那个世界生活故事的书籍，他们的书籍受到了读者的极度追捧。

他们的人、他们的书与他们的故事，在当时那个时代，真可谓是风云一时红极一世！他们几个人的一生，是绝对地传奇与超值了！

图书在版编目（CIP）数据

启眸越千年 / 孙学林著 .—北京：作家出版社，
2020.12

ISBN 978-7-5212-1197-9

Ⅰ.①启…　Ⅱ.①孙…　Ⅲ.①幻想小说—中国—当代
Ⅳ.① I247.5

中国版本图书馆 CIP 数据核字（2020）第 250751 号

启眸越千年

作　　者：孙学林
责任编辑：田小爽
装帧设计：异一设计
出版发行：作家出版社有限公司
社　　址：北京农展馆南里 10 号　　邮　　编：100125
电话传真：86-10-65067186（发行中心及邮购部）
　　　　　86-10-65004079（总编室）
E-mail:zuojia @ zuojia.net.cn
http://www.zuojiachubanshe.com
印　　刷：中煤（北京）印务有限公司
成品尺寸：145×210
字　　数：232 千
印　　张：9.75
版　　次：2021 年 2 月第 1 版
印　　次：2021 年 2 月第 1 次印刷
ISBN 978-7-5212-1197-9
定　　价：42.00 元

I